Gulliver Taschenbuch 752

Miep Diekmann, geboren 1925 in Holland, wuchs auf der Insel Curaçao auf. Nach Holland zurückgekehrt, studierte sie und arbeitete als Journalistin. In Erzählungen, Romanen und Hörspielen schildert sie die karibische Inselwelt und ihre Menschen. Sie schreibt auch Kinderreime und ist als Kritikerin und Übersetzerin tätig. Für ihr Werk wurde sie mehrfach ausgezeichnet, u. a. mit dem Deutschen Jugendbuchpreis 1964.

Miep Diekmann

Zwei Zeiten des Lebens

Roman

Aus dem Niederländischen von
Siegfried Mrotzek

BELTZ
& Gelberg

Dieses Buch ist auf Papier aus
chlorfrei hergestelltem Zellstoff gedruckt.

Gulliver Taschenbuch 252
1996 Beltz Verlag, Weinheim und Basel
Programm Beltz & Gelberg, Weinheim
Lizenzausgabe

Die niederländische Originalausgabe erschien u.d.T.
De Dagen van Olim
Reihenlayout und Einband von Wolfgang Rudelius
Gesamtherstellung Druckhaus Beltz, 69494 Hemsbach
Printed in Germany
ISBN 3 407 78752 9
1 2 3 4 5 00 99 98 97 96

1

Das Aas! So ein Aas, diese dicke, fette Pudding-Clara. Bei der hingen die Lappen nur so übern Rand, wenn die auf dem Klo saß. Und wenn sie mal mit den anderen Mädchen zusammen in einer Umkleidekabine war und sie verglichen, wer denn nun am meisten hatte, da gewann Clara immer. Kunststück! Aber im Badeanzug sah sie aus, als hätte der Metzger nicht genug Papier gehabt. Und gestern, auf Piscadera unter der Dusche, da hatte sie das Ding sicher nicht nur deshalb ausgezogen. Clara unter der Dusche, jawohl, zusammen mit Bob! Mit Bob, der im Schwimmbad immer alle Kabinen abklapperte. Wer weiß, vielleicht hatte er Clara auch abgeklappert.

Konnte Josje was dafür, daß die beiden keine Hand mehr frei gehabt hatten, die Tür zu verriegeln? Und als sie dann plötzlich da reingestürmt war, hatte Clara natürlich wieder ihre blöde Kodderschnauze aufgerissen. Und dann hatte sie ihre dicken Wurstfinger blitzschnell vor ihre Sehenswürdigkeiten geschlagen. Wie in einem alten Film.

»Olle Kamellen!« Fein, daß Josje das gerade noch hatte rufen können, bevor Bob mit einem Grinsen die Tür der Dusche zuwarf. Und was danach kam, war das auf Claras Mist gewachsen? Dafür war Clara doch eigentlich zu dumm.

Heute morgen war Clara nicht in der Klasse gewesen. Wo die nur gesteckt hatte? So schnell bekam keine ein Kind, nicht einmal Clara, die immer damit angab, alles besser und schneller zu können als andere. Plötzlich war sie dann zur Tür reingekommen und zu ihrem Platz gegangen, mit einem Gesicht wie ein Engel, der aus Spaß am Verkleiden seine Flügel in die Hosen gestopft hat, und so hatte sie sich auch hingesetzt. Aber nicht für lange. Denn Sœur Supérieure, die Schwester Oberin, kam hereingesegelt, und das bedeutete: alles aufstehen, auch Santa Clara.

»Mädchen!« Die Stimme von Sœur Supérieure hatte sich genau so angehört, wie sie roch: sauer. Jetzt würd's losgehen, und was machte das dann noch aus? Clara würde zur Schnekke gemacht werden, und war sie hundertmal die Tochter von Sjon Ibi und darum immer wieder mit einem blauen Auge davongekommen.

»Mädchen! Der Mut einer unserer Schülerinnen und ihre wahrhaftige Ergebenheit der Mutter Maria gegenüber hat eine von euch als Sünderin entlarvt, als Gefahr für diese Schule.« Guter Satz zum Zergliedern. Donnerwetter, Sœur Supérieure machte ganze Arbeit. Aber wie war sie dahintergekommen?

»Seht sie euch genau an und vergeßt das Gesicht nicht! Das Gesicht einer Verderbten, für die wir gleich gemeinsam beten werden.«

Nein, jetzt nicht umsehen zu Clara. Verdorben? Nur weil sie zusammen mit Bob in einer Duschkabine …? Wollten sie denn nicht alle gern mal mit Bob zusammen unter die Dusche?

»Jozina!«

Als sie auf ihrem Platz geblieben war, hatte Sœur Supérieure sie am Arm vor die Klasse gezerrt und mit einem Stoß in den Rücken dicht vor die erste Bank geschoben.

Die Gesichter vor ihr waren verschwommene Flecken geworden, nur Claras Visage leuchtete heraus, ein Fettfleck der Zufriedenheit.

»Dieses Mädchen ist gestern von einer ihrer Klassenkameradinnen erwischt worden, in einer Duschkabine auf Piscadera, mit einem ... mit einem Jungen! Jozina Walther mit einem ... Lasset uns für sie beten.«

Das durfte doch nicht wahr sein! Waren denn alle verrückt geworden?

»Gegrüßet seist du, Maria, voll der Gnade ...«

Die Stimmen hatten es gesungen, genüßlich, mit kitzelnden Atempausen, Luftholen zu heimlichem Lachen. Und sie hatte währenddessen stehenbleiben müssen.

»Der Herr sei mit dir ...«

»... in einer Duschkabine ...«, hatte sie in den Gesang geschrien – denn erst da hatte sie alles richtig begriffen – und war aus der Klasse gerannt. Sonst wäre sie erstickt vor Wut. Und dann über den blöden Korridor, die blöde Treppe runter, über den blöden Schulhof.

»Das Aas! Das ist ja so ein Aas, die Clara«, sagte sie in ohnmächtiger Wut, als sie über den Brionplatz zur Brücke ging. Natürlich, die Scheißbrücke war gerade hochgezogen. Und das würde sie auch noch eine halbe Stunde bleiben, wie sie auf der Brückenuhr sehen konnte. Dann also mit dem Boot nach drüben. Sie würde ihrem Vater ... und der würde dann mal eben ...

Ihr war, als wolle ihr Herz am Gaumen zerplatzen, als ganz dicht bei ihr in der Kolonne ein Auto hupte, während sie sich zwischen zwei Stoßstangen durchquetschte.

»Jossi! Jossi! Ich bringe dich nach Hause!«

Onkel Louis winkte ihr zu. Sie sah nur seine grabschende Hand im offenen Autofenster. Nein, sie hatte ihre Schultasche nicht bei sich, die hatte sie in ihrer Bank stehenlassen. Und wenn man mit Onkel Louis mitfuhr, dann brauchte man eine Schultasche, damit man ihm auf die grabbelnden Finger klatschen konnte, mit denen er einem unter den Rock kroch.

»So 'n netter Mann, der Louis«, sagten sie zu Hause. »Immer bringt er den Kindern eine Kleinigkeit mit.« Tja, so ging das mit all den reingeschneiten »Onkels«. Und natürlich wurde so etwas gerade dann gesagt, wenn auf der Vorveranda 'ne Menge Leute waren, mittendrin triumphierend Onkel Louis, der ihr zuzwinkerte. »Aber meine beste Kleinigkeit kommt ja noch, nicht wahr, Jossi?« Alle lachten, lachten. Jesses, hatte der Humor.

Bei ihnen zu Hause war wieder mal was los. »Vollversammlung des Idiotenklubs« nannte Josje das.

Nein, sie fuhr nicht mit. Und das wußte er auch. Der fragte sie doch nur, um sie zu ärgern.

Der Polizist auf seinem kleinen Podest auf der Kreuzung rief ihr nach: »Na, haben sie dich mal wieder nach Hause geschickt?«

Mit der Nase hoch in der Luft ging sie an ihm vorüber, zum Boot, und erst auf der anderen Seite der Bucht blickte sie sich kurz mal um. Der Polizist ... Onkel Louis ... die Mist-Schule, die natürlich nie in Flammen aufging, dafür aber so 'n alter Schuppen, in dem zwölf Familien wohnten. Die werden wohl nicht gebetet haben. Oder die haben zusammen nackt unter der Dusche gestanden. Ja, von wegen Dusche! Das einzige Wasser, das die in der Gegend hatten, das war ihr eigener Schweiß.

»Jossie ...« Jemand rief sie beim Namen, aber sie ging weiter, sie hätte ja doch nicht antworten können. Ihre Stimme saß immer noch in einem großen Mehlkloß hinten im Hals.

An der Festungsmauer entlang, unterm Tor durch, dann war sie zu Hause. Natürlich, ihr Vater war nicht da, der saß auf dem Polizeirevier und spielte den Herrn Kommandanten. Sjon commandaant! Und wenn er nach Hause kam, würde er wohl wieder loslegen: »Was euch heutzutage in der Schule alles juckt! Zu Olims Zeiten ...« Zu Olims Zeiten ... zu Olims Zeiten. Als sie noch klein waren, bevor sie hierher auf die Insel gekommen waren, in Holland, hatte sie gedacht: Na siehste, früher haben wir ein Brüderchen gehabt. Das ist gestorben. Und nun hat Vater nur noch Mädchen. Und Olim, Olim hatte immer alles richtig gemacht, denn Olim war ein Junge. Dauernd dieses »zu Olims Zeiten«. Schon morgens, wenn er da stand und sich mit dem großen Messer rasierte, und abends, wenn's Krach gab am Tisch, Olim war immer dabei, Olim war mit umgezogen nach Curaçao, in das Haus im Fort, und jeden Tag erinnerte er sie und ihre Schwestern daran, daß sie nur Mädchen waren.

Olim ... Dummkopf, der sie gewesen war.

Im Religionsunterricht hatte der Pfarrer die Klasse gefragt, wer denn den schönsten Heiligennamen wüßte. »Olim!« hatte sie gerufen.

»Red keinen Unsinn, sonst schmeiß ich dich raus. Olim ist lateinisch und heißt ganz einfach ›früher‹.« Zu Olims Zeiten ... zu Olims Zeiten ... na klar: zu früheren Zeiten.

Tja, heute wußte sie das, aber trotzdem ... es hat mal einen Bruder gegeben. Und weil der tot war, konnte Vater seinen Namen nicht mehr über die Lippen bringen. Darum nannte er ihn Olim: den von früher.

Da muß mal ein Bruder gewesen sein, denn warum sollte Vater sonst wohl mit großen, kalten Augen und straffen Wangen sie und ihre Schwestern ansehen und sagen: »Määädchen.«

Warum durften sie nie heulen?

Warum war er stolz, wenn sie schneller laufen konnte als die Jungen vom Adjutanten?

Warum bestrafte er sie nie, wenn eine Polizeistreife sie aus der Punda fischte, wo sie sich mit den Jungen prügelte, während Ten Cent Store und andere Huren sie anfeuerten?

Und wenn sie mit Polizei und Marineinfanterie beim Wassersport mitmachte, warum fragte er dann nie: »Mußt du keine Schularbeiten machen?«

Nee, dann fragte er nie!

Zu Olims Zeiten ... Wenn sie das mit Clara erzählte, würde es wohl wieder heißen: »Zu Olims Zeiten, da konnte jeder seinen eigenen Kram regeln. Da gab's kein Geflenne bei Papi und Mami. Du mußt dich allein durchbeißen können. Ich bin doch nicht dein Kindermächen.«

Wenn er guter Laune war, würde er sie in einen seiner bekannten Polizeigriffe nehmen. Dann müßte sie versuchen, freizukommen, so wie er es ihr beigebracht hatte. »Du bist ein Mädchen, aber ich kann nicht ewig hinter euch herlaufen. Du wirst lernen müssen, dich zu verteidigen.«
»Geh doch nicht so grob mit dem Kind um.«
Aber es half gar nichts, wenn Mutter das verärgert aus dem anderen Zimmer rief.
»Davon wird sie erwachsen!«
»Sie ist doch schon vierzehn!«
Und das half dann.
Wenn sie nicht aufpaßte, fiel sie hin, so unverhofft ließ er sie wieder los. Dann klopfte er sich die Hände an seiner weißen Uniform ab. Das tat er noch nicht mal heimlich. Sicher dachte er, sie würde das nicht sehen. Als hätte er etwas Ekliges in Händen gehabt.
Melba, die in der Schule neben ihr saß, die hatte so kalte, feuchte Hände. Unappetitlich, denn gerade von braunen Händen erwartet man, daß sie immer warm sind. Aber darum zog man die eigene Hand doch nicht zurück, wenn Melba einem unter der Bank einen Molli-Molli durchgab. War's denn Melbas Schuld? Na also! Und der Molli-Molli, der konnte doch auch nichts dafür, daß er weich wurde. Den zwirbelte man grade so lange zwischen Daumen und Zeigefinger, bis er auseinanderplatzte und man den großen Beerenrotz in die Zöpfchen des Mädchens vor einem schmieren konnte.
Mädchen … als wenn's an ihr läge. Und seinen Baum, an den

sie früher geglaubt hatte, konnte er auch in den Wind schießen.
»Eines Tages sagten deine Mutter und ich: Wir möchten ganz gern ein Kind haben.«
»Hattet ihr denn noch kein Kind?«
»Nein.«
»Auch keinen Jungen?«
»Ein Junge ist doch auch ein Kind, oder? Und ich sagte doch, wir hatten kein Kind. Da bin ich dann zu dem Baum gegangen, an dem die Kinder wachsen.«
»Fallen die da nicht runter?«
»Nein, die sitzen fest.«
»Woran?«
»Na, ganz einfach fest, so wie Engel unter der Decke.«
»Haben die auch ein Tuch davor und eine Trompete?«
»Nein, sie schreien ...«
»... haben sicher Angst, daß ein Vogel sie vollkackt.«
»So was darfst du nicht sagen.«
»Aber so ein Vogel, der kann doch nicht aufs Klo, der fällt doch durch die Brille. Und ziehen, also spülen, das kann er auch nicht, obwohl er das ja tun müßte.«
»Ja, soll ich jetzt erzählen oder nicht? Finger aus der Nase und Füße stillhalten. Wenn ich das damals alles gewußt hätte, daß ...«
»Was?«
»Du hingst am Baum und riefst: ›Pflückt mich, pflückt mich, ich will auch immer schön artig sein!‹ Na, da hab ich dich dann gepflückt.«

»Du hast mich also wirklich gepflückt?«
»Das siehst du doch! Du bist doch unser Kind!«
Hingen auch Jungen an dem Baum? Wie kommt es, daß die Kinder an dem Baum sprechen können, in der Wiege aber dann nicht mehr? Ob die Kinder am Baum wohl manchmal lügen, von wegen immer artig sein? Und von wem haben sie das wohl gelernt?
»Hast du Jeannet auch gepflückt?«
»Ja.«
»Warum hast du zwei Mädchen gepflückt? Warum nicht einen Jungen?«
Stille. Dann: »Die waren schon abgepflückt.«
»Du konntest doch warten, bis einer nachgewachsen war?«
Und Jahre später, auf Curaçao, als Olfy kam, hatte sie nicht mehr gefragt: »Warum hast du drei Mädchen gepflückt?«
Denn Olfy hätte ja von einem Baum auf Curaçao kommen müssen, die hätte also braun sein müssen.
Aber Olfy war beängstigend rot.
Mit dem Baum, da stimmte etwas nicht.
»Warum ist sie nicht braun?« hatte sie gefragt. Die Ohrfeige dröhnte durchs ganze Krankenhaus; die Nonne hatte sie schnell – »Du Ärmste!« – mitgenommen, raus aus dem Zimmer zum Bäckerladen, wo sie ihr ein Plätzchen kaufte.
Das Plätzchen hatte sie nicht angenommen. Die Nonne hatte sie an sich gedrückt, ihr über das steife, glatte Haar gestreichelt: »Na, erzähl doch mal, mein Herzchen.«
Aber wie hätte sie etwas von dem Baum erzählen sollen? Irgend etwas Gemeines, Schmutziges war damit verbunden,

sonst hätte sie ja die Ohrfeige nicht bekommen. Das war bestimmt wieder etwas, was sie nicht wissen durfte. Und dann war es immer besser, mit Erwachsenen erst gar nicht darüber zu reden.
Ein Baum! Pah! Ein ganz kleiner, pimmeliger Baum, das war es! Das hatte sie später bei den Jungs im Schwimmbad entdeckt. Manche waren sogar sehr geschickt damit. Die hatten klammheimlich etwas in der Hand, steckten das da rein, und dann war das Ding plötzlich ganz steif. Eigentlich schade, daß man keinen Bruder hatte, der einem den Trick hätte verraten können, für ein Eis oder ein Heiligenbildchen vom heiligen Sebastian – mit all dem Blut und den Pfeilen im Körper war der der interessanteste Heilige. Ein richtiger Jungen-Heiliger.
»Keine Schule heute? Gehst du mit?« Josje schrak auf. Sie versuchte ihre enteilten Gedanken zu sammeln und sah fragend zum Hafenarzt auf.
»Was sitzt du hier in der grellen Sonne?«
Sie sah sich um, sah die Steine des Landungsstegs, das Wasser zu ihren Füßen. Jemine, sie hatte sich hier einfach auf eine Kiste gesetzt. Aber wann?
»Ich muß weiter.« Langsam rappelte sie sich auf und ging mit gesenktem Blick am Hafenarzt vorbei.
»Sag deiner Mutter, daß ich gleich zur Erbsensuppe komme.« Herrgott, auch das noch! Heute war Erbsensuppentag. Richtige, gute holländische Erbsensuppe. Dann saß die Veranda wieder den ganzen Tag voller Leute. Onkel Sack und Onkel Pack, Tante Schnaps und Tante Schwips. »Ach, da ist ja auch

Jossi! Was wird das Kind doch groß!« – »Eine richtige junge Dame!«

Was hast du denn gedacht? Eine falsche junge Dame? Ein halber Junge, eine halbe Dame?

Die würden's wieder so richtig gemütlich haben. Alles in Reichweite.

Junge Dame, verrücktes Wort: Junge-Dame; grad so verrückt wie »aufzumachen« ..., das brauchst du nicht auf-zu-machen ... Wie kann man etwas gleichzeitig auf- und zumachen? Aber mit so einer Frage brauchte sie im Sprachunterricht gar nicht erst anzukommen, das wurde ihr als Frechheit angekreidet.

So wie damals, als alle ein Wort mit »ph« nennen mußten. Pharao, Phase, Philanthrop, Philister, Pharisäer, Philosoph.

»Na, Jozina, und du?«

»Kipphebel!« Sie war sofort aus der Klasse geschickt worden. War das ein Wort mit »ph« oder nicht? Warum wußten die anderen Kinder immer sofort, was die Sœur meinte? Warum haute sie immer so gewaltig daneben? Oder hatte »Kipphebel« noch eine andere Bedeutung? Die sie nicht wissen durfte und nicht wissen konnte? »Kapholländer« wäre vielleicht sicherer gewesen. Ein Wort über die Buren, die Holländer in den Kapkolonien. Daß sie auch immer wieder reinrasseln mußte.

Die Türklinke in der Hand, stand sie da und lauschte den Gesprächen, die von der Veranda kamen, die Freitreppe des Hauses runterrollten, ins Fort, wo sie stand. Sie ließ die Klinke los, machte vorsichtig einen Schritt vorwärts und versteckte sich dann hinter einer der weißen Säulen. Der Hausknecht saß nicht in seiner Bude. Das Kupfer war wohl schon geputzt. Leise – warum eigentlich – schlich sie zur nächsten Tür. Die Sirene der Brücke heulte über die Stadt. Kann sein, daß sie zuerst die Autos auf Punda haben fahren lassen, dann wartet Onkel Louis jetzt noch auf Otrobanda, dachte sie. Die Sirene schwieg; ruckartig blieb Josje beim Kellerverschlag stehen. Sie hatte etwas gehört.

»Daß die Mädchen auch immer mit den Kerls anbändeln müssen!« hörte sie ihre Mutter sagen.

Ihre Augen bohrten sich durch das Halbdunkel und suchten den Verschlag, der Aura als Garderobe diente, das WC daneben.

Dann konnte sie's hören. Es kam aus Auras Garderobe. Brummen und Stampfen, Gekichere von zwei Stimmen. Eine tiefe, die »Na, nun komm schon! Stell dich doch nicht so an!« schmeichelte, und eine helle, die »Nicht doch!« kicherte.

Laut pfeifend lief Josje wieder nach draußen: Da würde sie warten, bis er raus kam. Der Hausknecht? Ein Marineinfanterist? Er steckte im Umkleideraum. Umkleideraum? Auskleideraum! Wenn sie nun ganz höflich anklopfte und Aura fragte: »Wie geht das eigentlich? Was macht ihr da alles? Warum kommen die Männer immer hierher nach unten zu dir? Und was gibt's dabei zu lachen?«

Aura würde natürlich wieder lachen. Das war die einfachste Methode, wenn man braun war und den Weißen nichts erzählen wollte, ohne sie zu verärgern. Hinter sich hörte Josje schlurfende Schritte. Sie brauchte sich nicht umzudrehen, denn »die Person« würde ja doch an ihr vorüber müssen, falls

es ein Marineinfanterist war. Wenn niemand kam, war's der Hausknecht, der ins Haus verschwand.
Als es still blieb, blickte sie sich um. Niemand zu sehen. Saß der womöglich auf Auras Klo?
»Aura?« rief sie leise. Jetzt würde die Tür einen Spalt geöffnet werden, und gegen den dunklen Hintergrund würde sie nur das Weiße von zwei Augen sehen können.
Aber die Tür blieb zu.
»Deine Mami sagt, du hast hier nichts zu suchen.« Nur Auras Stimme kam durch die Holzwand zu ihr.
Mit der Türklinke in der Hand wartete Josje. Das war Auras Kammer. Der Mann auf dem Lokus konnte alles hören. »Jossie, willst du nicht essen gehen? Oben, im Kühlschrank, steht alles bereit für dich. Wenn du nichts ißt, sagt deine Mami: Aura hat schuld.«
Josje hielt den Atem an. In Gedanken sah sie, wie Aura hinter der Tür stand und mit schief geneigtem Kopf lauschte.
Stille.
Wer würde als erster etwas sagen?
Die Stille wurde unterbrochen von einem tiefen, herzhaften Rülpser aus dem WC.
»Nur raus mit der Sprache!« rief Josje, nun erleichtert, da sie Gewißheit hatte.
Die Tür der Garderobenkammer flog auf. Aura sah Josje an, Josje sah Aura an. Ihr Lachen schallte durch den dunklen Raum. Aura zog Josje in die Kammer, schlug die Tür zu und stellte sich mit dem Rücken davor.
»Er … er läuft weg«, prustete Josje.

»Ach Jossie!« Auras Lachen erstarrte zum Grinsen.
Das spürte Josje, obwohl sie es nicht sehen konnte.
»Aura, den hat seine innere Stimme so erschreckt, denn die fragte: ›Was tust du hier bei Aura?‹«
»Aber erzähl nichts der Mami. Er wird sonst bestraft.«
»So ist das also: Während sie Wache haben, nachts, gehen sie auf deine Toilette. Das stinkt.«
»Aber nichts erzählen, Jossie!«
»Falls du heute zum Schlafen hierbleibst, sag ich dir jetzt schon, daß neben dem Klobecken im Badezimmer eine so große Spinne sitzt. Aura, so 'ne Spinne!«
Mit beiden Händen deutete sie die Größe der Spinne an, schüttelte dann plötzlich alle zehn Finger – als hätte sie die Spinne tatsächlich angefaßt.
»Heute abend muß ich zur Kirche, mit dem Chor üben.«
»Die Kirche ist doch hier im Fort. Warum bleibst du nie hier zum Schlafen?« Nervös friemelte Josje mit einem Gürtel, der an einem Nagel hing.
Aura fummelte in ihrem Haar herum. Sie würde nicht bleiben, dachte Josje, niemand wollte bei ihnen übernachten; und sie wollten nicht einmal andeutungsweise sagen, warum nicht. Aber es war wohl wegen des »Spiritu« – wegen der Geister der toten Marineinfanteristen und Polizisten, die hier immer noch, Jahre nach dem großen Überfall, herumirrten.
»Wirst du deiner Mami auch nichts erzählen?«
Aura blickte Josje an, als würde die Antwort sie gar nicht interessieren. Worauf konnte man sich denn schon verlassen, und wenn die Leute einem sonstwas versprachen? Nach dem

Singen versetzt sie mich ja doch, dachte Josje. Die bleibt doch nie und nimmer über Nacht bei uns. Die hat doch auch Angst.
Aura lauschte, öffnete die Tür und ging die Innentreppe rauf. Josje hinter ihr her. Mit einer Hand wischte sie den Staub von der Wand, die andere hatte sie zur Faust geballt, weil sie die sonst womöglich zwischen Auras Hacken und die dagegen klatschenden Pantoffel gesteckt hätte.

Oben war das Radio an. Es wurde etwas über einen Orkan bekanntgegeben, irgendwo in der Gegend von Aruba.
»So, da bist du ja endlich!«
Na, heute schien die Suppe ja besonders dick zu sein, in zweifacher Hinsicht. Oder? Natürlich hatte die Schule Mutter bereits angerufen.
»Mit der Brücke stimmte irgend etwas nicht.«
Josje stürzte sofort zum Kühlschrank, aber ihre Mutter, ärgerlich wie sie war, schlug die Tür wieder zu – ihr beinahe auf die Hand.
»Mit der Brücke stimmt's wohl sowenig wie mit dir! Wart nur, bis Vater nach Hause kommt, dann kannst du was erleben!«
Olfy kam aus dem Zimmer gewatschelt, mit Erbsensuppenmund und einem Stück Speck in der Hand. Mit der anderen zog sie Josje in den Salon.
Auf der Veranda hatten sich alle umgedreht. Starrende Augen, kauende Münder.
O verdammt, das hatten sicher alle gehört, daß die Schule

angerufen hatte. Ihre Mutter hatte bestimmt alles haarklein erzählt.
Stocksteif blieb sie stehen. Im Gummiband ihres Höschens sammelte sich der Schweiß, lief runter in die Kniekehlen.
Einer der Onkel tastete sie mit den Augen ab, über die Schuhe, die Beine, den Rock ... verharrte einen Augenblick ... sah ihr ins Gesicht, verzog den Mund und begann wieder, musterte ihren Rock, ging höher mit den Augen ...
Sie wich den Augen aus und starrte zur Verandadecke. Abwehrend streckte sie ihr Kinn vor.
»Warst du mit Bob in einer Duschzelle?« fragte Olfy erregt.
Wie ein Blitz schlug es bei ihr ein. »Ja, mein Schatz.«
Sie sah, wie sich alle anblickten, wie sie erstarrten. Na bitte, das wollten sie so schnell nicht glauben, nicht von ihr. Aber laß sie nur alle glauben, daß es wahr ist, sie und Bob ...
Mit strahlendem Lächeln sah Josje sie der Reihe nach an. Bitte, bitte, lieber Gott im Himmel, ich werde morgen im Musikunterricht an der Orgel bestimmt keine Sperenzchen machen, aber laß sie bitte nie die Wahrheit erfahren! Sie brauchen nicht zu wissen, daß Bob nur auf große Titten steht.
Verstohlen glitten ihre Augen über ihr Kleid – das war kaum der Rede wert, was da war –, weiter nach unten, auf Olfys fettigen Kindermund.
»Jossie, was hatte Bob da in der Duschzelle?«
Vater kam auf die Veranda und sah sie stirnrunzelnd an.
»Einen Baum, an dem Kinderchen wachsen, mein Kleines.«
»Kriegst du jetzt ein Kindchen, Jossie? Von Bob?«
Wie ein Orkan brach ein Gelächter los, und dazwischen don-

nerte Vaters Stimme: »Was ist hier eigentlich los? Was ist das für ein ... Was ist mit Bob?«

Josje zerrte Olfy aus dem Salon, durchs Hinterzimmer in die Küche. Sie lauschte und ergriff Auras Hand, die gerade einen Schrank öffnen wollte.

»Tja, zu Olims Zeiten, als wir ...« Das kam von der Veranda. Da waren sie also wieder. Hör doch mal ... Sie ließ Auras Hand los.

»Es wird Zeit, daß du sie nach Holland schickst. Wenn du es nicht sehen willst, andere haben es längst bemerkt: Sie ist ein Mädchen, ein ganz apartes Mädchen. Na, und das weißt du doch auch, das von Jans Tochter, und das von dem Mädchen von Ans und Henri ...«

»Ein ganz apartes Mädchen« – damit war sie gemeint!

»Seht sie euch genau an und vergeßt das Gesicht nicht! Das Gesicht einer Verderbten« – und auch damit war sie gemeint. Ob die Leute hier auf der Veranda dasselbe meinten?

2

Ganz hinten auf dem Ringwall, der um das Fort lief, an die Treppe zum Konsistorialzimmer gelehnt, stand Josje und lauschte. In der Kirche wurde gesungen. Aber nicht protestantisch wie am Sonntag. Sie übten für ein Konzert. Falsch, also aufs neue beginnen. Aura sang und hatte sie vergessen.
Mit den Augen folgte Josje den Linien der Dächer. Der riesige Regenwasserbehälter darunter sah aus wie ein Haus ohne Fenster, aber mit einer Tür. Wenn man da reinging, stand man auf einem kleinen Steg, und ganz tief unten war das Wasser. Man mußte schon mit einer starken Lampe nach unten leuchten, um es sehen zu können. Aber dann sah man auch die toten Katzen, die darauf trieben. Dreimal am Tag pumpte Dechi Wasser daraus in die Tonne neben ihrem Haus.
Dechi hatte sie ihr gezeigt, die toten Katzen. Warum? Um ihr angst zu machen? Weil sie vor nichts Angst hatte? Na ja, vor Spinnen ... Jedenfalls nicht vor Dechi, der ein Mörder war, der sein Mädchen ermordet hatte, weil die mit einem anderen losgezogen war. Die konnte nun niemand mehr haben, und Dechi mußte dafür fünfzehn Jahre im gestreiften Anzug rumlaufen, gelb-blau. Fünfzehn Jahre Wasser für sie raufpumpen. Aber niemand fand, daß Dechi schlecht sei. Er hatte getan, was er tun mußte, sagten die Leute von der Insel. Und das Gesetz?
»Das Gesetz«, hatte Ten Cent Store den anderen Huren in der Punda gegenüber behauptet, »das Gesetz ist von kalten Men-

schen gemacht aus einem kalten Land, wo man von der Liebe überhaupt nichts versteht. Palu friu!«
Das war immer ihre Schlußbemerkung, wenn sie etwas zu sagen hatte über die »Makambas«, die Weißen. Dann brüllten die anderen Frauen vor Lachen, und in ihrem langen, glitzernden Kleid, den stolzen Kopf auf dem schlanken Hals, drehte sich Ten Cent Store wie eine Königin der Weisheit.
Palu friu – das war Eis am Stiel.
Eines Tages hatte sie mitgelacht. Da hatte Ten Cent Store ihr anerkennend zugenickt. So, wußte sie's endlich auch? Aber von wem, danach fragte niemand.
Von dem Mann im Kiosk vor der Schule, der auch Süßigkeiten verkaufte.
»Haben Sie ein palu friu?« hatte sie eines Tages gefragt.
Genau wie die Lehrer in der Schule hatte er wohl geglaubt, sie wolle ihn ärgern. Jedenfalls hatte er sein grinsendes Gesicht rausgestreckt und ganz warm und fett gesagt: »Nee, aber ich hab ein palu cajente!« Ein warmes Eis am Stiel … sie hatte ihn doch gar nicht aufziehen wollen, warum sagte er dann so einen Quatsch? Ein warmes … warte mal … ein warmer Dauerlutscher. Vor der Kapelle neben der Schule war sie plötzlich stehengeblieben. Das war's! So müssen sich die Apostel vorgekommen sein, zu Pfingsten, als sie plötzlich alles begriffen. Das hatte der Kerl also gemeint!
Ein Kerl, der keine warme Lutschstange hat, hat Eis am Stiel!
Sie war losgerannt, weg von der Kapelle, ab nach Hause. Denn die Apostel werden zu Pfingsten wohl doch etwas anderes entdeckt haben. Und man konnte ja nie wissen, vielleicht gab

es doch einen Jemand, der alles hörte, alles sah, in einen reingucken konnte.

Auf der Treppe zum Konsistorialzimmer sah Josje zum Abendhimmel. Dann nach hinten, zur Tür neben dem Wasserbehälter ihr gegenüber. Die Tür hatte mit dem Wasserbehälter nichts zu tun. Wohin führte die? Immer war sie verschlossen, und sogar Dechi verlor kein Wort darüber.

War dahinter etwas zu hören?

Die in der Kirche machten zuviel Krach. »O blute nun, du liebes Herz ...« oder so ähnlich. Leise sang Josje mit. Wußte Aura wohl, was sie da sang? Daß es ein Lied von Bach war? Das interessiert doch nicht die Bohne, ob man das weiß! In allen Liedern – ob in Papiamentu, Spanisch, Englisch, Deutsch oder Holländisch – bluten Herzen auf die gleiche Art und Weise. Ihr Vater sagte immer: »Stellt bloß den Blödsinn ab! Für so 'n Quatsch werden die Leute auch noch bezahlt!« Dann wurde das Radio abgestellt. Aber ihr Vater hatte auch zuviel Blut gesehen. Von Kerlen, die sich gegenseitig niedergestochen hatten, weil einer beim Domino betrogen hatte. Blut von einem Mädchen mit sechsundzwanzig Messerstichen im Bauch. Die hatte er natürlich nicht erst alle gezählt. Er hatte sie blitzschnell in ein Tischtuch gerollt und mit seinem eigenen Auto ins Krankenhaus gefahren. Denn dort, wo sie wohnte, dahin konnte kein Krankenwagen fahren. Jeden Tag sah ihr Vater Blut. Dann hatte man natürlich eines Tages genug davon, genau wie von Eis am Stiel, palu friu.

Ob Aura wohl Eis gemacht hatte, bevor sie zur Kirche gegangen war?

In Gedanken sah sie's vor sich stehen: das schöne, gläserne Schüsselchen voll rosa Eis. Sie würde das Schüsselchen aus dem Geschirrschrank nehmen müssen, in dem ihre Mutter immer eine Rattenfalle aufstellte. Manchmal war eine drin. Es gab eben auch dumme Ratten. Aber die dummen Ratten waren genauso stark wie die schlauen. Und dann hörte man sie poltern, springen und schreien. Was machten sie zu Hause eigentlich mit den gefangenen Ratten?

Nach jenem Abend damals hatte sie nie wieder danach gefragt. Das Haus war voller Menschen gewesen: jede Menge Uniformen, Abendkleider und ein paar Pfarrerkutten. Jeannet und sie waren aus dem Bett aufgestanden, still hatten sie auf der Treppe gesessen. Mit dem Kopf zwischen den Beinen konnte man recht gut ins Zimmer sehen. Vielleicht war der neue Pfarrer dabei. Zu Aina aus ihrer Klasse hatte er gesagt – als Aina zu ihm zur Beichte gekommen war –, daß Küssen überhaupt keine Sünde wäre. »Küßt du gern, Aina?« hatte er gefragt. Einem neuen Pfarrer, der alle Namen wußte und auch die begangene Sünde erkannte – einfach so, durch die Luke im Beichtstuhl –, dem ging man besser aus dem Weg. Aber einmal hätte sie ihn doch gern von nahem gesehen. In einer Hand eine Zigarre, in der anderen ein Glas Genever, war er vielleicht anders als im Beichtstuhl.

Ihre Mutter hatte etwas aus dem Geschirrschrank holen müssen. Also zog sie die Tür auf. Mit der Falle um den Bauch war die Ratte rausgesprungen. Die Abendkleider kreischten. Die Uniformen bildeten schnell einen Kreis und scheuchten die Ratte. Und die Kutten taten beides, denn sie waren ja auch

Kleider und Uniformen zugleich. Quietschend rannte die Ratte im Kreis herum. Plötzlich rief ihre Mutter: »Geht doch mal eben aus dem Weg!« Mit dem Beil in der Hand stand sie einen Augenblick still, zielte, ging einen Schritt vor und schlug zu.

Das Blut spritzte auf ihr weißes Abendkleid. Jemand – irgendein Schlappschwanz – rief überlaut: »Für mich heute keine Frikadellen, Hanna!« Ihre Mutter nahm die geköpfte Ratte beim Schwanz und schwenkte sie im Kreis herum, vorbei an den ungläubigen Gesichtern, vorbei auch an der Treppe. Sie lachte, weil ihr das, was sie gerade getan hatte, niemand zugetraut hätte. Dann sah sie ihre beiden Töchter. »Jos, Jeannet, sofort ins Bett mit euch!«

Die Gäste hatten sie angestarrt, als ob sie ihnen eine Standpauke halten würde, weil sie etwas gesehen hatten, was sie nicht hätten sehen dürfen.

Sie waren nach oben gerannt, und erst im Bett hatte Jeannet beklommen gepiepst: »Sie hat ’ner Ratte den Kopf abgehackt, mit einem Schlag!«

»Wenn sie ihn abgebissen hätte, ja dann …«

Jeannet hatte leise aufgeschrien, das Moskitonetz sorgfältig zugezogen und die Enden unter ihre Matratze gestopft.

Von unten kam lautes Gelächter. Hinten, auf dem Ringwall, kam die Wache vorbei. Dann konnte man keine Schritte mehr hören. Also stand der Posten da und lauschte heimlich.

»Jos, darf ich zu dir ins Bett?«

»Nein, die Ratte ist doch tot.«

»Aber die anderen Ratten … Jos, wo sitzen die Ratten?«

»In ihrem Fell. Und jetzt halt den Schnabel!«
Jeannet hatte angefangen zu flennen und war dabei in Schlaf gefallen. Aber Josje lag wach und lauschte. Sie lauschte den Geräuschen über ihr. Schreien, Kreischen, Schurren, ein Anlauf ... und dann Rutschen, als würde jemand aus der Kurve gleiten.
Sie hatte keine Angst! Sie hatte keine Angst! Nur Mädchen hatten Angst, schrien, riefen nach der Mutter. Was war da los auf ihrem Dachboden? In ihrem Schlafzimmer war eine Luke, aber die ging nicht auf. Ihr Haus war einige Jahrhunderte alt. Vater hatte ihr mal Zeichnungen der alten Fort-Anlagen gezeigt. Über den Wohnungen und Gebäuden der alten Westindischen Compagnie waren gewaltig große Dachböden.

Josje stand auf der Treppe zum Konsistorialzimmer und blickte auf die geheimnisvolle Tür gegenüber. Konnte man durch die Tür auf den Dachboden kommen?
Aura mußte heute einfach hierbleiben. Vater und Mutter waren ausgegangen. Heute abend würde sie es nicht ertragen können, dazuliegen unter den Geräuschen über ihrem Zimmer.
Olfy war natürlich wieder mal zu Jeannet ins Bett gekrochen. Die beiden hatten sich auch gesucht und gefunden. Die machten sich gar nichts draus, die gaben offen zu, Angst zu haben.
»Mußt du nicht schon im Bett liegen?« Leutnant Lang! Ausgerechnet der war heute abend Wachoffizier!
»Ich warte auf Aura. Die ist in der Kirche und singt. Die bleibt heute nacht bei uns.«

»Von wegen! Dein Vater hat die Wache angerufen, daß er und Ha... deine Mutter nicht zu Hause sind. Kein Wort davon, daß Aura bei euch übernachtet! Dann hätte er mich doch auch nicht gebeten, mal eben reinzuschauen.«

Herausfordernd blieb Josje sitzen. Wenn er sich die Frechheit erlauben würde, sie hochzuzerren, sie auch nur anzufassen! Er war heute mittag auch bei der Korona zum Erbsensuppenessen gewesen. Er hatte auch gehört, was da über Bob und sie gesagt worden war, über »ein apartes Mädchen«. Er sollte nur nicht denken, sie sei noch ein Kind.

»Na, wird's bald!«

»Hier ist nicht die Kaserne«, sagte sie, wie ihre Mutter das oft zu ihrem Vater sagte. »Da kannst du kommandieren!«

Sie hörte, wie sich hinter ihr das Konsistorialzimmer füllte. Die Tür hinter ihr wurde einen Spaltbreit geöffnet. Jetzt konnte sie ruhig aufstehen, ohne ihn auf den Gedanken zu bringen, nachgeben zu wollen.

Sie drehte ihm den Rücken zu, steckte den Kopf durch die Türöffnung und rief: »Aura!«

»Da wird niemand durchgelassen! Hier wird niemand ins Fort gelassen, verstanden!« schrie die Lang-Stimme hinter ihr.

»Jossie, hau ab!« zischte Aura.

Aber Josje ergriff sie beim Kleid, zog sie durch den Türspalt, raus aus dem Konsistorialzimmer, auf den Ringwallgang.

»Aura, sag du ihm, daß ich hier auf dich warte, weil du heute nacht bei uns schläfst!«

Aura zögerte, hörte die bittende Stimme, sah in die strengen Augen über der weißen Uniform, die sie warnten.

»Du gehst wie ein richtig braves Mädchen nach Hause, verstanden, Fräulein Aura!«
Als sie das falsche »Fräulein Aura« hörte, war Aura drauf und dran, sich für Josje zu entscheiden. Aber Leutnant Lang hatte sie und Josje schon beim Arm genommen und ging zwischen ihnen über den Ringwall zum Hof des Forts. Als ob sie verhaftet wären. Eine weiße und eine schwarze Arrestantin. Eine Sehenswürdigkeit!
»Wir begleiten dich in aller Freundschaft bis ans Tor, nicht wahr, Josje? Dann weiß ich wenigstens, daß jeder hinkommt, wohin er gehört.«
»Laß mich los, du Schuft! Bleib mir mit deinen dreckigen Pfoten vom Leib!« wollte Josje rufen. Sie würde er loslassen, aber nicht Aura. Und Aura konnte so was nicht sagen.
Darum sagte sie lieber gar nichts, grub ihre oberen Schneidezähne in die Unterlippe.
Die Wache am Tor präsentierte das Gewehr. Jetzt würde er eine von ihnen loslassen müssen. Aura, die er mit seiner rechten Hand festhielt. Mit einer Hand grüßte er, mit der anderen hielt er Josjes Oberarm fest, bis die Wache draußen den Riegel zurückgeschoben und das Tor geöffnet hatte. Aura sah sich nicht einmal um.
Hinter ihnen, über den kleinen Platz, kamen die anderen Chormitglieder näher und strebten ihrem Zuhause entgegen.
Die Wache ließ einen Flügel des Tores offen.
»Laß mich los«, zischte Josje und riß ihren Arm aus seinem Griff.
Betont fest auftretend ging er neben ihr bis zur Verandatür.

Mit einem Satz sprang Josje ins Haus. Auf Zehenspitzen lief sie die Treppe rauf und brach sich beinahe das Genick, als sie über den ausgestopften Puma auf dem gebohnerten Fußboden stolperte. Sie rannte durch den Salon, durchs Hinterzimmer, den Innenhof, die Treppe rauf. Dann stand sie wieder auf dem Ringwallgang hinter ihrem Haus. Der ... der sollte sich doch nicht etwa einbilden, ihr Vorschriften machen zu können. Ob er auf sie aufpassen wolle? Vater war wohl verrückt geworden, Lang darum zu bitten. Der hatte wohl noch nichts gemerkt? Aber sie hatte das schon lange mitgekriegt. Wie er sich vorhin beinahe versprochen hatte und »Hanna« sagen wollte, als er ihre Mutter meinte.

Wenn Vater das wüßte. Der Lang, der war doch viel jünger und auch niedriger im Rang. Mutter machte das wohl nichts aus. Vielleicht gefiel ihr das sogar. Sie hatte ja so viele Anbeter. »Die dir den Hof machen, damit du für sie ein gutes Wort bei mir einlegst!« hatte sie Vater während eines großen Kraches schreien hören. »Aber wehe, ich erfahre, daß du dich mit Schmuck oder Kleidern gefügig machen läßt!«

Seit dem Tag durchwühlte Vater mehrmals in der Woche alle Schränke und Schubladen, auch ihre und die von Jeannet. Manchmal mußten sie den Geschäftsleuten der Stadt kleine Geschenke zurückgeben. »Von wem hast du das, diesen Firlefanz? Soso, von dem! Der glaubt wohl auch, sich an den Feuerverhütungsvorschriften für sein Kino vorbeidrücken zu können. Na, dann gib ihm mal den Dreck zurück. Nee, lieber nicht, gib mal her, das kann der Hausknecht erledigen, dann weiß ich wenigstens, daß das Zeug bestimmt ...« Ja, das wußte

er ganz bestimmt. Aber daß Leutnant Lang immer wieder Schmu erzählte, nur um zu ihnen ins Haus kommen zu können, das begriff er nicht mit seinem sturen Kopp! Nachsehen, ob die Kinder im Bett sind! Hat man so 'n dicken Hund schon mal gehört? Da hatte ihr Vater ihm wieder mal eine Chance auf dem Präsentierteller gereicht. Aber sie würde nicht länger mitspielen. Heute oder morgen würde sie's sagen. »Vater, paß mal auf ... ich ... Mutter ... na, du weißt schon ... Vater, ich bin jetzt vierzehn, tust du mir einen Gefallen und rufst die Wache nicht mehr an, um auf uns aufzupassen, wenn ihr ausgegangen seid?«
So, dann wüßte er noch lange nicht, wegen wem sie das gesagt hatte. Sie hätte nichts verraten. Aber der verdammte Lang würde keine Ausrede mehr haben, um abends »mal eben nachschauen« zu kommen. Auch wenn Mutter alleine zu Hause war. »Hallo, Hanna, war die Wache nicht extra angerufen worden, daß ihr ausgehen würdet? Na, dann geh ich wohl wieder!«
»Eine Zigarettenlänge wirst du ja wohl bleiben können.«
War das nun die vielgelobte Höflichkeit, die man ihr auch einzutrichtern versuchte, oder log Mutter wie gedruckt und hätte es am liebsten gesehen, wenn er sofort abgehauen wäre?
Oder?
Oder?
Jedesmal, wenn sie Leutnant Lang sah, mußte sie daran denken.
Oder? Nein, Mutter nicht. Ihre Mutter nicht. Dittys Mutter und Beas Mutter, ja, die!

Aber diesmal, allein im Dunkel hinten auf dem Ringwallgang, schien ihr alles plötzlich gar nicht mehr so einfach und sicher zu sein wie früher, ja, wie sogar gestern noch. Dafür war heute eben zu viel passiert.

Wie viel und was, das wußte sie nicht genau.

»Du hast doch einen Mund, du kannst doch fragen.« Ja, von wegen, wenn sie das in diesem Fall täte, dann wollte sie ihre Eltern mal sehen!

Auf der anderen Seite der Fortmauer entstand irgendwo im Hintergrund Unruhe. Josje hing, so weit es ging, aus einer Schießscharte, ihre Augen wanderten über den Polizeiposten unter ihr. Eine heulende Frau mit einem Kind; das schwarze Gesicht war im Dunkel der Nacht kaum zu erkennen. Heulte sie ihrer selbst wegen? Des Kindes wegen? Weil sie das Kind hatte?

Würde sie, Jozina Walther, später auch heulen, nur weil sie Mutter geworden war?

Auf ihre Ellenbogen gestützt, sah sie zu, wie Tico, der einheimische Polizist, mit der Frau sprach. Wort und Widerwort gingen so schnell hin und her, und dann auch noch in Papiamentu, daß sie nur die Hälfte mitbekam. Das kleine Kind grabschte mit seinen Händchen in der Luft umher. Der Polizist nahm die kleinen Finger, steckte sie in seinen Mund und rieb dann damit über sein Gesicht.

Die Frau heulte nicht mehr, die Frau schimpfte nicht mehr.

War es Ticos Frau? Machte sie Theater, weil Tico wieder Spätdienst hatte?

Tico schaute sich um, griff mit einer Hand in die Hosentasche, holte etwas heraus, gab es der Frau. Die hielt es erst gegen das Licht, dann spuckte sie verächtlich drauf.

Eine Banknote.

Natürlich war sie nicht Ticos richtige Frau, oder eigentlich doch, aber ... na ja, eben auf die Art und Weise wie so viele Frauen hier.

Tico hatte sie bei den Schultern gepackt. Josje lebte so sehr mit, daß sie die Hand auf ihrer eigenen Schulter fühlte. Sie versuchte, die Hand abzuschütteln. Aber die Hand zog sie durch die Schießscharte zurück auf den Ringwallgang.

Leutnant Lang!

Bevor sie ihn anfahren konnte, sagte er drängend: »Na komm, Josje, spiel nicht die Verrückte. Du weißt genau, daß ich das ausbaden muß. Es ist doch nicht meine Schuld, daß dein Vater so streng ist. Darum hat deine Mutter mich um Hilfe gebeten. Sie will wegen euch keine Scherereien. Meinetwegen könntest du doch tun und lassen, was du willst. Oder glaubst du, ich spiel gern Kindermädchen? Übrigens, ein Kind bist du ja schon lange nicht mehr!« Er lachte sie an und streckte ihr eine Hand entgegen. »Du bist groß genug, mich mit dem Vornamen anzureden. Ich heiße Frank!«

Die ausgestreckte Hand kam näher an sie heran.

»Na, gibt mir die Hand und sag: ›Frank, wir begraben das Kriegsbeil!‹«

Wie einen fremden Gegenstand legte Josje ihre trockenen Finger in seine Hand, zog sie aber gleich wieder zurück. »Zum Indianerspielen bin ich auch schon zu groß.«

Frank, dachte sie, während sie die Treppe zum Innenhof runterging. Frank. Ihr Mund versuchte das Wort auszusprechen. Aber ihr war, als hätte sie ein Korinthenbrot im Mund, mit einem Steinchen darin. Mit der Zunge versuchte sie, das Steinchen auszusortieren.

Frank Lang ließ seine Augen über die Rückfront des Hauses Fort Amsterdam Nr. 4 wandern. Ein Frauenhaus. Hanna, Aura, und Josje war auch schon so gut wie erwachsen.
Er sah, daß in einem Schlafzimmer das Licht anging, und gleich darauf wurde das Fenster, eine frühere Geschützöffnung, verdunkelt. »Von mir aus«, murmelte er, »aber mit Franks Phantasie ist ja noch alles in bester Ordnung.«

»Der … der … was will der von mir?« Josje guckte durch ihr Moskitonetz zur offenen Schlafzimmertür. In diesem Haus standen alle Türen jederzeit offen. Im Fort und um das Fort herum patrouillierten fünf Wachposten. Sie drehte sich auf den Rücken und blieb stocksteif liegen.
Da, da war es wieder: Schreien, Kreischen, Schlurfen, ein Anlauf … als ob jemand ausrutschte, genau über ihr. Als ob jemand aus der Kurve getragen würde. Sie ballte die Hände zu Fäusten und preßte sie vor den Mund, drückte die Lippen an die Zähne, daß es schmerzte. Nur nicht schreien! Sie durfte keine Angst haben! Sie würde ihn nicht rufen. Sie würde niemanden rufen!

Als sie aufschrak, wurde ihr bewußt, daß sie doch geschlafen hatte. »Darum brauchst du mich noch lange nicht zum Ge-

spött zu machen mit deinem idiotischen Getue«, hörte sie ihre Mutter.
»Du weißt, daß ich nicht tanzen kann, daß ich mir auch nichts daraus mache«, antwortete ihr Vater.
»Darum brauchst du's mir noch lange nicht zu verbieten! Du bist nicht mit deiner Putzfrau verheiratet! Daß du's weißt: Hinter deinem Rücken lachen sie doch alle über dich!«
Tja, Vater und Mutter hatten wieder einmal Krach. Josje seufzte erleichtert. Dann war ja alles wieder in Ordnung. Entspannt gähnte sie, und mit zufriedenem Stöhnen vergrub sie den Kopf im Kissen.
Mannomann, war das wieder ein Tag gewesen!

3

Wie auf Kommando verstummte das Stimmengewirr, als Josje lässig das Klassenzimmer betrat, zu ihrer Bank schlenderte und sich hineinfallen ließ. Sie grinste die verdutzt guckende Melba an und drückte ihr vorsichtig den offenstehenden Mund zu.

»Bist du denn nicht von der Schule geflogen?« zischelte Editha ihr von hinten ins Ohr.

Josje brauchte sich den Kopf um eine passende Antwort nicht zu zerbrechen, denn schon kam der Pater in seiner weißen Kutte hereingeflattert. Sie standen alle auf und warteten darauf, daß er sich setzen würde.

»Und doch war es Evas Schuld.«

Höflich hörten sie sich seinen Standard-Schmarren an; heute unterbrach ihn niemand mit einem Zwischenruf, und niemand kicherte oder lachte laut auf. »Was ist los? Seid ihr alle krank?« Mißtrauisch versuchte er, in ihren Gesichtern zu lesen, und setzte sich hinter das Pult. Auf Josje, die sich einen Augenblick eher als die anderen gesetzt hatte, blieb sein Blick etwas länger haften.

Starr erwiderte sie den Blick, schlug die Augen nicht nieder. Er wußte es, das von ihr und Bob. Aber sie wußte auch etwas von ihm: »Liebe gnädige Frau, Ihr Schnaps ist hervorragend, aber Ihre Gläser sind zu klein«, sagte er immer zu der Mutter. Sein Gelöbnis zur Sparsamkeit legte er recht großzügig aus. Ach nein, das war ja kein Gelöbnis zur Sparsamkeit, sondern

zur Armut. Er nahm das Klassenbuch in die Hand und warf es dann ins Pult. »Du sollst nicht lügen! Welches Gebot? Clara!«
Sein Zeigefinger schoß vor in Richtung Clara, die unsicher aufstand, aber auf halbem Wege in ihrer Bank hängenblieb.
»Das ... das ... eh ...« Clara starrte auf den Boden. Unter den drohenden Augen über dem Pult wagte niemand, ihr vorzusagen.
»Woher weiß er das, daß es Clara war und nicht ich?« Mit einem Fingernagel zog Josje die Maserung im Holz ihrer Bank nach. Oder bildete sie sich nur ein, daß dies keine Zufallsfrage war?
»Das weiß ich nicht, Pater.«
»Wenn du's gewußt hättest, hätte ich dich nicht zu fragen brauchen.«
In der Klasse wurde gekichert, niemand achtete auf Clara, die sich wieder hinsetzte, oder auf Josje, die den Pater fixierte.
Mann, hätten sie doch immer beim Pater Unterricht. Der war nicht so langweilig wie die Sœurs. Der erzählte von der Zeit, als er noch ein kleiner Junge war und Äpfel klaute. Und trotzdem war er Pater geworden. Ja, beim Pater, da setzten sie sich entspannt hin, die Arme gekreuzt, den Rücken gerade. Der sollte sehen, daß sie sich für ihn alle Mühe gaben.
Josje war die erste, die die Schritte auf dem Korridor hörte. Sie war auch die einzige, die sie erwartet hatte. Sœur Supérieure!
»Was wird jetzt mit dem Mädchen?« hatte Mutter heute morgen beim Frühstück gefragt.
»Dauernd das verdammte Theater der Scheißnonnen! Sieh zu,

wie du selbst damit fertig wirst!« Vater war aufgestanden und zum Dienst gegangen.

Kein Wort! Kein Wort von ihr, ob das denn nun stimme mit Bob und ihr.

Außer sich vor Wut war sie ihrem Vater hinterhergerannt. Aber unten im Fort war sie wieder zur Vernunft gekommen. Wenn sie nun einfach zur Schule ging? Die Gesichter dort … dann hätte Mutter die Bescherung.

Fragend sah der Pater Sœur Supérieure an, die sich nicht einmal – wie sonst immer – für die Störung entschuldigte.

»Jozina Walther!«

Josje saß auf ihrem Platz in einer Bank der ersten Reihe und sah sie an. Sie hatte plötzlich die Nase voll davon: höflich aufstehen, höflich antworten, sich ergeben in den Rücken stoßen lassen, wenn man nach vorne kommen sollte, sich ergeben zum Teufel jagen lassen.

Einen kurzen Moment zögerte Sœur Supérieure. Ein Mädchen, das einfach sitzen blieb! In ihrem Beisein!

»Warum hast du mir den Brief nicht übergeben?«

»Ich habe keinen Brief … Sœur.«

»Deine Mutter sagte gestern, sie würde dir einen Brief mitgeben.«

Sœur Supérieure kniff die Augen halb zu. Natürlich! Frau Walther konnte sich bestimmt denken, was mit einem Brief passieren würde, den sie Jozina mitgab. Der kam nie an.

»Hat deine Schwester vielleicht den Brief mitbekommen?«

»Meine Schwester ist kein Postbote, sagt meine Mutter.«

Na ja, das hatte Mutter vor einigen Wochen gesagt, als Jeannet

wieder mal mit einem Klagebrief von Sœur Supérieure über sie, Josje, heimgekommen war.
»Hol Jeannet!« befahl Sœur Supérieure dem Mädchen, das der Tür am nächsten saß.
»Und dein Vater? Was hat dein Vater über dein unmögliches Betragen gesagt?«
»Dauernd das verdammte Theater der Scheißnonnen!«
Plötzlich wurde Josje bewußt, daß auch Nonnen an Herzschlag sterben können. Auch der Tod von Sœur Supérieure würde im Radio gemeldet werden. In der Sendung »Unsere geliebten Toten«, mittags um halb zwölf. Würden sie, die Mädchen, dann wohl mitgehen dürfen zur Beerdigung? Der Leichenbitter würde salbungsvoll sagen: »Wollen die werten Anwesenden dem Leichnam bitte paarweise folgen.« Sœur Supérieure würde sogar noch im Sarg bei dem Wörtchen »paarweise« Spektakel machen.
Josje biß sich auf die Unterlippe. Wenn sie jetzt lachen würde, passierte bestimmt irgend etwas. Mit einem Blick durch die Wimpern beobachtete sie den Pater, der stur auf den Platz neben der Schule starrte.
Zwei Frauen stritten sich. Hörte er ihnen zu? Als ein dröhnendes »Konjo« in Richtung Schule gebrüllt wurde, verzog er nicht die Miene. Vielleicht, weil bei ihm so viele Menschen zur Beichte kamen, die Fotze oder Arsch gesagt hatten.
Unsicher stand Jeannet auf der Schwelle zur Klasse. Mit gebieterischem Finger befahl Sœur Supérieure ihr, sich dicht vor ihr hinzustellen.
Du Eule, dachte Josje verächtlich. Tu nur schön brav, was die

Sœur von dir verlangt. Kriegst du nachher wenigstens wieder so 'n Bildchen von irgendeinem heiligen Würstchen.
Sie beobachtete Jeannets Rücken dicht vor ihr. Jeannet hatte die Hände auf den Rücken gelegt. Josje sah, wie sie nervös mit den Fingern der einen Hand an den Fingern der anderen Hand zerrte.
Alle sahen gespannt auf das Gesicht der Sœur Supérieure, niemand achtete auf Josje. Vorsichtig nahm sie ihren Bleistift und drückte das scharfe angespitzte Ende in Jeannets Hände.
»Wehe, du wagst es, etwas zu erzählen«, zischte sie. Hätte Jeannet etwas gehört, hätte es auch die dicht bei ihr stehende Sœur Supérieure hören müssen. Aber Jeannet konnte was fühlen.
»Jeannet, hat deine Mutter dir einen Brief für mich mitgegeben, über Josje?«
»Nein, Sœur!« sagte Jeannet erleichtert, und zwar nicht nur, weil Josje den Bleistift zurückgezogen hatte.
»Warum nicht?«
Verwirrt schaute Jeannet die Nonnenhaube an, drehte sich dann um zu Josje. »Postbote …«, flüsterte Josje, obwohl es wahrscheinlich nichts helfen würde.
»Geradeaus nach vorn schauen, Jeannet; und antworte mir. Warum nicht?« Als suche sie eine Stütze, wich Jeannet bis an die Bank ihrer Schwester zurück. Josje sah, daß Jeannet den Kopf hob, um die Sœur anzusehen.
»Meine Mutter sagt, ich bin kein Postbote!«
Josjes Mund klappte auf. War das die schlafmützige Jeannet? Die war ja phantastisch!

»Du kannst wieder gehen; zurück in deine Klasse!« Unendliche Betrübnis klang aus der belegten Stimme von Sœur Supérieure. Josje hätte sie darum erwürgen können, wegen ihrer Golgathastimme!
»Er starb für uns auf Golgatha. Wer macht's ihm nach, wer macht's ihm nach!« sang sie gotteslästerlich in Gedanken.
»Und du, Jozina, kommst in mein Zimmer!«
Josje wußte, was ihr blühte. Sie packte ihre Tasche und ging. Draußen nahm sie einen Anlauf, schlitterte ein Stückchen über die glatten Fliesen und bremste ab, als sie Jeannet erreicht hatte.
»Verdammt, heulst du etwa? Warum denn? Du warst doch große Klasse!« Tröstend legte sie einen Arm um die Schulter der Schwester.
Jeannet heulte noch heftiger.
Was war denn los? Josje sah sich hier stehen, den Arm um die Schwester. Das ... das gab's doch sonst nie. Sie zog ihren Arm zurück, langsam, Jeannet sollte nichts merken.
»Erzähl schon, was ist denn los? Bist du verrückt, wegen der Hexe zu heulen?«
»Ich ... ich werd nie zur Schnecke gemacht! Ich ... ich bin ... hhh ... nur immer das liebe Schwesterchen ... hhh ... was ich auch anstelle. Du ... du ...« Sie rannte über den Korridor, verschwand um die Ecke. Langsam ging Josje hinterher. War's denn so schlimm für Jeannet? Und sie, kümmerte sie sich überhaupt mal um Jeannet? Sie schnauzte nur mit ihr rum, weil sie so schlafmützig war, weil sie sich nie traute, weil sie Angst hatte, es könnte was rauskommen, weil alle immer sag-

ten: »Nein, was für ein Schatz!« – Das nette Schwesterchen, das war sie!
Als ob man sich selbst gemacht hätte!
Josje warf einen Blick zur Seite, in die Klasse, in der Jeannet verschwunden war. Jetzt müßte sie eigentlich reingehen und sagen: »Jeannet, na komm schon …« Aber sie schüttelte den Kopf und ging weiter. Was sollte sie groß sagen? Jeannet würde ja doch denken, sie wolle sie vor all den anderen Kindern blamieren.
Obwohl sie wußte, daß niemand im Zimmer war, klopfte sie gewohnheitsmäßig an. Und als ihr bewußt wurde, was sie da tat, wurde sie wütend.
»Ist hier irgendeine Intelligenz anwesend?« fragte sie leise. Das hatte sie mal von Beas total verdrehter Mutter gehört, die heimlich Geisterbeschwörung betrieb.
»Intelligenz ist hier nie anzutreffen«, beantwortete sie selbst ihre Frage und trat in das Zimmer der Sœur Supérieure.
Wonach rochen alle Zimmer der Sœurs? Sie schnüffelte, konnte den Geruch aber nicht identifizieren. Da war es einfacher, herauszubekommen, welche Unterwäsche die Sœurs tragen. Wie damals, als sie den Kopf zwischen die dicken hölzernen Stäbe des Treppengeländers gesteckt hatte und guckte, als Sœur Supérieure die Treppe runterkam. Weiße Wollstrümpfe, weiße Leinenhose mit Bändchen in den Kniekehlen, jede Menge Röcke … Sie hatte ihren Kopf nicht herausbekommen können, so sehr Sœur Supérieure auch an ihr zog, schob, kniff und stieß. Nechi, die immer mit ihrem Kasten voller Süßigkeiten in der Nähe der Schule saß, hätte sich

beinahe totgelacht. Sie hatte Sœur Supérieure zur Seite geschubst und mit ihren geschickten Fingern gefühlt, wieviel Platz zwischen Gitterstäben und Kopf war. Plötzlich war sie wieder frei gewesen. Mit funkelnden Augen hatte Nechi sie mitgezogen und ihr irgend etwas Leckeres in den Mund geschoben, auch wenn sie die einzige der ganzen Schule war, die nicht bei Nechi kaufte. Sjon Commandaant wollte nicht, daß seine Töchter naschten.

Na, ein Zuckerlecken wird's diesmal wohl nicht werden, dachte Josje, während sie von einem Bein aufs andere trat und sich im Zimmer umschaute. Hier war nichts verändert worden, hier war alles so geblieben, wie's immer war. Sie hätte das Zimmer aus dem Gedächtnis zeichnen können. Sœur Supérieure hätte ihr eine Dauerkarte geben können.

Die heute allerdings womöglich zum letzten Male gelocht werden würde. Sie spürte ein Würgen und Kneifen in der Kehle, schluckte es runter, versuchte es wenigstens. Und wenn sie jetzt endgültig von der Schule flog?

»Dann mußt du eben sagen, daß es Clara war, mit Bob in der Dusche!« hetzte eine innere Stimme sie auf. Sie schüttelte den Kopf. Clara war die Tochter von Sjon Ibi. Und der würde sie totschlagen, wenn er dahinterkam. Clara durfte nie allein raus, nicht ins Kino, nicht zu einer Freundin, nicht zu einer Fete, nicht einmal zur Schule. Immer war irgend jemand bei ihr: eine Tante, ein Bruder, eine Schwester, das Kindermädchen ihres jüngsten Bruders. Nee, dann war sie schon hundertmal lieber eine Makamba als die Tochter von Sjon Dingsda oder Sjon Rührmeinetochternichtan.

Clara … Ja, das war's, darum hatte sie die Schuld auf sie, auf Josje, geschoben. Alle eingeborenen Mädchen ihrer Klasse, der ganzen Schule, der ganzen Insel hätten genauso gehandelt. Die hatten alle so einen Vater wie Clara.
Sœur Supérieure hatte schon einige Augenblicke auf Josjes Rücken gestarrt, bevor diese das merkte. Josje hob die Fußspitzen an und drehte sich auf den Absätzen um. Wie lange stand die hier wohl schon? Ihr verdammtes heimliches Rumschleichen! Ihre blassen, schlanken Hände in den weiten, schwarzen Ärmeln ihrer Kutte verborgen, trat sie dicht vor Josje.
Josje schlug die Augen nicht nieder. »Sieh mich an, wenn du mit mir sprichst«, sagte ihr Vater immer.
»Guck mich nicht so frech an!«
Josje starrte vorbei an der Nonnenhaube dicht vor ihr, betrachtete das Kruzifix an der Wand. »Er starb für uns …« kam ihr der Anfang eines Liedes ins Gedächtnis. Nein, nur das nicht, nicht jetzt … Eine Kakerlake kroch über das Holzkreuz, verschwand dann unter dem weißen Jesuskörper. Josje schaute auf die festgenagelten Hände. Sie hätte nicht in dieser Situation sein mögen: eine Kakerlake auf dem Rücken haben und nicht kratzen können.
Blitzschnell schoß ihre Hand zu ihrem Rücken. Sie kratzte sich wie besessen.
»Was machst du da?« Sœur Supérieure zog ihr die Hand wieder nach vorn.
»Eine Kakerlake auf meinem Rücken …«
Sœur Supérieure zeigte ein ungläubiges Gesicht.

»Ich meine auf dem Rücken von ihm, auf ...« Josje schüttelte sich am ganzen Körper.
»Willst du wohl stillstehen! Deine Muttersprache scheinst du ja ebenso zu verlernen wie deine guten Manieren. Allein in diesem Monat bist du zwanzigmal aufgeschrieben worden, weil du auf dem Schulhof wieder Papiamentu gesprochen hast. Das bringt dir ein Ungenügend in Niederländischer Konversation.«
Josje kam sich schon viel weniger klein vor. Das Ungenügend bedeutete, daß sie immer besser Papiamentu sprach.
Ungenügend ... das hieß auch: Es gab ein Zeugnis. Sie würde also nicht von der Schule fliegen. Plötzlich ließ die Spannung nach. Sie lockerte ihre Haltung.
Sœur Supérieure mußte bemerkt haben, daß Josje verändert, entspannt war. Mit samtener Stimme legte sie los: »Da kann dir deine liebe Mutti auch nicht helfen, Jozina; und wenn du noch so sehr versuchst, dich daneben zu benehmen. Auf deinem Kopf werde ich eines Tages das Nonnenhäubchen sehen. Das kannst du gar nicht verhindern, wenn du berufen bist.« Ihre glanzlosen Augen kamen dichter heran, die segnende Hand ... Josje schrak zurück. Ekel, hau ab, Ekel! Aber falls man nun tatsächlich berufen war und wußte es nur noch nicht? Und man müßte ...? Grieseliges Weib, komm mir nicht zu nahe! Lieber will ich ersaufen!
»Da hilft dir auch keine noch so liebe Mutti, Jozina!«
»Wann hilft die nicht, Sœur? Verzeihung, ich habe angeklopft, aber Sie haben mich wohl nicht gehört.«
Mutter! Wie war das möglich, grad jetzt?

»Ich dachte, ich komme selbst mal eben vorbei, um die Angelegenheit mit Ihnen zu besprechen. Ich sehe, daß Sie Jos...«
Fragend sah die Mutter ihre Tochter an. Wetten, daß die Mutter auf dem Gang gestanden und gelauscht hatte!
»Jozina, geh solange auf den Korridor!« Gebieterisch deutete Sœur Supérieure zur Tür.
»Mir wär's recht, wenn sie hierbliebe, Sœur.«
»Aber diese delikate Sache ...«
»... wenn sie gestern mit dem Jungen zusammen unter der Dusche gewesen ist, dann macht's ja wohl nichts mehr aus, wenn sie uns jetzt darüber reden hört.«
»Aber liebe Frau!«
Mutter hatte gesagt: wenn. Sie glaubte es also nicht! Josje zwinkerte ihrer Mutter zu. Die verzog ganz kurz die Mundwinkel.
Als wären wir beide vor den Kadi gezerrt, dachte Josje.
»Was hält denn Ihr Mann von dieser ernsten Sache, Frau Walther?«
Josje sah, daß ihre Mutter schnell eine ausweichende Antwort suchte.
»Joszina sagte ... und das auch noch vor der gesamten Klasse ... er hätte gesagt ... nein, ich kann's nicht glauben ...« Sœur Supérieure konnte die Worte nicht über ihre gebenedeiten Lippen kriegen.
Voll tiefer Genugtuung wiederholte Josje die Worte ihres Vaters: »Dauernd das verdammte Theater der Scheißnonnen!«
»Ja, das hat er gesagt. Natürlich wollte er nicht, daß Josje das weitersagt. Aber ... na ja ...«

Sœur Supérieure sah im Moment so aus, als hätte sie mit dem gekreuzigten Erlöser brennend gern den Platz getauscht.
»Wir werden für sie beten! Allein wegen unserer Geduld mit ihr werden wir uns den Himmel verdient haben.«
Was hält man denn davon? dachte Josje. Bin ich doch noch zu irgend etwas zu gebrauchen! Trittleiter zum Himmel! Was sag ich, Trittleiter? Feuerleiter! Was erzählte Mutter da gerade?
»... das scheint uns doch besser zu sein. Hier bei Ihnen steht sie ja dauernd auf dem Korridor. Und wenn sie mal sitzenbleiben sollte, na ... eigentlich sollte man dann wohl richtiger ›auf dem Korridor stehenbleiben‹ sagen. Außerdem findet mein Mann, daß sie auf einer Mädchenschule nicht hart genug angepackt wird.«
Sollte sie doch runter von dieser Schule? Sofort? Wo ... natürlich, zur Schule auf Isla. Oder ... auch möglich, daß sie nach Holland geschickt würde. Darüber ist ja schon öfter gesprochen worden.
Nur noch Fetzen des Gespräches drangen in ihr Ohr. Sie schrak erst wieder aus ihrem Tagtraum auf, als sie von ihrer Mutter einen Rippenstoß bekam.
Sœur Supérieure stand mit ausgestreckter Hand vor ihr.
Gestern abend Leutnant Frank, jetzt Sœur Supérieure. Wenn sie zu wählen hätte, dann doch lieber Leutnant Frank.
»Hab ich dir jemals Böses getan, Jozina? Das war immer nur alles zu deinem Besten, Kindchen! Kannst du mir zum Abschied nicht doch die Hand geben? Vielleicht sehen wir uns einst droben beim Herrn wieder.«

Josje verzog den Mund, die Halsmuskeln. Die Hand, die sie vorstreckte, war eine Faust.
Sœur Supérieure ergriff sie, öffnete die Faust und legte ihre Finger um die geöffnete Hand.
Gleich würde sie schreien, schreien ... Mensch, laß mich los!
Es stank ... das Zimmer stank. Plötzlich wußte sie: Es stank nach all den nimmermüden Duldern, nach Blut, nach Rauch; es stank nach denen, die sich erstechen und verbrennen ließen, ohne sich zu wehren. Na ja, sonst wären sie auch nicht heilig geworden. Mit einem Ruck drehte sie sich um und rannte aus dem Zimmer.
Sie war schon unten an der Treppe, als sie oben auf dem Korridor Mutters Schritte hörte. Schnell auf die Straße. Und wenn das Ekelpaket nun mit nach unten käme?
Beim Auto blieb sie stehen und wartete.

Mutter sagte gar nichts, stieg ein und wartete, bis ihre Tochter sich gesetzt hatte. Vorsichtig beobachtete Josje ihre Mutter. Und jetzt?
Während sie den Schlüssel ins Zündschloß steckte, sah Mutter sie an. Dann lachte sie auf einmal ganz laut. »Das war vielleicht eine Vorstellung! Egal, du hast's hinter dir!«
Josje sagte nichts. Dies war nur ein Anfang, das wußte sie. Denn über Bob war das letzte Wort noch nicht gesprochen.
»Was war da los, gestern, mit Bob?«
Endlich! Jetzt konnte sie in aller Ruhe alles erzählen.
»Aber nicht weitererzählen! Ich war's nicht, sondern C..., ein Mädchen aus unserer Klasse. Ich hab's gesehen. Sie hatte si-

cher Angst, daß ich sie verpetzen würde. Und daß ihr Vater sie sich vornehmen würde.«

Hatte Mutter zugehört? Sie raste über die Rifbrücke aufs Rif.

»Mir ist es doch lieber, daß die Leute nicht so über dich denken. Der Bob ... Frank sagte, er ...«

»Frank, o ja, ausgerechnet Frank ...« Erschrocken schwieg sie. Nein, nichts Schlechtes über Frank sagen. Wenn Mutter und er ... Na ja, ihre Mutter fand ihn nett. Und Mutter war gerade auch nett zu ihr gewesen. Immerhin war sie von der Scheißschule runter.

»Seit wann sagst du Frank zu ihm?«

Das Auto hatte die Geschwindigkeit vermindert.

»Ich? Das würde ich nie wagen! Du sagtest Frank. Darum. Auf welche Schule komme ich denn jetzt? Weiß Vater davon?«

»Auf die Isla kommst du. Dein Vater hat heute morgen angerufen.«

Dein Vater. Mutter sagte stets »dein Vater«. Nie »Vater«, so wie andere Mütter, wenn sie von ihrem Mann sprachen.

Sie würde aufhören müssen, allem Gehörten eine zweite Bedeutung zu geben. Das hatte sie doch früher nie getan. Das machte einen ganz schön fertig, irgendwie müde.

»Ich habe deinen Badeanzug mitgebracht. Wir können schön gemütlich nach Piscadera zum Baden fahren.«

Josje brach in Lachen aus. »Wenn Sœur Supérieure das hören könnte. Die würde sofort eine Ladung Ave-Maria-Perlen kommen lassen für dein Seelenheil.«

»Eine Perle zu Hause reicht!« Aus Mutters Stimme klang

nicht nur Scherz. Vom Elternhaus her war Mutter nicht katholisch gewesen; sie war erst konvertiert, kurz bevor sie nach Curaçao gekommen waren. Vater wäre lieber in Holland geblieben. »Für ein paar Jahre können wir doch gehen. Und sei es nur wegen der Kinder. Die kriegen was von der Welt zu sehen. Man kann nie wissen, was sie später davon haben. Wenn du gehst, trete ich auch zum katholischen Glauben über. Also los!«

Und Vater, der sicher an die Schwielen auf seinen Knien gedacht hatte – die hatte er vom Beten um ihre Bekehrung, und vom ewigen Rosenkranzbeten für den gleichen Zweck hatte er Grübchen in den Fingern –, Vater konnte da einfach nicht nein sagen.

So 'n Krach zu Hause konnte recht nützlich sein: Man hörte so manches. Das Fest anläßlich der Taufe ihrer Mutter war zwar wunderbar gewesen, es war aber auch ein Abschied von einigen Angewohnheiten. Und daraus machte sie auch kein Geheimnis. Daß es sie viel kosten würde, immer brav und sittsam zu sein. Bei Schießwettkämpfen zum Beispiel hatte sie immer eine höhere Trefferzahl als alle Männer. Und reiten konnte sie wie ein Kosak. Und als junges Mädchen war sie mal mit Hilfe ihres Bettlakens aus ihrem Zimmer geklettert, die Abendschuhe im Gürtel, und hatte die ganze Stadt auf den Kopf gestellt. So was konnte man sich eigentlich von der eigenen Mutter gar nicht vorstellen. Was es nicht alles gab ...

Als sie an der psychiatrischen Klinik Monte Christu vorbeifuhren, hätte Josje zum erstenmal beinahe vergessen, hinzuse-

hen. Finger in den Maschen des hohen Zaunes, grinsende Gesichter, offenstehende Münder.
So zerstreut wie heute hatte sie ihnen im Vorbeifahren noch nie zugewinkt.
Arme Irre, das ganze Leben hier verbringen zu müssen. Aber vielleicht … vielleicht machte ihnen das gar nichts aus.

4

Mit langsamen Zügen schwamm Josje auf das große, vollbesetzte Floß zu. Die ganze Korona von der anderen Schule war da. Andere Schule? Nein, das war ja jetzt auch ihre Schule. Die hatten wohl schon Ferien. Es würde also noch ein Weilchen dauern, bis sie dort hingehen müßte. Aber egal, ab heute gehörte sie ja zu ihnen.

Wenn das so war, warum blieb sie dann unten am Fuß der Leiter? Warum kletterte sie nicht einfach aufs Floß und erzählte allen, was los war? Weil sie alle plötzlich ganz anders zu sein schienen? Ditty und Minny, Boy, Dick, Gert und Bob, der ganz oben in der Rutschbahn stand, sich laut schreiend abstieß, stehend nach unten rutschte und im letzten Moment – als das Floß sich schon nach vorn neigte – mit einem Kopfsprung ins Wasser tauchte.

Sie erschrak, als er neben ihr auftauchte. »Lasset uns beten«, sagte er spottend. Er spritzte einen Wasserstrahl in die Luft. Bob beherrschte das: Der hatte den Mund voll Wasser und konnte trotzdem sprechen.

»Erlöse mich von dem Übel! Damit habe ich ab heute nichts mehr zu tun!« Na also, das war doch kein schlechter Anfang für ihre Neuigkeit.

»Gerts Alter hat aber auch einiges auf dem Kasten!« Bob reckte sich aus dem Wasser und vergewisserte sich, daß Gert nichts gehört hatte. Braver Gert, Gert, die Petzkachel, Gert, der nur darum nicht zu Tode gehänselt wurde, weil sein Vater

der Rektor der Isla-Schule war; und weil die Väter und Mütter gegen seine pädagogische Tyrannei nicht ankamen, ließen sie ihn im eigenen Saft schmoren. Josje hatte einiges darüber gehört ... Außerdem wußte jeder auf der Insel, daß Gerts Vater den Kommandanten – ihren Vater – nicht riechen konnte.
»Na, komm schon, wirst das richtige Wort schon finden. Bist doch nicht umsonst die Jossie!« Bob legte seine große Hand auf ihre Schulter, schüttelte sie, drückte ihren Kopf unter Wasser, schlug seine Beine um ihre Hüfte und hielt sie unter Wasser. Sie kratzte und biß nicht; aber nicht, weil sie keine Angst hatte oder weil ihr die Luft wegblieb, sondern weil sie seine Augen gesehen hatte. Augen, die ihr sagten: Na los, du und ich, wir beide, wir könnten was anstellen. Dies war auch nicht wie sonst so oft, dies war kein normales Foppen. Seine Hände glitten über ihre Schultern, wanderten tiefer, griffen unter ihren Badeanzug. Ruhig verhalten, Atem sparen, nicht auftauchen müssen. Sieh da, unter Wasser sah sein Brusthaar aus wie Tang an einem Menschen.
Zögernd legte sie eine Hand auf seine Brust, wanderte mit den Fingern hin und her. Wie im Krampf preßte er sie an sich. Sie schnappte ... schnappte nach Luft ... laß mich los ... Seine Beinzange um ihre Hüfte öffnete sich. Auf dem Rücken liegend tauchte er auf, hob sie auf seinem Körper mit an die Oberfläche. Seine Hände lagen auf ihrem Rücken, mit den Daumen streichelte er ihre Haut.
Luft! Tief atmete sie durch.
»Jossie!« Bob lächelte ihr zu.

Die Stiche in der Herzgegend hörten auf. Was denkt er wohl von mir? Aber er hatte ihr zugelächelt. Er hatte sie nicht gleich von sich gestoßen. Er war nicht sofort weggeschwommen, sofort wieder untergetaucht, weg vom Floß.
Das Floß ... Josje schaute nach oben. Sie sah die breit grinsenden Gesichter von Dick und Boy, die lang ausgestreckt auf dem Bauch lagen und zugeschaut hatten. Wetten, daß die Bobs Hände auf ihrem Rücken sahen? Schließlich lag sie ja immer noch auf Bob. Sollte sie jetzt wegschwimmen? Nein, ihr könnt mich mal ...! Bob war aber auch kein Heimlichtuer. Der tat, wozu er gerade Lust hatte; und es ließ ihn kalt, ob andere das sahen oder was sie von ihm redeten.
Aber jetzt ... , was sollte sie tun? Was erwartete Bob von ihr? Wollte er, daß sie so liegenblieb? Ging's ihm darum, den anderen zu zeigen, was er sich traute? O.k., dann machte sie mit! Was war denn schon passiert? Sie hatte ihren Badeanzug doch anbehalten. Dagegen Clara gestern ...
Plötzlich wurde sie bei den Füßen gepackt und zur Seite gezogen. Bob hatte die Bänder ihres Badeanzugs ergriffen und wollte sie dichter an sich heranziehen. Da spielte doch jemand verrückt! Mit den Füßen strampelte sie sich frei. Boy und Dick auf dem Floß lachten; hinter ihr sagte eine Stimme: »Solltest du dich nicht besser an Mädchen deines Alters halten?«
O verdammt, Frank Lang! Dem möchte sie die Augen ...
»Mußt du gerade sagen! Kümmere dich lieber um Mädchen deiner Sorte!«
Bob hatte sie losgelassen und stand wassertretend vor Leut-

nant Lang. Was meinte Bob? Das hatte er doch nicht einfach so dahingesagt. Mit einem forschen Griff zog Bob sie zu sich, schubste sie in Richtung Floß.

Josje stieg aus dem Wasser, schüttelte ihre nassen Haare, schneuzte sich und stocherte mit dem kleinen Finger im Ohr. Niemand beachtete sie, Boy und Dick drehten sich um und krochen wieder zu ihrer Clique.

Josje schaute sich um, wo Bob blieb. Der stand oben an der Leiter, schlug mit einem Fußtritt Frank Langs Hand von der obersten Sprosse und hinderte ihn daran, aufs Floß zu kommen. »Kommißknochen!« brummte er. »Schmieriger Spanner!«

Josje sah Bobs gespannte Muskeln, und die Erregung, die sie unter Wasser in seinem Körper gefühlt hatte, klang unerwartet in ihr nach.

Für einen kleinen Moment war sie weit weg. Augen zu, Mund auf, die Hände griffen ins Leere …

»He, Josje!« Bob griff kräftig in ihr Haar. »Alles in Ordnung? Kriegst du keine Luft?«

Hatte er etwas bemerkt? Und die anderen?

Sie schüttelte den Kopf. »Du nanntest ihn eben« – mit dem Kopf deutete sie in Richtung Leiter – »einen Spanner. Gestern in der Duschkabine, als du und Clara … wirklich, ich wußte nicht, daß …«

Bob grinste. »Schon gut. Ich hab mich kaputtgelacht. Ich wollte die eitle Ziege doch nur mal hochnehmen. Wenn Sjon Ibi das erfährt! Daß du da reingeplatzt kamst … Mensch, was Besseres konnte doch gar nicht passieren!«

»Als wenn ich was verraten hätte! Sag mal, was denkst du denn von mir!«
»Heute schon besser als gestern! Trotzdem ist das ein gemeiner Streich, die ganze Sache auf dich abzuladen. Hast du in der Schule tatsächlich nichts erzählt? Hast du nicht gesagt, daß du es gar nicht warst?«
Josje schüttelte den Kopf.
Ungläubig starrte Bob sie an. »Du bist irgendwie anders als die anderen.«
Ihr Gesicht erstarrte, trotzig sah sie an ihm vorbei. Das wär's also wieder mal! Anders als alle anderen! Was war denn nur los mit ihr, was fehlte ihr? Was erwartete man von ihr? Wie hätte man sie denn gern? Vorhin, im Wasser, hätte sie da auch anders sein sollen?
»Na, das hast du also auch rausgekriegt«, sagte sie spitz.
Sie drehte sich um. Na dann, ab ins Wasser.
Bob ergriff ihren Arm, zog sie zurück. Sie bemerkten nicht, daß die anderen schwiegen und sie fragend und verstohlen schmunzelnd ansahen, sich gegenseitig leise anstießen.
»Aber das ist doch ein Kompliment!« sagte Bob.
Josje starrte weiterhin auf die Fußmatte, die das Floß bedeckte.
»Bob legt sich wieder mal schwer ins Zeug«, flüsterte Minny Ditty zu.
»Ja, und guck dir die dumme Gans doch mal an, die fällt auch noch drauf rein, auf den Schmu. Und so was kommt nach den Ferien zu uns auf die Schule.« Sie rückte ein Stückchen auf, schlug mit der flachen Hand auf den freien Platz neben sich

und rief: »Na, Kleines, wenn Bob dir ein Kompliment macht, bist du aufgenommen in den Harem. Komm, setz dich! Schade, daß du zwei Klassen unter uns bist, nach den Ferien!«
So, das saß!
Josje blickte sie starr an. Das Biest!
Bob, der sich gesetzt hatte, griff Jossie so unverhofft am Fußgelenk, daß sie glatt hingefallen wäre, wenn er sie nicht geschickt aufgefangen und neben sich gesetzt hätte.
»Oh, Mister Universum, was für eine Vorstellung!« sagte Minny ironisch.
»Man tut eben allerhand, um in Form zu bleiben«, antwortete Bob gespielt gelangweilt und grabschte nach den Zigaretten, die ziemlich genau in der Mitte des Kreises lagen, den Ditty und Minny und Boy und Dick und er und Josje und die anderen bildeten.
»Und mit dir brauche ich ja wohl nicht mehr aufzutreten?«
Josje krümmte sich zusammen. Würde er das auch von ihr sagen? Nächste Woche? In einem Monat? Wann? Und zu wem?
Das harte, gnadenlose Lachen der anderen war für sie ein Klang aus einer neuen Welt. Und am lautesten von allen lachte Minny. Daß sie das so einfach konnte! Das würde sie nie lernen.
Plötzlich bekam sie Angst vor der neuen Schule. War's in der alten nicht doch sicherer gewesen?
Vom Gespräch bekam sie nicht viel mit. Sie saß in der Clique, und doch gehörte sie nicht dazu. Niemand zog sie mit ins Gespräch, niemand fragte sie etwas. Alle wußten, daß sie nicht

mehr auf ihrer alten Schule war, aber sie, naiv wie sie war, sie hatte geglaubt, eine umwerfende Neuigkeit zu haben. Es schien, daß sie für solchen Kinderkram keine Zeit hatten. Bob auch nicht. Siehste, da ließ er seine Finger schon über Dittys Badeanzug spazieren. »Ein Fünfmonatsbauch, würde ich sagen. Und wer ist der glückliche Vater? Na, komm doch mal zu Bob zur Beichte.«

Alle starrten Ditty an, niemand brachte es fertig, darüber zu lachen.

Ditty schlug Bobs Hand weg.

»Na, was ist?« fragte Bob.

Hilflos und nichts begreifend sah Ditty in die Runde.

»Das war der Heilige Geist«, warf Josje ein. Sie erschrak über ihre Stimme und ihre Worte.

Bob brüllte: »Es lebe der katholische Humor!«

Das Gelächter der ganzen Clique schallte über die Bucht.

»Na ja, ich meine«, begann Josje ...

Sie dachte: Zum Teufel, warum kann ich so was nicht ganz unbefangen sagen?

»... das mit dem Heiligen Geist, das hat mir schon immer im Magen gelegen.«

Einigen Gesichtern sah sie an, daß man ihr nicht folgen konnte. Verdammt, wußten die womöglich nicht einmal, wer der Heilige Geist war? Na ja, die waren ja nicht katholisch.

»Ihr wißt doch, da kommt ein Engel und erzählt, daß Maria ein Kind kriegen wird. Aber nicht von einem Mann, sondern vom Heiligen Geist. Und das muß man widerspruchslos glauben. Ich konnte mir das nicht vorstellen und ... na ja, da wurde ich wieder mal auf den Korridor geschickt. Zu Hause hab ich meinen Vater gefragt: ›Würdest du das glauben, wenn Mutter zu dir sagte, daß bei ihr ein Engel gewesen sei und der hätte gesagt, daß sie in absehbarer Zeit ein Kind kriegen würde?‹ Mein Vater hat mir eine gelangt, Mann, ich dachte, mir fällt der Kopf ab.«

Heulend vor Lachen ließ Bob sich hintenüber fallen und versuchte, sie mitzuziehen.

»Hast du für Bob vielleicht ein ganz kleines bescheidenes Plätzchen in deiner Kirche?«

Gegen das Lachen der anderen an sagte sie: »Das ist kein Witz!« Verwundert sah sie sich nach Bob um. Begriff er denn nicht, daß sie es ernst gemeint hatte?

Der Musterknabe Gert mischte sich mit seiner Fistelstimme ein: »Wenn du bei meinem Vater in der Schule so anfängst, na, ich weiß nicht ...«

»Halt dich raus, du Schleimscheißer«, fuhr Dick ihn an.

Bob schien Gefallen an Josje zu finden. Und er war bekannt für seinen guten Riecher, und auf die lange Bank hatte er so etwas auch noch nie geschoben. Schließlich konnte man nie wissen. Er zwinkerte Josje zu.

Das gefiel Minny gar nicht. Die ganze Zeit hatte sie fieberhaft überlegt, wie sie Bob die Bemerkung von vorhin heimzahlen könnte. Bob selbst anfahren? Nein, lieber nicht! Josje, ja sicher, Josje mußte sie sich vornehmen, dann schlug sie zwei Fliegen mit einer Klappe.

»Unser Sjon Commandaant!« sagte sie in einem Tonfall, wie es eine Einheimische nicht echter gekonnt hätte. Überrascht

sah Josje sie an. Minny in diesem Tonfall – was sollte das heißen?
»Der kämpft für die Erhaltung der guten Sitten auf unserer Insel – und hat so 'ne Tochter! Ja, Kinder, dem haben wir's zu verdanken, daß wir ohne Bademantel nicht mal zur Umkleidekabine laufen dürfen. Das ist anstößig.«
»Du bist ja bescheuert!« fuhr Dick ihr über den Mund. »Du regst dich doch bloß auf, weil dein Vater damals verrückt spielte und sich die kleinste Badehose kaufte, die er kriegen konnte, so 'n Ding, das gerade noch auf seinem Ständer hängenblieb. Der hat doch Krach gesucht.«
»Als ob mein Vater die Schuld hätte!« Josje war hochgeschnellt vor Wut. Denn so viel Gezänk, wie es über diese Frage bei ihnen zu Hause gegeben hatte, wird wohl auf der ganzen Insel nicht gewesen sein. Mutter war ihm übers Maul gefahren mit: »Und Jesus habt ihr in euren Kirchen nackt zur Schau aufgehängt!«
»Dienst ist Dienst, und Schnaps ist Schnaps!« Das war seine Standardantwort für Mutter – so wie er zu Jeannet und ihr immer sagte: zu Olims Tagen.
»Kann mein Vater was dafür, daß der neue Gouverneur so fein ist, so fein wie gemahlene Puppenscheiße? Das hat mein Vater gesagt, und zwar wörtlich! Der Gouverneur will nicht, daß seine Tochter im Schwimmbad entblößte Männer zu sehen kriegt. Darum die Bademäntel. Mein Vater, der darf doch bloß dafür sorgen, daß die Anordnung befolgt wird.«
»Der Gouverneur, der kommt doch so gut wie nie hierher.«
»Minny, dein Vater ist doch der einzige, der deswegen eine

Anzeige bekommen hat«, sagte Ditty. »Sonst stört sich doch niemand dran.«
»Mein Vater und meine Mutter, das sind die Dummen, die können's ausbaden. Nur deswegen kommt mein Vater nur noch ganz selten hierher«, sagte Josje ziemlich gelassen.
Minny guckte verärgert in die Runde. Mit dem, was sie gesagt hatte, war sie auf den Bauch gefallen. Nicht ihr, sondern Josje gaben alle recht.
Minny stand auf, streckte sich und ließ ihren Blick über den Strand wandern, wo die anderen Badegäste unter Sonnenschirmen an kleinen Tischen saßen. »Sieh mal an, deine Mutter ...«
Alle auf dem Floß sahen zum Strand rüber. Alle sahen sie, was Josje sah: Mutter – ohne Bademantel – an einem Tisch mit Frank Lang. Er hatte eine Zigarette angezündet und steckte sie Mutter in den Mund.
»Das gehört sicher auch zu seinem Dienst?« fragte Minny katzenfreundlich.
»Ja, sicher! Jeden Morgen kommt er und küßt Mutters Füße, und abends kommt er und deckt uns zu«, antwortete Josje liebenswürdig. Innerlich kochte sie. Wenn die Ziege nicht bald mit ihren schmutzigen Verdächtigungen aufhörte! Nannte Mutter sie darum, wenn sie selbst zu Hause mal eine Lippe riskierte, »Islagöre«?
»Müßt ihr wirklich immer so früh ins Bett?« wollte Ditty wissen.
Noch bevor Josje antworten konnte, fuhr Minny dazwischen: »Viel Schlaf ist das beste Schönheitsmittel. Und Sjon Com-

mandaant muß doch sehen, wie er seine drei Töchter eines Tages unter die Haube bringt!« Brüsk drehte sie sich um, sah Josje durch die Wimpern der halbgeschlossenen Augen an. »Früh zu Bett ist billiger als der Schönheitssalon. Aber deine Mitesser, die wirst du damit nicht los!«
Unwillkürlich griff Josje sich ins Gesicht. Jetzt nur weg hier, runter vom Floß! Sie sah, daß Bob sie aufmerksam betrachtete, ließ ihre Hand wieder sinken, schluckte: »Ach, man ist eben gastfrei, oder man ist's nicht. Ein Mitesser mehr oder weniger, das macht doch nichts aus.« Sie zuckte mit den Schultern. Hatte das ungerührt genug gewirkt?
Bob zwinkerte ihr zu. Er sah aus wie ein Kater, der vor Stolz über seine letzte Eroberung nicht genug den Buckel krümmen und sich die Pfoten lecken konnte. Mit einer Hand zog er sie neben sich. »Das da vorhin, fandst du das auch fein?« flüsterte er und strich dabei mit den Lippen über ihre Haare. Sie nickte, sah ihn aber nicht an, denn eigentlich hatte sie's schon beinahe vergessen. Aber jetzt, mit seiner Frage, kam alles wieder zurück. Minny ... Minny konnte verrecken! Das wäre ihr egal! Bob ... für die Mädchen war es doch schon eine Auszeichnung, wenn Bob nur mit ihnen sprach. Und dann konnte die ganze Insel sich auf den Kopf stellen und behaupten, daß er nicht die Bohne wert war, sie ... sie lag hier immerhin neben ihm! Und Bob war nicht so 'n Kindergartenjüngelchen wie Boy oder Dick.
»Hallo Boys!« Mit müder Hand winkte Bob Tom und Gerard zu, die gerade aufs Floß kletterten. »Wo habt ihr denn gesteckt?«

Ditty schnellte hoch, ihre Augen glitten über die Clique, dann zufällig – schien es – zu Tom. Josje merkte das. Tom und Ditty? Die waren in derselben Klasse. Ja, Bob hatte recht: Ditty war dicker geworden. Das war ihr bisher gar nicht aufgefallen. Kein Wunder, schließlich sah man sich beinahe jeden Tag im Strandbad. Na ja, Dittys Mutter war ja auch so 'n Pummelchen. Vielleicht hatte sie gerade ihre Tage. Siehste, sie versuchte den Bauch einzuziehen. Das tat man schon mal, wenn man sich nicht wohl fühlte und andere einen beobachteten. Die brauchten das schließlich nicht zu wissen. Arme Ditty, falls ... der Scherz von vorhin ... falls der wahr wäre.
Tom tat so, als sähe er Ditty erst jetzt. »Oh, hallo Ditty!«
»Was macht Tom eigentlich so interessant?« fragte Bob Josje. »Oder riechst du Geld? Das gehört immerhin noch seinem Vater, der ist 'n ziemlich großer Bauunternehmer. Tom wird mal ein Unternehmer werden, der in aller Ruhe einen Balken übers Pißbecken baut.« Bob machte mit der Hand eine wölbende Bewegung über seinen Bauch. »Stimmt's, Ditty?«
Wütend trat Tom gegen Bobs Hand. »Man kann's auch übertreiben«, sagte er.
»Genau das meinte ich. Man kann's auch übertreiben.« Bob nickte und warf ihm einen treuen Kumpelblick zu.
»Weißt du, warum ich mich verspätet habe?« Tom setzte sich neben Ditty. Mit Bob konnte es ja doch keiner aufnehmen, da war's schon besser, von etwas anderem anzufangen.
»Sag nicht, daß du Vater wirst! Dann bin ich das meinem schlechten Ruf auch schuldig!« rief Bob weinerlich. »Ich wollte eigentlich noch meine Jugend genießen, bevor es zu spät ist.«

»Halt endlich die Klappe«, sagte Ditty irritiert. »Laß Tom doch mal erzählen. Also Tom, was ist?«
Wenn ich später so untertänig und einschmeichelnd zu einem Jungen bin, sollte man mich ruhig erschlagen, dachte Josje. An Toms Gesicht kann man doch sehen, daß es ihm auch nicht gefällt.
»Ernas Mutter hat angerufen, ob ich die Bücher und Hefte, die Erna von mir geliehen hat, sofort abholen kommen könnte. Ich sagte, daß das noch Zeit hätte, daß Erna die Sachen nach den Ferien zur Schule mitbringen könnte. Tja, denkste! Sofort, Knall und Fall müßte das geschehen! Gut, ich also hin. Aber Erna kriegte ich überhaupt nicht zu sehen. Ihre Mutter gab mir meine Brocken und ... jetzt kommt 'n dicker Hund!«
Er schwieg einen Moment, denn er konnte die Spannung seiner Zuhörer regelrecht fühlen. Sie hörten *ihm* zu, nicht Bob.
»Erna fährt morgen mit dem Schiff nach Holland!«
»Erna?«
»Morgen schon? Und warum?«
Sie sahen einander an.
»Davon hat sie uns aber nichts gesagt.«
»Vielleicht wußte sie's selbst nicht mal.«
»Und du«, Bob richtete sich auf, »warum durftest du nicht mit ihr sprechen?«
»Wenn ich das wüßte ...!« Tom zuckte mit den Schultern.
Boy, der eine einheimische Mutter hatte, fragte beiläufig: »Hast du denn niemanden gefragt? Vom Personal? Eines der Dienstmädchen, oder ... oder den Chauffeur? Hast du den Chauffeur überhaupt zu sehen gekriegt?«

»Da hab ich nicht drauf geachtet. Der Chauffeur bei denen, der ist doch gleichzeitig auch noch so was wie ein Butler?«
Boy nickte.
»Komm, erzähl. Du weißt doch noch mehr«, sagte Bob gebieterisch.
Josje hörte den Unterton: Jemand wußte etwas, was Bob nicht wußte. Das gefiel ihm ganz und gar nicht.
Komisch, da hat man jemanden im Laufe der Jahre ziemlich oft gesehen und glaubt ihn auch zu kennen, und dann entdeckt man, daß man immer nur die Fassade zu Gesicht bekommen hat. Dann, innerhalb einer Stunde, erfährt man mehr von ihm als in all den Jahren zuvor.
»Ich weiß nicht, ob es stimmt«, begann Boy vorsichtig, »aber zu Hause sagten sie ...« Boy schwieg. »Zu Hause« hieß für ihn die Familie seiner Mutter. Die unterhielten sich anders, über andere Dinge als die Holländer. Und wenn die dünkelhaften Holländer auch mal Pech hatten, dann wußten sich die antillianischen Familien vor Lachen nicht zu fassen. Man wußte nicht, ob sie aus Rache manchmal nicht sogar übertrieben.
Boys Vater kam aus Holland, seine Mutter von Curaçao. Die anderen hatten es alle leichter. Die gehörten entweder zum Klub der Holländer oder zum Klub der Antillianer.
Josje meinte zu wissen, warum er zögerte. Merkten die anderen das auch? Boy redete und benahm sich dabei wie die Mädchen bei ihr in der Schule ... ihrer alten Schule natürlich. Wenn er etwas sagte, hatte er einen Ausdruck in den Augen, als wolle er fragen: »Habt ihr was dagegen, daß ich auch mal

was sage?« Dummer Boy! Dabei war er der Klügste von allen. Wußte er das nicht?

»Ich hab zu Hause auch was darüber gehört«, sagte Josje. »Aber ich war ja nicht bei euch auf der Schule, vielleicht hab ich darum nicht mehr dran gedacht.«

»Was hast du gehört?« fragte Bob über die Köpfe der anderen.

Na bitte, da wären wir dann, dachte Josje. Wenn Bob solche Sachen im Befehlston fragt, kriegt er nie was raus. Jedenfalls nicht hier, vielleicht in Holland.

»Es ist wegen des Chauffeurs, nicht wahr?« fragte Josje Boy. Der nickte. Nur nichts sagen! Seine Mutter war froh, daß sie in den geschlossenen Klub reingelassen wurde, der doch eigentlich nur für Weiße war!

»Oder besser: Der Chauffeur kann überhaupt nichts dafür. Der ist schon jahrelang bei der Familie, der war schon da, als Erna noch ein kleines Mädchen war. Der war immer richtig vernarrt in Erna und ihre Geschwister. Der hat sich für die Kinder alle möglichen Spiele ausgedacht und konnte nicht genug davon kriegen, mit ihnen zu spielen«, sagte Josje.

»Jetzt hat er sich ein Spielchen und eine Geschichte zuviel ausgedacht?« fragte Ditty gehässig. Sie war zufrieden, daß auch mal über eine andere hergezogen wurde.

Ich sagte, daß der Chauffeur nichts dafür kann. Alles ist Ernas Schuld. Die hat sich in ihn verliebt.«

»Jesses nee!« rief Minny affektiert. »Das ist ja entsetzlich für ihren Vater in seiner hohen Position! Warum hat er den Kerl nicht einfach rausgeschmissen?«

»Warum sollte er? Der Chauffeur kann doch nichts dafür, daß Erna sich in ihn vergafft hat!« Josje war empört.

»Ach, wirklich nicht? Schickt man besser seine eigene Tochter weg? Für so 'n schwarzen Kerl! Jetzt denken doch alle, daß Erna was ausgefressen hat!«

Wie von einer Schlange gebissen stand Josje auf. »Dein Vater, das ist vielleicht so 'n Scheiß-Makamba, der Einheimische büßen läßt, ob die nun Schuld haben oder nicht. Aber Ernas Vater ...« Sie wäre beinahe erstickt, soviel hatte sie auf dem Herzen. »Dir hat man wohl nicht beigebracht, den Denkkasten zu gebrauchen, was? Wenn Ernas Vater den Chauffeur rausgeschmissen hätte, Mensch, dann hätte Erna sich doch trotzdem noch mit ihm treffen können. Und der Mann würde doch nie wieder Arbeit finden, die ganze Insel würde doch über ihn herziehen. Hast du mal daran gedacht, was das alles für Erna bedeutet, sich ganz plötzlich zu verlieben? Da kann sie doch nichts dran tun. Das passiert ganz einfach. Da kann man noch hundertmal zu einem sagen, daß das falsch ist, daß das nicht geht. Das hilft doch alles nichts. Wenn man richtig in einen verliebt ist, dann ist es unheimlich schlimm, wenn ihm irgendwas passiert. Und noch schlimmer ist es, wenn er ungerecht behandelt wird, und womöglich noch durch eigene Schuld! Für Erna ist es viel besser, daß sie weggeht. Vielleicht vergißt sie ihn dann. Wenn man jemanden nicht mehr sieht ...« Erschöpft schwieg Josje. Was hatte sie alles gesagt?

»Das weißt du sicher alles aus den Groschenromanen, nicht wahr, Kleines?« sagte Minny gönnerhaft. »Oder glaubst du,

daß du jetzt auch schon mitreden darfst, nur weil Bob zufällig in eine Duschkabine reingelaufen ist, in der du mit deiner ganzen mageren Nacktheit standest?«
»Darüber kann ich schon lange nicht mehr mitreden, da bin ich sprachlos«, sagte Bob lakonisch.
Alle lachten.
Minny zuckte mit den Schultern, ging zum Rand des Floßes und sprang ins Wasser.
»Was wollt ihr tun, wegen Erna?« fragte Josje. Schließlich waren sie Ernas Klassenkameraden.
»Was können wir denn tun? Ich glaube, ihre Eltern wollen nicht, daß sie uns was erzählt. Darum hab ich sie wohl erst gar nicht sprechen dürfen«, meinte Tom.
»Erna war schon immer ziemlich still. Die saß immer schön brav zu Hause. Na ja, jetzt wissen wir ja auch warum.« Ditty nickte zufrieden.
»Übertreib nur nicht gleich!« Bob gab ihr einen ärgerlichen Tritt gegen den Fuß.
»Übertreib du lieber nicht mit deinen Freundinnen in der Kunuku. Was werden deine Alten jubeln, wenn du an einem Mädchen von hier hängenbleibst!«
Josje sperrte vor Überraschung beinahe den Mund auf. Daß die alle so sprachen, obwohl Boy doch dabei war, Boy aus ihrer Klasse. Sicher, auf ihrer alten Schule hatte sie sich anfangs auch unheimlich gewundert, daß ein braunes Mädchen das andere braune Mädchen als »Schwarze« beschimpfte. Aber das taten die schließlich untereinander. Das war ... als wenn man sich in Holland beschimpfte als »Lumpenhändler-

hundeköttel!« Das war nichts weiter als gegenseitiges Beschimpfen und machte einem nichts aus. Aber dies!

Sie schaute zu Boy rüber: Der spielte mit dem Gürtel seiner Badehose. Was hätte er sonst tun sollen?

»Der Dienstknochen deiner Mutter ruft dich«, sagte Ditty.

Josje drehte sich um. Am Strand stand Frank Lang, die Hände trichterförmig vorm Mund: »Jos, du sollst kommen!«

Am Tisch unter dem Sonnenschirm saß ihre Mutter und winkte.

»Ich bring dich noch 'n Stück.« Bob stand auf. Gemeinsam sprangen sie ins Wasser. Josje rief noch schnell: »Te despues, Boy!« Er würde es sicher verstehen. »Bis demnächst!« Sie wollte ihn wiedersehen.

»Laß Ditty nur quatschen«, begann Bob, als sie langsam zum Ufer schwammen.

»Die gemeine Bemerkung über die Kunuku ...«

»Hör bloß auf! Du wirst mich doch nicht mit heiligem katholischem Eifer bekehren wollen? Ich bin nun mal grundschlecht!« Bob lachte, aber nicht so offen wie sonst.

»Dich? Dich meinte ich doch überhaupt nicht! Ich fand's gemein gegenüber Boy.«

»Boy?« Bob hielt an und griff nach Josje. »Boy, wieso? Ich dachte, du seiest rasend vor Wut, weil ich ...«

»Was geht mich das an, was du tust? Das mußt du doch mit dir ausmachen. Oder glaubst du, ich bilde mir sonstwas ein? Du ... du machst morgen schon wieder 'ner anderen schöne Augen. Aber Boys Mutter ...«

»Die kommt doch nicht aus der Kunuku?«

»Aber hier von der Insel. Du beleidigst ihr Volk, daß du's weißt!«
»Von ihr aus können die Leute in der Kunuku doch verrekken. Die sind doch der letzte Dreck, nicht! Mein Gott, bist du aggressiv. Ganz der Vater. Der geizt auch nicht mit Anzeigen, egal ob gegen Weiß oder Schwarz. Der sagt: ›Verboten ist verboten!‹«
»Na, Jos, wird's heute noch was?« Am Strand stand Frank Lang und konnte nur mühsam seine Wut unterdrücken.
»Paß nur auf, daß deine Holzfüße nicht Wurzeln schlagen!« schrie Bob ihn an. Dann schwamm er schnell weiter, um Josje wieder einzuholen. Die stand schon auf der untersten Sprosse der Leiter.
»Jossie, glaubst du, daß du mit mir ins Kino darfst?«
Sie drehte sich um. Das Angebot überraschte sie. »Warum nicht? Ich find's prima!«
»Ja, aber mit mir? Das Fort wird in seinen Grundmauern erbeben.«
»Mein Vater hat mir alle Polizeigriffe beigebracht.«
Sie mußte grinsen, als sie das lange Gesicht sah, das er zog.
»Jos! Kommst du jetzt?!« Über ihr thronte ein kurzangebundener Frank Lang.
»Tag, Frank«, sagte sie, so freundlich sie konnte. Sie sah, daß er ganz kurz sein Gesicht verzog, weil sie ihn nun wirklich mit dem Vornamen anredete. Aber jetzt ging's ja, jetzt war sie ja nicht allein mit ihm. Und Bob kriegte auch gleich mit, daß Männer, die älter waren als er, sich von ihr mit dem Vornamen anreden ließen.

»Geh schon mal vor und meld uns an«, rief Bob, der hinter ihr aus dem Wasser stieg. »Meiner Sammlung wird eine neue Schwiegermutter hinzugefügt. Ja, wenn sie mich hier auf der Insel nicht hätten, worüber sollten sie sich dann wohl das Maul fusselig quatschen?«

Josje, schon oben an der Leiter, zögerte. Am liebsten wäre sie sofort weitergelaufen zur Dusche, zur Umkleidekabine. Wollte Bob wirklich mit zu Mutter? Bei ihm wußte man nie, woran man war, ob er etwas ernst meinte oder nur so tat. Wenn er nur nicht seinen Arm um sie legen würde. Das machte ihm nämlich gar nichts aus. Das tat er gern, und sei's nur, um die stumpfsinnigen Kleinbürger zu ärgern.

»Na los, beeil dich. Deine Mutter hat lange genug auf dich gewartet!«

»Genau neun Monate«, sagte Bob.

Frank Lang versuchte Bob zur Seite zu drücken und dirigierte Josje ungeduldig vor sich her. Aber Bob ergriff Josjes Hand, und wild damit schlenkernd – als ob sie gerade aus dem Kindergarten kämen – liefen sie zu Josjes Mutter.

»Gnädige Frau«, sagte Bob – am Tonfall hörte Josje, daß er sich betont burschikos gab – »eine Tochter wird hiermit wohlbehalten zurückgebracht.«

»Du bist sicher Bob?« Mutter hatte ein gewisses Glitzern in den Augen. Sie fand ihn nett! Oder? Bis jetzt hatte sie ihn ja nur von weitem gesehen oder von ihm gehört.

»Ich möchte Ihnen nur sagen, daß Josje an dem ganzen Drama gestern unschuldig ist. Es war ein anderes Mädchen, das einfach die Schuld auf Josje geschoben hat. Und dies eigensinnige

Kind will niemanden verpetzen. Ganz schwer in Ordnung, das Mädchen!«

»Dann wollen wir auch dafür sorgen, daß sie so bleibt.« Mutter sah Bob in die Augen.

Josje sah, daß Bob regungslos stand, nichts sagte. Jetzt dachte er wohl an vorhin: wie er sie an sich gepreßt hatte und ihm dabei einer abgegangen war. »Abgegangen«, das war's, das war das Wort. Wie kam sie da so einfach drauf? Sie hatte das Wort schon mal gehört, früher, sie kannte es, ohne es zu wissen. Eigentlich dachte man bei »Abgang« an weggehen, von irgendwo runtergehen. Warum fiel ihr plötzlich so ein Wort ein? Niemand hatte es ihr beigebracht. Hatte Bob es gedacht? Reichte das?

Ein wenig mitleidig betrachtete sie ihre Mutter. »... sorgen, daß sie so bleibt!« Mutter meinte etwas anderes mit »in Ordnung bleiben«, als sie selbst sich darunter vorstellte.

»In Ordnung«, das war für sie: noch mal mit Bob unter Wasser, und dann am liebsten überall ...

Plötzlich hatte sie's eilig, sich umzuziehen. Da war zwar kein Spiegel in der Umkleidekabine, aber auch ohne Spiegel konnte sie sehen, daß ihr Körper verändert war.

Der mußte verändert sein, das war gar nicht anders möglich. Sie fühlte es.

»Hallo, wart doch mal!« Bob kam hinter ihr her. Sie sahen sich ganz kurz an und brachen dann in Lachen aus. »Wenn die wüßte ...!« Darüber lachten sie.

»Sag mal, Jossie, wie alt bist du eigentlich? Ich meine, weil deine Mutter noch so jung aussieht.«

»Vierzehn.« Sie hatte keine Lust, »beinahe fünfzehn« zu sagen. Das hörte sich so kindlich an.
Bob pfiff durch die Zähne und sagte anerkennend: »Tatsächlich?«
»Na ja, ich bin eben so lang geraten.«
»Man kann aber sehen, daß du viel Sport treibst. Ich hab gehört, daß du im Wassersport bei der Marineinfanterie und der Polizei mittrainierst.« Josje nickte.
»Sonst hättest du's auch nicht so lange ausgehalten unter Wasser. Ich hätte dich kaputtgemacht.«
Ein Gefühl enormer Erleichterung und Dankbarkeit überfiel Josje. Gott sei Dank, er ging nicht schweigend darüber hinweg. Am liebsten hätte sie sich stundenlang darüber unterhalten. Aber wie?
»Was starrst du mich an?«
»Du bist ganz anders, Bob. Ich weiß nicht. Du bist anders, als die Leute sagen.«
Sie standen auf der Gabelung des betonierten Weges, der zur Damen- und Herrenabteilung führte.
»Wissen macht nicht glücklich. Denk an deine Eintrichterpenne. Aber eines mußt du wissen: Der Lang, das ist ein Schleimer. Du redest ihn mit dem Vornamen an, nicht?«
Sie zuckte mit den Schultern. Sollte sie's ihm sagen? War Bob eifersüchtig?
»Warum ist er ein Schleimer?«
»Laß nur. Vielleicht ist er euch gegenüber ja anders.«
Bob wußte etwas, aber Bob war kein altes Weib. Gott sei Dank nicht.

Josje schaute ihm nach, wie er den Weg entlangging, ganz hinten einen Handstand machte, einknickte, mit den Füßen wieder den Boden berührte, aufsprang, einen kleinen Jungen, der ihm zuschaute, ergriff und in die Luft warf, auffing, sich auf die Schultern setzte und mit ihm zur Dusche trabte. Vor der Dusche drehte er sich um.

Er hatte damit gerechnet, daß sie nicht weitergehen würde.

»Te majan!« rief er.

Bis morgen! Morgen würde er also anrufen oder sie abholen fürs Kino. Mit beiden Armen über dem Kopf winkte sie zurück. »Te majan!«

Warum hörte sich das so an, als hätten sie ein großes Geheimnis? Viel eher jedenfalls, als wenn sie einfach »bis morgen« gerufen hätten. Vielleicht war es einfacher, etwas, was man gemeinsam hatte, in einer anderen Sprache zu sagen.

»Auf der neuen Schule brauchst du mit Papiamentu erst gar nicht anzukommen!«

Verdammt, das war ihre Mutter. Hatte sie alles gesehen?

»Untereinander sprechen wir oft so«, sagte Josje und ging schnell in ihre Umkleidekabine. »Bob und die anderen wohnen alle schon so lange hier.«

»Ein netter Junge. Der hat wenigstens Manieren und kommt und stellt sich vor. Ein wohlerzogener Junge!«

Josje machte schnell die Tür zu. Mit der Hand vor dem Mund stand sie da und erstickte beinahe vor Lachen: Ein wohlerzogener Junge!

Das war für Bob das allerschlimmste, was man über ihn sagen konnte. Das hatte sie inzwischen begriffen.

5

Josje wurde von Olfys Kreischen geweckt. Mit ihrem kleinen, weiß leuchtenden Popo bumste Olfy immer wieder gegen die Seitenwand ihres Kinderbettchens.

»Morgenstund hat Gold im Mund.«

Ein Auge spaltbreit geöffnet, lauschte Josje den Morgengeräuschen.

Mutter brüllte Aura, die unten war, durchs ganze Haus ziemlich giftig an, ob sie die Bügelwäsche womöglich aufgefressen hätte.

Ein Auto fuhr ins Fort.

Vater sang sein Morgengebet. »O wär ich doch tot; die ich liebe, erlange ich nie!« Na ja, wenn man so eine Stimme hatte, konnte man auch keine anderen Lieder singen.

Olfy kreischte noch lauter. Jeannet war aus der Haut gefahren und hatte ihr eine geknallt.

»Du hast Glück, daß du noch nicht zur Schule mußt!« Mit einem Gesicht, als hätte man ihr was angetan, zog Jeannet sich weiter an; aber als Vater plötzlich hereinkam, schoß sie wie ein aufgescheuchtes Kaninchen in die Garderobe neben ihrem Schlafzimmer. Falsch pfeifend blieb Vater an Josjes Bett stehen: Das Wecksignal – steh auf, steh auf, zum Wecken wird geblasen, steh auf, schmeiß deine Beine aus dem Bett! Eiskalt starrte Josje ihn an und zog demonstrativ die Decke bis unter das Kinn. Überrascht hörte er auf zu pfeifen. Und dann geschah alles rasend schnell. Er riß ihr Moskitonetz auf und zerrte sie mitsamt Decke aus dem Bett. Mit einem großen Schritt war er bei der kreischenden Olfy, klemmte sie sich unter den Arm und stapfte mit dröhnenden Schritten zum Badezimmer. Laut heulend schoß Jeannet aus der Garderobe, die Treppe runter.

»Schnell, kümmere dich um Olfy!« Josje wurde von ihrer Mutter durchs Schlafzimmer geschubst.

Im Badezimmer war Olfys Kreischen plötzlich verstummt. Josje sah, wie der Vater das kleine Schwesterchen – die kleinen Füße zwischen den Fingern einer Hand – mit dem Kopf voran in die große Tonne voll Regenwasser tauchte.

Sie fühlte eine plötzliche, eisige Stille und erstarrte. Dann stürzte sie auf die Tonne zu. Langsam, wie ein Sportangler seinen stolzesten Fang, zog Vater Olfy wieder aus dem Wasser. Wasserstrahlen liefen aus ihren hellen Locken. Josje riß ein Handtuch vom Haken, um Olfy aufzufangen. Warum blieb ihr Schwesterchen so totenstill in der Hand des Vaters hängen?

»Noch mal, Papa, bitte noch mal!« kreischte Olfy nun vor Vergnügen.

Josje lachte nervös, und Olfy wäre auf den steinernen Fußboden gefallen, wenn sie sie nicht schnell aufgefangen hätte.

Als wäre nichts geschehen, sagte die Mutter im Vorbeigehen: »Reib sie bitte nicht zu hart ab, sie hat wieder mal Ausschlag.«

Am Daumen lutschend, ließ Olfy sich abtrocknen. Vorsichtig schüttete Josje irgendein weißes Zeug aus einer Flasche auf einen Wattebausch und rieb damit die feurig roten Flecken auf

Olfys Körper ein. Armes Schäfchen, sie verreckte beinahe vor Juckreiz.
Im Schlafzimmer zog Vater Schubladen auf, warf sie wieder zu. Ein Stuhl fiel um. Olfy hatte den Daumen aus dem Mund gezogen und begann an Josjes Hand zu zerren. Sie wollte auch nach unten, in Sicherheit, zu Aura in die Küche.
»Hanna!« Das dröhnte nur so durchs Haus, alle hielten den Atem an. »Hast du alles aus den Taschen meiner schmutzigen Uniform genommen?«
Nur um Antwort zu geben, ging Mutter die ganze Treppe wieder nach oben; denn es war eisernes Gesetz im Haus, daß man sich nicht über größere Entfernungen anschrie. Das hatte er selbst eingeführt!
»Suchst du wieder mal was?«
Josje zerrte Olfy mit sich durch die Garderobe, zog ihr schnell ein Höschen an, ein dünnes Kittelchen darüber.
»Die Schlüssel für meinen Schrank mit den Geheimakten sind weg!«
Josje gab Olfy ein Zeichen, daß sie still sein müßte. Gespannt lauschte sie. »Bitte, bitte, laß ihn die Schlüssel nicht finden!« betete sie inbrünstig in der Hoffnung, daß all die anderen tausend oder mehr Heiligen mächtiger wären als der brave Antonius, der Heilige der verlorengegangenen Gegenstände. Die blöden Schlüssel, die verdammten kleinen Scheißschlüssel mit dem winzigen Loch ganz unten am Ende.
Josje schlug eine Hand vors Gesicht.
»Ich laß die ganze Insel umkrempeln, aber ich muß die Schlüssel haben! Wo ist die schmutzige Uniform geblieben?«

»Die hat der Junge von der Wäscherei gerade eben abgeholt.«

»Jossie!« Ungeduldig zog Olfy an der Hand ihrer großen Schwester. Josje merkte es nicht. Sie lauschte ihrem Vater, der über das Diensttelefon dem Polizeihauptquartier den Befehl durchgab: Sofort Haussuchung bei der Wäscherei und dem Personal der Wäscherei.

»Um Gottes willen, Herbert, mach doch keine Staatsaktion daraus! Du wirst die Schlüssel im Büro liegengelassen haben.«

Nee, dachte Josje, gestern abend hat er sie ja noch gehabt. Hier, zu Hause. Denn da ...

»Komm doch mal her, hierher ins Licht!« Sie hatte dagesessen und alles noch mal vor ihren Augen vorbeiziehen lassen, Bob, das Schwimmbad, alles ... Aber Vater hatte sie zur Verandatür gezerrt und gut gelaunt – sie hätte ihn erwürgen können, wenn er so vorfreudig erregt aussah – die Schlüssel aus der Tasche geholt.

»Nein, tu's bitte nicht!« hatte sie ängstlich gerufen und die Hände vors Gesicht geschlagen.

»Weg mit den Fingern!« Er hatte ihre Hände runtergeschlagen, die Augen halb zugekniffen, wie er das beim Zielen mit der Pistole tat, und ihr treffsicher das angebohrte Ende des einen Schlüssels ins Gesicht gedrückt.

»Aua, du tust mir weh!«

»Stell dich nicht so an!« Mit seinem harten Fingernagel hatte er den ausgedrückten Mitesser rausgezwickt und ihr unter die Nase gehalten. Na siehste! Und dann den nächsten. Und noch einen. Ihr waren Tränen in die Augen geschossen. Tränen des

Schmerzes und Tränen der Wut, denn was war sie schon: ein Mädchen.
Er selbst war übersät mit Mitessern. Dicht vor ihren tränenden Augen konnte sie die schwarzen Punkte schwimmen sehen in seinen Falten und zwischen den Bartstoppeln. Aber das machte ja nichts, bei einem Mann war das ja egal. Bei einem Mädchen dagegen ...
Und jetzt waren die Scheißschlüssel weg.
»Komm mit!« In einem Anflug von Ausgelassenheit zog sie Olfy an sich, ergriff sie bei den Handgelenken und drehte sich ein paarmal mit ihr im Kreis. Olfy brüllte vor Vergnügen. Ein Spiel. Sie kannte auch eins. Auf dem Weg nach unten – sicher an der Hand der großen Schwester – sang sie mit schriller und durchdringender Stimme: »Pa-pa Scheiß-haus-rei-ni-ger! Papa Scheiß-haus-rei-ni-ger!«
»Sssst!« zischte Josje erschrocken. Hoffentlich hatte er nichts gehört.
Sie waren gerade auf der dritten Treppenstufe, da hörten sie ihn schon fluchen. Irgend etwas wurde zerbrochen.
»Geht sofort nach unten!« rief Mutter mit ängstlicher Stimme.
Josje zerrte ihre kleine Schwester mit, sie strauchelte über das Hosenbein ihres Schlafanzuges – und hörte einen ohrenbetäubenden Knall. Stürzte die Treppe ein? Zerbarst da etwas hinter ihrem Rücken? Die letzten Stufen ging sie nicht, die letzten Stufen fiel sie nach unten, und die kleine Olfy hinterher.
Sie rappelte sich auf, blickte erschrocken nach oben. Quer in der Treppenschlucht hing eine Tür. Die Tür des Schlafzim-

mers. Vater hatte die Schlafzimmertür rausgerissen. Er hatte ihnen eine Tür hinterhergeworfen. Sie hätten tot sein können. Die Tür … Sie konnte ihren Blick nicht von der Tür losreißen. Das durfte doch nicht wahr sein! Langsam wanderten ihre Blicke höher.

Vater hing über dem Geländer des Treppenabsatzes, als würde er jeden Moment herunterfallen. Sein Gesicht war grau, sein Mund murmelte unverständliche Worte. Mutter stand da, hatte ihren Arm um ihn geschlungen. Zwischen den beiden da oben und ihnen hier unten war eine Tür. Aufeinandertreffen konnten sie nicht.

Josje merkte nicht, daß der Hausknecht Olfy bei der Hand nahm, sie auf ihren hohen Stuhl an den Frühstückstisch setzte und ihr einen Schlabberlatz vorband. Sie bemerkte ihn erst, als er zurückkam, an ihr vorbei die Treppe raufging und schweigend die Tür aus der Treppenschlucht zerrte … ein Stückchen hoch … dann schräg halten … drehen … vorsichtig kippen … eine Ecke auf eine Stufe …

Josje floh ins Eßzimmer. Der Weg war wieder frei. Er würde nach unten kommen, aber sie würde sein Gesicht nicht ertragen können. Auf bloßen Füßen schlich sie über die Veranda in die Küche. Aura stand an die Anrichte gelehnt, die gekreuzten Arme vor das Gesicht geschlagen. Paulina hatte sich stumm in ihren Wäschekorb voller Bügelwäsche fallen lassen. Sie sagten nichts, blickten sie nur ganz kurz scheu an. Von ihnen wurde erwartet, nichts gehört zu haben.

Josje hatte einen trockenen Mund, aber sie wollte nicht zum Korridor, um abgekochtes, gekühltes Wasser zu holen. Sie

nahm eine halbe Zitrone vom Küchentisch und leckte daran. Jetzt gingen Mutter und ... und er ins Eßzimmer. Jeannet würde nicht einen Bissen durch die Kehle bringen. Ob die überhaupt wußte, was eben passiert war?
Josje leckte an ihrer halben Zitrone und sah auf die Kakerlake an der Wand. Die war halb braun und halb weiß. Wenn sie ganz weiß war, würde sie sterben. Jawohl, wenn aus ihr eine ganz und gar weiße Kakerlake geworden war, würde sie sterben.
Sie fühlte, daß Paulina erst den einen Fuß anhob und dann damit in die Sandale fuhr, dann das gleiche Manöver mit dem anderen Fuß wiederholte.
»Jos, nach oben, duschen und anziehen!« Mutter steckte nur ganz kurz den Kopf zur Tür herein. Sie sah blaß aus.
Automatisch ergriffen Aura und Paulina die erstbesten Gegenstände und taten so, als wären sie vollauf beschäftigt.
Josje streifte die Sandalen ab, huschte über den Korridor und rannte die Treppe hinauf. Sie warf die Badezimmertür hinter sich zu und schloß vorsichtshalber ab.
Ihre Schlafanzughose hatte sie schon fallengelassen, sie saß schon fast auf dem Klo, als sie plötzlich sah, wie sich neben dem weißen Becken die große, dicke Spinne mit ihrem behaarten schwarzen Körper bewegte. Sie konnte das Geräusch hören, das die Füße der Spinne machten.
Der Schrei blieb ihr in der Kehle stecken. Sie konnte nicht mehr runter, sie konnte nicht mehr vom Klo runter, sie saß fest. Nein, nein, nein! Mit einem Ruck schoß sie zur Seite, ließ sich auf den Granitboden fallen und kroch in die entfernteste

Ecke, über den Rand des Duschbeckens, zerrte sich den Schlafanzug vom Leib, drehte den Duschhahn auf. Ihr eigenes Wasser klatschte lauter als das Duschwasser. Angenehme gelbe Wärme spülte über ihre Füße.
Durch den Vorhang von herabströmendem Wasser spähte sie zum Klobecken, dann zu ihrem Handtuch, das dicht daneben hing. Immer wieder und wieder rieb sie mit der Seife ihren Körper ab, wollte Zeit gewinnen, versuchte es hinauszuzögern, das Handtuch nehmen zu müssen und ... Routinemäßig reinigte sie bestimmte Stellen besonders sorgfältig: unter den Armen, den Hals, hinter den Ohren, zwischen den Beinen. Sie durfte nicht soviel Wasser verschwenden, Dechi hatte schon genug zu pumpen. Jetzt noch die Seife abspülen. Sie drehte den Hahn zu. Blut an ihrer Hand. Regungslos starrte sie die Hand an. Was war denn jetzt schon wieder los? Während sie in Gedanken schnell nachrechnete, fuhr sie sich noch mal zwischen die Beine, besah danach die Hand. O verdammt, auch das noch! Gerade jetzt mußte sie ihre Tage bekommen.
Automatisch fischte sie mit nasser Hand die Schachtel mit den Tampons aus dem Badezimmerschränkchen. Gott sei Dank war ihre Mutter nicht so altmodisch, sie mit einem halben Textilladen zwischen den Beinen herumlaufen zu lassen.
Bevor sie den Tampon einführte, drehte sie sich mit dem Rükken zum Klobecken. Die Augen der Spinne ...
Auf Zehenspitzen lief sie zu ihrem Handtuch, schüttelte es aus. Kein Skorpion drin, das war doch immerhin etwas.
Während sie sich zerstreut abtrocknete, kam sie langsam in

eine Stimmung, die alle inneren Spannungen wegen der letzten Ereignisse vergessen ließ. Ein Gefühl, das sie jeden Monat einmal hatte. Ein herrliches Gefühl. Sie konnte sich das nicht erklären. Ein Mädchen-Gefühl, das ihr niemand untersagen konnte, das ihr niemand wegnehmen konnte. Eine Art träger Zufriedenheit.

Josje hatte das Handtuch um die Hüfte geschlungen und starrte durch die Schießscharte nach draußen. Zuerst hatte sie gedacht: O verdammt, auch das noch! So wie sie das jedesmal von neuem dachte. Und doch war es ein willkommenes Ereignis. Warum stank ihr das jedesmal wieder im ersten Moment? Und nicht nur ihr, sondern den anderen Mädchen auch. Wer hatte sie so weit gebracht?

Mit tiefer Falte in der Stirn ging sie zur Tür, drehte den Schlüssel um. Die Spinne war vergessen. Sie würde das blaue Kleid anziehen. Und sie würde mit Olfy Erna besuchen. Erna sollte heute nach Holland. Olfy spielte oft mit Ernas Schwester. Wenn sie mit Olfy hinging, würde niemand auf krumme Gedanken kommen.

Folgsam fuhr Olfy mit ihrem Roller neben Josje her, verließ mit ihr das Fort durch das hintere Tor. Ab und zu hielt sie an, blickte sich um. Josje merkte nichts davon.

Wie ein kleines rotes Kätzchen ließ sie sich von Bram, dem Postbeamten, über die Locken streicheln. Josje merkte nichts davon.

Beim Wilhelminapark legte Olfy ihren Roller für einen Moment hin, um sich mal eben mit beiden Händen so richtig die roten, pickelübersäten Arme zu kratzen. Josje merkte ja doch nichts.

Als sie zur Columbusstraße hinübergingen, nahm Josje den Lenker des Rollers. Aber auch das tat sie gedankenverloren. Den ganzen Weg nach Scharloo, wo Erna wohnte, versuchte sie, sich das eine Wort aus dem Kopf zu schlagen: Schlüssel. Denn das ging ihr unaufhörlich durch den Kopf.

Bevor sie von zu Hause weggegangen war, waren Aura und Paulina von einem Hauptwachtmeister verhört worden.

Jedes Zimmer, jeder Schrank wurde um- und umgekrempelt. Es ging um Geheimpapiere. Wer den Schlüssel hatte, der wußte mehr, als jemand wissen durfte. Was? War das gefährlich? Sie waren gewarnt worden, als sie auf die Insel kamen. Stets überwachte ihre Mutter das Personal beim Kochen, oder sie kochte selbst. Das war sicherer. So war's ihnen geraten worden. Zweimal war auf ihren Vater ein Anschlag verübt worden, nachdem er eine Razzia in den Lagern der ausländischen Arbeiter gemacht und eine Anzahl Waffen gefunden hatte. Danach war in Venezuela eine Belohnung auf seinen Kopf ausgesetzt worden. Die Nachricht über Radio Caracas hatten sie zu Hause selbst gehört.

»Jossie, Jossie, guck doch mal!« Olfy stieß sie an und deutete auf ihr unbekannte Gegenstände. Das waren die ersten Verkehrsampeln, die hier auf der Insel installiert worden waren. Vaters Schwächen waren nun mal sicherer Verkehr, perfekte Feuerwehr und Tierschutz und natürlich Sport – wie zum Beispiel Türen aus der Verankerung reißen. Jawohl, mein Herr!

Geistesabwesend grüßte Josje die Polizisten, die bei den neuen Ampeln standen. Plötzlich merkte sie, daß Olfy verschwunden war. Die hatte schnell begriffen: Wenn die Ampel rot war, mußte man anhalten. Mit ihrem Roller hatte sie sich auf die Straße vor die Autos gestellt. Aber Dofi, der große surinamische Oberwachtmeister, hob sie mitsamt Roller wieder auf den Bürgersteig.

Die Ampel zeigte grün, die Autos fuhren an, die bei der Kreuzung stehenden Männer und Frauen jubelten. Ihre braunen Gesichter leuchteten, sie hatten eine neue Spielerei für sich entdeckt. Josje konnte nicht vorbeikommen. Sie zögerte, sah sich nach Dofi um.

»Hallo Dofi, ich wußte gar nicht, daß du schon aus dem Urlaub zurück bist. Wie war's denn in Paramaribo? Wie geht's deiner Mutter? Und den Schwestern?«

»Ich hab dir was mitgebracht«, sagte Dofi vielversprechend. Dofi war der beste Polizist, den man sich denken konnte. Und Josje wußte nicht einmal warum. Früher hatte sie sich oft auf der Wache aufgehalten, wenn er gerade Dienst hatte. Sie hatten sich über alles mögliche unterhalten. Neuerdings hatte Vater ihr die Besuche auf der Wache verboten. Aber Dofi hatte trotzdem etwas für sie mitgebracht.

»Heute abend, wenn ich die Protokolle bringe, bring ich's mit«, sagte er leise.

Das ging weiter niemanden etwas an. So war es immer gewesen. Wenn man mit Dofi über etwas sprach, sprach man mit sonst niemandem darüber. Zum Beispiel über Surinam und die Menschen dort. Von Dofi hatte sie gelernt, daß die Ma-

kambas nichts wissen von Menschen wie Dofi. Dofi hatte das nie rundheraus gesagt, aber sie hatte das aus seinen Geschichten begriffen. Makambas dachten, daß Dofi und alle anderen Dofis nichts Wesentliches mitzuteilen haben.
»Ich hab einen wunderschönen Vogel mitgebracht, in einem Käfig, der hängt jetzt in meinem Zimmer«, erzählte Dofi.
»Oooh!« Josje stöhnte erfreut auf. Dofi war ledig, denn bei der Polizei durfte man während der ersten Dienstjahre nicht heiraten. Jetzt hatte Dofi, wenn er auf sein Zimmer kam, doch wenigstens jemanden, der auf ihn wartete.
»Willst ... willst du ihn haben, Jossie?«
Josje zögerte; Josje zögerte genau eine Sekunde zu lange.
Das sah Dofi an ihren verlangenden Händen, ihren aufgerissenen, fragenden Augen. Er nickte, als wollte er sagen: Du kriegst ihn.
»Nein, Dofi, nein, das darfst du nicht tun. Der Vogel gehört dir.«
Ihre Stimme hatte sich überschlagen. Erschrocken sahen sie sich um. Hatte jemand etwas gehört? Daß sie immer noch Dofi zu ihm sagte? Daß er sie immer noch Jossie nannte?
Josje schluckte. Sie hatte Mitleid mit dem kleinen Vogel in seinem Käfig, aus dem er nicht heraus konnte. »Du weißt doch ... Mein Vater und sein Tierschutzbund. Ein Vogel in einem Käfig ... das wird's bei uns zu Hause nie und nimmer geben.«
Dofi nickte bedächtig und trat dann schnell auf die Straße, wo ein Fahrer aus seinem Bus gestiegen war – während die Ampel Grün zeigte und die Autos hinter ihm zu hupen begannen –, um sich in aller Gemütsruhe die Verkehrsampeln aus der

Nähe anzusehen. Behutsam fuhr er mit den Fingern über das Glas, ging um den Pfahl herum und fragte die Leute auf dem Bürgersteig: »Werden hier in der Stadt noch mehr Walthers aufgestellt?«

»Walthers, Walthers ...« Der neue Name für die Ampeln ging von Mund zu Mund, schwirrte fort von der Kreuzung; innerhalb einer Stunde würde er aus ihrer Sprache, aus den Gesprächen auf der Insel nicht mehr wegzudenken sein.

Der Busfahrer stieg wieder ein, er hatte deutlich nachdenkliche Züge im Gesicht.

»Nun fahr schon, nun fahr schon!« rief ein kurzangebundener holländischer Polizist. »Und wehe, ich erwische dich, wenn du bei Rot einfach weiterfährst!«

»Und wann darf ich dann fahren?«

»Wenn's grün ist, kapiert!«

Die Ampel sprang auf Rot, der Fahrer stieg wieder aus, warf blitzschnell einen Stein in die rote Ampel, war mit einem Satz wieder im Bus und raste mit quietschenden Reifen über die Kreuzung.

Unter dem lauten Jubel der Zuschauer wollte der Polizist mit seiner Beiwagenmaschine die Verfolgung aufnehmen, aber Dofi hielt ihn zurück. »Den kenn ich, den seh ich heute abend bestimmt noch. Also beruhige dich, Mann.« Es schien, daß Dofi sich das Lachen nicht ganz verkneifen konnte.

Vor sich hingrinsend ging Josje weiter, neben sich Olfy auf ihrem Roller. Kurz blickte sie sich um: Ganz hinten sah sie ihren Vater kommen. Armer Dofi, der würde die erste kaputte Ampel verantworten müssen.

Wie immer war Olfy mit ihrem Roller um das Haus auf Scharloo, in dem Erna wohnte, herumgefahren. Über die Kurá, deren unbebautes Grundstück, holperte sie zum Innenhof.

Josje zögerte hineinzugehen, obwohl Ernas kleinere Geschwister sie kreischend vor Vergnügen mitzuziehen versuchten. War Erna in ihrem Zimmer? Suchend sah sie sich um. Eine braune Hand gab ihr einen Wink. Die Jaja, das Kindermädchen. Josje folgte ihr, auf Zehenspitzen schlich sie vom Innenhof die Treppe rauf und stürzte dann plötzlich in Ernas Zimmer. Aber da war niemand. Das Zimmer sah so leer und fremd aus. Keine Fotos an den Wänden, keine Bilder von Filmstars, keine Pantoffeln zu sehen, keine Schulbücher.

»Josje!« Erna warf ihr die Arme um den Hals und klammerte sich an sie. Einen Moment fürchtete Josje, sie würde zu heulen anfangen. Verlegen sah sie Erna an. Aber Ernas Augen waren leergeweint, sie waren leer und groß und hatten dicke dunkle Ränder, Trauerränder. War's denn so schlimm? Und doch hatte bis gestern niemand etwas gewußt. Und niemand, niemand hatte sich um sie gekümmert.

Wieviel Zeit hatte sie noch? Sie mußte etwas tun. So durfte Erna nicht wegfahren. Aber was sollte sie sagen? Einfach davon beginnen?

Josje zog Erna aufs Bett, blieb, den Arm um sie geschlungen, neben ihr sitzen. Sie streichelte ihr behutsam den Nacken. Das hatte sie früher, wenn Paulina das bei ihr getan hatte, auch so wunderbar gefunden. »Sie schicken dich weg, nicht wahr? Und nur wegen Betico?«

Josje hörte, daß Erna den Atem anhielt, dann ganz langsam ausatmete. Erna warf ihr langes, schönes Haar nach hinten, und ihre Stimme klang wie noch nie, so hart und leer. Jedes Wort, das sie sprach, schien einen Riß zu haben. »Er kann doch nichts dafür. Aber die anderen, die ...!« Sie zuckte mit den Schultern.
»Aber warum ... warum denken deine Eltern, daß es so und nicht anders ist?«
Überrascht sah Erna sie an. »Das hab ich ihnen selbst gesagt. Ich ... was blieb mir denn anderes übrig?«
Und dann sprudelten die Worte, die sie bisher nicht hatte loswerden können, nur so aus ihr heraus.
»Das ist alles so verrückt, ich begreif's ja selbst nicht ganz. Du weißt doch – ach nein, natürlich weißt du das nicht, das wußte ja niemand ... Na ja, ich hab ein Tagebuch. Schon lange. In letzter Zeit hab ich ab und zu mal ein Gedicht reingeschrieben. Aber das ist ziemlich schwierig ... mit der Phantasie ... So ein Gedicht, das schreibt man ja für jemanden. Ich dachte mir einen Namen aus, und zwar Betico. Der ist mir eben zuerst eingefallen. Und meine Mutter hat das Tagebuch gefunden. Sie glaubte mir das mit dem ausgedachten Namen nicht. Und plötzlich wußte wieder jeder, daß ich früher als kleines Mädchen immer gesagt hatte, daß ich später mal Betico heiraten würde. Und genauso plötzlich fiel allen wieder ein, daß Betico, selbst wenn er dienstfrei hatte, mich stets mit dem Wagen abholte oder wegbrachte, wenn ich nur ein Wort sagte.«
»Ist denn was zwischen euch gewesen?« fragte Josje ungläubig.

Erna wurde rot und zeichnete mit einem Fuß Kreise auf den Fußboden. »Sagst du auch bestimmt niemandem was?«
Josje hob zum Zeichen des Versprechens zwei Finger, wie beim Schwur.
»Mensch, Josje, ich bin richtig froh, daß ich endlich mit jemandem darüber reden kann. Alle anderen haben mich doch im Stich gelassen.«
»Die anderen?« Josje fuhr ein Schauer über den Rücken, so wie es schon mal vorkam, wenn Vater sie eine Anzeige lesen ließ – »damit du weißt, was hier auf der Insel wirklich passiert«.
Erna stand auf, schloß die Tür ab und setzte sich dann wieder neben Josje.
»Ich hatte in der Klasse gehört, daß Bob und Tom und noch ein paar andere heimlich zu einer Tambú gehen würden. Das ist aber schon eine ganze Weile her.«
»Zu einer Tambú?« fragte Josje, die das nicht ganz glauben konnte. Zu einer Tambú, dem verbotenen Tanz. Oft hatte sie, wenn sie im Bett lag, die von der Punda herüberwehenden Klänge hören können. Wenn die Musik verstummte, wußte sie, daß die Polizei eingegriffen hatte, daß die das Fell der Trommel durchstochen hatte. Aber es dauerte nie lange, und es fand wieder eine Tambú statt. »Gott sei's geklagt, aber sie reißen einander die Kleider vom Leib, und da wird gekämpft um die Weiber, und da wird gevögelt. Und das alles unter dem Muttergottesbild.« So schimpfte Vater in heiliger katholischer Entrüstung. Und dabei sollte Erna …?
»Bob und die anderen wollten, daß ein paar von uns Mädchen

mitgingen. Und, wenn ich ehrlich sein soll, ich war auch ganz schön neugierig. Schließlich hatte ich so viel darüber gehört. Na ja, die Jungs mußten sich ganz schön ins Zeug legen, uns mitzukriegen. Aber als einziges Mädchen wollte ich natürlich nicht mitgehen. Das hat dann noch ein paar Tage gedauert, da hatte ich Ditty endlich soweit. Für ein goldenes Armband. Das sitzt mir heute noch am meisten quer.«

»Und dann?«

»Wir hatten uns irgendwo verabredet. Na ja, ich hab mich abends aus dem Haus geschlichen; die Jungs warteten schon mit einem Auto. Aber Betico muß mich gesehen haben. Als ich nach einer Weile noch nicht zurückkam, ist er losgezogen und hat mich gesucht. Irgend jemand hat unseren Wagen gesehen.«

»Wie war's denn? Bist du wirklich bei einer Tambú gewesen?«

»Das war … tja … ich … ich weiß eigentlich nicht so recht. Ich weiß nur noch, daß wir tanzten … wir tanzten und brüllten den Refrain. Da war die Stimme der Cantadó di Tambú, einer großen leidenschaftlichen Frau, die vorsang. Ich dachte, das Schwarze würde ihr vom Gesicht schmelzen. Wir schrien und tanzten durcheinander; an mir wurde herumgezerrt, von allen Seiten … und Ditty, Ditty tanzte auf einer kleinen Kiste. Tom fing an zu schreien und zerrte an ihr … ihr Rock zerriß … sie schrie vor Lachen und warf die Bluse ab … die Stimme von dem Weib, die werd ich nie vergessen … sie sagte, und sie sang das auch: Tu's nur, tu's nur … ich weiß schon gar nicht mehr, was ich getan habe … aber plötzlich strauchelte ich. Ich sah

Ditty liegen, auf dem Boden, und Tom auf ihr ... und alle tanzten in einem Kreis um sie herum ...«

»Haben Ditty und Tom ... haben die's denn gemacht?« Atemlos stieß Josje die Worte hervor.

»Ich hab nicht hingesehen. Ich war plötzlich ... so nüchtern ... ich wollte da weg. Aber alle lachten und schrien mich an, jemand goß mir Rum in den Mund. Bob begann an Tom zu zerren. Aber jemand zog ein Messer und hielt Bob zurück. Plötzlich stand Betico da, der hat mich da rausgeholt. Ich war voll bis zum Stehkragen. Ich hab da in der Kunuku gestanden und meine Eingeweide ausgekotzt. Und Betico hat mich zur Minna gemacht, von wegen: ›Du gehörst nach Scharloo, nicht hierher. Hierher gehören wir. Merk dir das. Wenn du noch mal allein abhaust, erzähl ich's deinem Vater.‹ Als wir zu Hause waren, hab ich mich vor Betico bis auf die Knochen geniert. Und ich war ihm doch so dankbar, daß er da aufgetaucht war. Ich wollte mich bedanken. Ich gab ihm einen Kuß. Und dann bin ich mit einem Arm an die Hupe gekommen. Na ja, das kannst du dir ja denken, daß da der Teufel los war. Alle kamen aus dem Haus gestürmt. Sie sahen Betico und mich aus dem Auto steigen. Ich konnte nicht sagen, wo ich gewesen war, und Betico wollte mich nicht verraten. Ich sagte, daß ich Kopfschmerzen gehabt hätte und ein wenig hätte umherfahren wollen. Tja, das war's dann. Und dann sind sie in mein Zimmer gegangen und haben nach Beweisen gesucht. Das war dann mein Tagebuch.«

Erna schwieg. Josje fühlte, daß sie noch etwas verschwieg, etwas, das sie für sich behalten wollte.

Erna biß sich in die Unterlippe: Nein, nicht alles erzählen. Nicht, wie Betico sie im Auto festgehalten hatte, mit seinen Fingern durch ihr Haar gegangen war und geflüstert hatte: »Erna, Dushi, Erna, geh fort von hier. Erna, du kommst in Schwierigkeiten.«
Sogar in der dunklen Nacht hatte sie sehen können, daß sich ihre Hände deutlich von seinen schwarzen Händen abhoben. Er hatte nur seine beiden Hände hochgehoben, um ihr das zu beweisen. In dem Moment hatte sie mit ihrem Arm die Hupe berührt. Das hatte sich in der Nacht angehört, als ob die Sirene ginge, die Sirene, die bei Brand und größeren Unglücken immer heulte.
Mit geschlossenen Augen saß Erna auf dem Bettrand. Josje wollte ihre Hand nehmen und begriff nicht, warum Erna die ruckartig zurückzog.
»Ich hab gesagt, daß alles meine Schuld war. Weißt du, wenn man dir einmal nicht mehr glaubt, haust du besser gleich ab. Dann kann man's ja doch keinem mehr recht machen. Dann wird hinter allem, was man tut oder sagt, immer etwas gesucht. Und vielleicht hatte Betico recht: Das ... na ja, das alles ... das zieht mich an.«
Sie sprang auf, schrie: »Aber darum braucht man mir noch lange nicht auf den Kopf zu schlagen, und das auch noch mit ›Onkel Toms Hütte‹! Das ist doch wohl die Höhe!«
Es wurde gegen die Tür gepoltert. »Erna, abri porta! Erna, mach auf!«
»Das ist die Jaja«, sagte Erna über die Schulter zu Josje. Dann ging sie zur Tür, schloß auf.

Argwöhnisch blickend kam die Jaja herein. »Du darfst sie nicht so aufregen«, schnauzte sie Josje an.
Aber Josje hatte ihre Augen gesehen und packte sie am Arm, schüttelte sie. »Sei doch ehrlich, Jaja, das ist doch nicht dein Ernst.«
Jaja ließ sich aufs Bett fallen, zog Erna an ihre eine, Josje an die andere Seite, schlang um jedes der Mädchen einen Arm und rüttelte sie gegen ihre Schultern. Erna begann zu schluchzen, und auch Josje fühlte, daß ihr die Tränen in die Augen stiegen. Jaja ließ Josje los und reckte dem bleichen Jesuskopf auf dem Bild von Ernas erster Kommunion, das noch an der Wand hing, eine wütende schwarze Faust entgegen. »Hättest du es deinen Kindern nicht leichter machen können?« rief sie in Papiamentu. »Die Antwort schuldig bleiben, was? Ja, das kennen wir! Kerls! Die sind doch alle gleich! Das wissen wir doch schon seit Jahren!« Sie schnellte hoch, nahm das Bild von der Wand und hängte es verkehrt herum wieder auf.
Josje sah Erna an, durch ihre Tränen hindurch schaute Erna zu Josje herüber. Ihre Blicke gingen zur aufgebrachten Jaja. Erna begann nervös zu lachen, Josje fiel ein. Erschrocken drehte Jaja sich um, begann dann ebenfalls zu lachen.
»Hört auf ... hört doch auf!« schrie Josje. Es tat direkt weh, so sehr schüttelte sie das Lachen. Sie fühlte, daß sie den Tampon verlieren würde. Verdammt! »Hört auf! Menschenskinder, hört doch auf!«
Sie fuhr mit der Hand in die Tasche ihres Kleides, suchte das Taschentuch. Dabei fiel der Reservetampon, den sie darin versteckt hatte, auf den Boden.

Erna hob ihn auf, sah ihn sich an, erst erstaunt, dann wie angewidert.
»Ein Abschiedsgeschenk«, kicherte Josje, »um deinen Schmerz zu stillen.«
Jaja grabschte den Tampon aus Ernas Hand, drehte ihn um und um und hielt ihn dann mit strengem Gesicht hoch. »Weiß deine Mutter davon? So ein Ding, das bringt dich doch auf schlechte Gedanken!«
»Das ist noch lange kein palu cajente!« sagte Josje schmunzelnd. Sie fühlte, daß Jaja beinahe ausrastete. Mit einem letzten Rest von Beherrschung warf sie den Tampon aufs Bett. Erschrocken rutschte Erna ein Stückchen zur Seite. Seltsamerweise war Josje durch Ernas Reaktion plötzlich beruhigt. Komisch. Erna fand's ganz normal, zu einer Tambú zu gehen, aber etwas so Alltägliches wie einen Tampon, das fand sie fies. So was hielt man verborgen, darüber sprach man nicht. Was wohl Betico gesagt hatte, als sie ihn küßte? Und Ditty, die so dick geworden war? War das möglich, von einem einzigen Mal?

An der Kreuzung Columbusstraße wurde ein neues Glas in die Ampel gesetzt. Dabei gab's so einen Auflauf, daß die Polizei die Menschen zurückdrängen mußte.
»Damit hat dein Vater gerechnet. Der hat jede Menge Ersatzglas bestellt«, erzählte Dofi, als Josje kurz stehenblieb.
Alle Polizisten achteten auf die Leute, die sich an der Kreuzung stauten. Olfy war weitergerollert; langsam schlenderte Josje an den Geschäften vorbei, besah sich die Schaufenster. Es geschah so schnell, so plötzlich, daß sie mit offenem Mund

stehen blieb – und mit offenem Kleid! Jawohl, mit offenem Kleid! Ein dunkler Junge war lachend an ihr vorbeigegangen und hatte ganz einfach seine Hand in ihr Kleid gesteckt – und dabei waren die Knöpfe aufgesprungen. Schnell machte sie wenigstens die oberen Knöpfe wieder zu. Hinter ihr schrie jemand. Sie drehte sich um. Ein tobender Onkel Louis hielt den Jungen fest und rief nach einem Polizisten. »Er hat sie belästigt. Der dreckige Hund mit seinen schwarzen Pfoten, der hat sie ...«

Nichts wie weg! dachte Josje. So ruhig wie möglich ging sie weiter. Wenn ich weg bin, kann nichts bewiesen werden. Aber sie hatte ihre Rechnung ohne Dofi gemacht. Der überlegte nicht lange, lief ihr nach und befahl kurz angebunden: »Komm mit!«

»Warum?« fragte sie flapsig.

Sie sah, daß Dofi zögerte. Das wäre der erste Punkt auf der Habenseite. Verdammter, hinterhältiger Onkel Louis, der seine eigenen geilen Scheißfinger selbst nie bei sich behalten konnte, der hatte es nötig ...

Die Menge hatte sich von der Kreuzung auf die Straße bewegt. Onkel Louis schleppte den Jungen heran. »Das ist er doch, nicht wahr, Jossie? Ich hab alles gesehen. Du brauchst keine Angst mehr zu haben. Erzähl ruhig alles.«

Zum Kaputtlachen! Wirklich zum Kaputtlachen!

»Sag mal, bist du verrückt geworden!« hörte Josje Dofi den Jungen anschreien.

»Was ist denn überhaupt los?« fragte sie scheinheilig, und dabei sah sie Onkel Louis gerade ins Gesicht.

»Nicht hier. Kommt mit auf die Wache!« befahl Dofi kurz angebunden.
Josje erschrak. Wenn sie den Jungen erst mal auf der Wache hatten, würden sie nicht eher Ruhe geben, bis er gestanden hatte. Egal was. Das kannte sie. Sie sah, wie sich seine Augen vor Angst weiteten. Und noch vor einer Minute war er die Ausgelassenheit in Person gewesen.
»Man kann doch niemanden ohne Anzeige verhaften«, begann Josje.
»Routineuntersuchung.« Dofi fand wohl, daß eine Panne am Tag – die kaputte Ampel – schon mehr war, als seinem Hang zur Perfektion guttat.
Die anderen Polizisten versuchten die Menge aufzulösen.
Wie ein eitler Gockel, der – welch ein Wunder – auch mal ein Ei gelegt hat, trippelte Onkel Louis neben Dofi einher, der den Jungen an einem Arm festhielt.
Als wäre sie ganz und gar unbeteiligt, ging Josje nebenher, eine Hand auf Olfys Schulter gelegt.
»Ich hab's mit eigenen Augen gesehen. Aber natürlich, über so etwas hält ein Mädchen wohl lieber den Mund.«
»Gott sei Dank, Onkel Louis!« schnauzte Josje ihn unvermittelt an.
Onkel Louis war plötzlich sehr damit beschäftigt, den ganzen Vorfall einem Freund zu schildern, den er gerade getroffen hatte.
Josje sah ihre Chance. »Dofi, laß den Jungen los. Kannst mich totschlagen, aber ich weiß überhaupt nicht, was hier gespielt wird. Der verdammte Onkel Louis, der selbst seine Finger

nicht bei sich behalten kann! Der denkt wohl, daß alle so sind!«

Sie hatte ganz leise gesprochen. Dofi brauchte man nicht anzuschreien. Dem konnte man alles in aller Ruhe sagen.

Sie sah, daß er den Jungen losließ. Verwirrt blieb der Junge stehen.

»Hau ab, bevor ich's mir anders überlege«, zischte Dofi ihm zu. Der Junge fing sofort an zu laufen. Erst dann fragte Dofi: »Ist das denn nicht wahr, was Onkel Louis sagte?«

»Der Junge kam aus einem Geschäft, glaube ich, da sind wir zusammengestoßen. Ich war ein wenig bedeppert. Da hab ich mich an seiner Hand festgehalten, um nicht hinzufallen.«

Nein, so wie's wirklich war, wie sie das empfand, das konnte sie auch Dofi nicht erzählen. Sie hatte etwas in den Augen des Jungen gesehen, ein Flackern ... etwas ... ja, so wie Bob sie plötzlich angesehen hatte, und Frank.

Warum, in Himmels Namen, warum? Vor ein paar Tagen war doch noch nichts davon zu spüren gewesen, und nun, ganz plötzlich, geschah so viel; beinahe gleichzeitig, so schien es. Würde das so weitergehen? Das ganze Leben lang?

Hastig schob sie Olfy auf ihrem Roller vor sich her.

Warum hatte sie sich für den Jungen eingesetzt? Weil sie an Ernas Geschichte hatte denken müssen?

Vielleicht.

Weil der Junge dunkelhäutig war?

Vielleicht.

Sie schaute zum Tor des Gefängnisses rüber. Nein, deswegen nicht.

Sondern weil sie in dem Moment … ihr hatte es gefallen. Sie hatte lachen wollen. Und mußte man die beleidigte Leberwurst spielen, die gekränkte Unschuld, nur weil das alle von einem erwarteten?

6

Erst als das Flugzeug vom Boden abgehoben hatte, merkte Josje, daß sie krampfhaft den Atem angehalten hatte. Da flog er also! Auf unverhoffte Dienstreise nach Aruba. Seufzte sie vor Erleichterung, daß er erst mal für einige Zeit weg war? Oder vor Spannung? Schließlich war's 'ne Flugreise, da konnte man nie wissen.
Hinter Mutter, Jeannet und Olfy war sie zum Flugzeugschuppen auf Hato gegangen. Ein typisches, Frohsinn ausstrahlendes Familienbild: Alle gemeinsam dem Vater Lebewohl zuwinken.

Sie fuhr mit der Hand zur Hüfte, griff in den Stoff des Kleides, trocknete den Schweiß, den sie auf der blanken Haut fühlen konnte. Jetzt baden gehen, das wär 'ne Wucht! Aber die Küste bei Hato mit den brüllenden Brechern gegen die Steilfelsen war nur für Selbstmörder der passende Ort. Wenn sie ans Schlußmachen dachte, dann dachte sie stets an Hato. Warum? So etwas tat man doch nicht wohlüberlegt und gutgeplant. Wie zum Beispiel eine Tour mit einem Segelboot. Bob war mit Tom und einigen anderen mit einem Segelboot nach Bonaire gefahren. Na schön, dann brauchte sie wenigstens nicht dauernd in der Nähe des Telefons rumzulungern, für den Fall, daß er anrief. »Jos, meinst du, daß du mit mir ins Kino darfst?« Was hatte sie ihm geantwortet? »Warum nicht? Ich find's prima ...« Und dann das Geplapper von all den

Polizeigriffen, die sie kannte. Hatte Bob deshalb nicht angerufen?
Geistesabwesend stieg sie ins Auto, schlug die Tür zu und dachte immer wieder an Bobs Worte, wendete sie hin und her: »Meinst du, daß du mitdarfst?« Mitdarfst ... das hieß noch lange nicht, daß er sie auch mitnehmen würde!
Sie starrte aus dem Wagenfenster, sah die Mondi, die wüste Ebene voller Kakteen und Dornensträucher. So viel, so wenig – und nicht mehr bleibt von einem übrig, wenn sich niemand um einen kümmert. O verdammt! Aufhören! Jetzt ist aber Schluß! Bob lacht sich kaputt, wenn er dahinterkommt, daß ich ihm auch auf den Leim gekrochen bin. Und falls er doch noch anruft, sag ich nein, und wenn er alle Karten im Roxy und Cinelandia für mich kauft!
»Jossie, heulst du?« Olfy kroch auf ihren Schoß, wurde aber zurückgestoßen.
»Ach was, ich hab was im Auge!« Energisch kurbelte sie das Fenster hoch und begann sich nachdrücklich das Auge zu reiben. Mit dem anderen Auge sah sie, daß Mutter sie im Spiegel beobachtete und – als wäre sie wütend – ihren Hut vom Kopf riß und auf die Rückbank warf.
Olfy setzte sich den Hut auf, kreuzte die Arme vor der Brust, begann, würdevoll nach rechts und links zu nicken. Erst als sie vor dem Fenster eine segnende Gebärde machte, wie ein Bischof, begriff Josje.
»Olfy segnet das Volk von Curaçao«, erklärte sie Mutter und Schwester.
»Sst, ich bin der Bischof«, rief Olfy.

Jeannet beugte sich über die Rückenlehne nach hinten und langte Olfy eine. »Das darfst du nicht, den Bischof nachmachen.«
»Und du darfst den Bischof nicht ohrfeigen«, sagte Olfy wütend.
Mutter drehte sich halb um: »Ist jetzt Schluß damit?«
»Seht mal, ein Schweinchen!« rief Olfy begeistert.
Der Wagen schoß nach links, nach rechts, machte eine Vierteldrehung. Als sie stillstanden, sahen sie sich erschrocken und fragend an. Niemand war verletzt. Aus einem kleinen Häuschen stürmte eine Frau heraus. Unsicher, abwartend blieb sie in einiger Entfernung stehen.
Mutter stieg aus. Das konnte jedem passieren, daß er ein Schwein totfuhr. Aber wenn man die Frau des Kommandanten war, war das unansehnlichste Schweinchen am nächsten Tag eine Schlagzeile auf der Titelseite wert. Sie kannte den Journalisten, der ihren Mann zu seiner dankbaren Zielscheibe gemacht hatte. Und dann war da ja auch noch die Sache mit den Schlüsseln.
Am strengen Gesicht ihrer Mutter konnte Josje sehen, daß nicht alles nach ihrem Wunsch ging.
»Dem Schwein ist nichts passiert. Ich hab's weglaufen sehen, dahin!«
Josje stieg auch aus, Olfy stand schon auf der Straße. Nur Jeannet blieb sitzen und starrte durch das Fenster auf das schwarze Gesicht der Frau, die wie erstarrt stehengeblieben war.
Olfy hatte einen kleinen nackten Jungen entdeckt. Sie schoß

auf ihn zu, hockte sich vor ihn hin und glotzte mit großen Augen auf sein schwarzes Pimmelchen unter dem runden Bauch.
»Was ’n das?« fragte sie und schaute sich um.
»Das haben nur Jungs!« Mit Mühe gelang es Josje, ein ernstes Gesicht zu bewahren. Wenn sie jetzt lachte, würde die Frau glauben, sie lachte wegen ihres Jungen.
»Will ich haben!« Olfy griff zu; im gleichen Moment vergrub der Junge beide Hände in Olfys Locken und begann zu ziehen. Sie fielen um, rollten, kugelten kreischend, lachend, schreiend durch den Staub. Plötzlich kam die junge Frau wieder zu sich. Sie zerrte die beiden Kleinen auseinander und begann ihren Jungen zu verprügeln. Aber sie hatte nicht mit Olfy gerechnet. Die bearbeitete sie mit ihren wütenden Fäusten. »Loslassen! Aufhören!« Olfy zerrte den Jungen von seiner Mutter weg, schlang ihren Arm um ihn und wischte ihm die tränennassen Wangen ab. Danach beleckte sie ihre Finger. Ach, du liebe Güte, dachte Josje. Das sind vielleicht zwei Täubchen. Sie fing das Lächeln der jungen Frau auf. Sogar die Zöpfchen ihres Kraushaares – kleine Antennen rund um ihren Kopf – waren Lachstäbchen. In der stechenden Sonne schien Josje plötzlich alles klar zu werden. Erna und Betico ... der schwarze Junge mit seiner Hand in ihrem Kleid (das war selbstverständlich nicht erlaubt) ... die beiden Kleinen ... Dieses Land ... ihr war, als zöge es durch ihre Füße, ihre Beine, nähme Besitz von ihrem ganzen Körper. Eine panische Angst überfiel sie: Wenn sie zurück nach Holland gingen, würde all dies vorbei sein.

Nichts hatte geholfen, nichts; nicht einmal Ermahnungen wie: »Steig nie allein in einen Bus ein. Die Neger, weißt du, was die mit weißen Mädchen tun, wenn sie die in der Kunuku haben?« Das hatte alles nichts geholfen. Auch nicht: »Sie stinken. Sie stehlen. Sie lügen. Sie sind dumm – und du, du bist doch zu gut für solche ...« Sie erinnerte sich an die Sammelbüchse der christlichen Mission in Holland mit dem Aufdruck: »Auch dein Groschen hilft arme Neger satt machen.« Was hatte sie gedacht, als sie klein war, in Holland? Was war ihr durch den Kopf gegangen an Bord des Schiffes hierher, nach Curaçao? Ein paar Matrosen, die frühmorgens das Deck schrubbten, hatten gesagt: »Du mit deinen vorwitzigen Streichen, paß nur auf. Eines Tages packt dich mal so 'n richtiger großer Neger. Und weißt du, was der mit dir macht? Der kitzelt dich tot. Der kitzelt dich so lange, bis du an deinem eigenen Schreien erstickst. Das machen die Neger mit kleinen weißen Mädchen wie dir.«
Diese gemeinen, dreckigen Lügen! In ihr brannte eine Wut, eine glühende Wut war in ihr und höhlte sie aus. Sie glaubte in ihrem Inneren das Echo der Frage zu hören: Jetzt erst? Jetzt erst? Jetzt begreifst du erst?
Warum erst jetzt? Warum hatte sie nicht schon früher darüber nachgedacht? Warum hatte sie niemanden gefragt: »Stimmt das alles?« Aber die Antwort wäre wohl so aufschlußreich gewesen wie ein Foto; da war auch alles drauf, aber man konnte nicht sehen, was die Leute auf dem Foto dachten. Den Wind kann man nicht fühlen, der um einen Baum auf einem Foto weht.

O Gott, das durfte doch nicht wahr sein! Mutter mit ihrer Filmkamera. Wieder ein »typisch antillianisches Ereignis auf Zelluloid bannen«, für die Verwandtschaft in Holland. Die kleine Olfy mit einem kleinen Negerlein. Seht doch mal, wie unvoreingenommen wir geblieben sind: Olfy mit einem schwarzen Freund. Und dann noch die Elendshütte, in der der kleine Freund wohnt. Mensch, halt die Kamera nicht so schief, sonst denken die in Holland noch, daß die hier in der Kunuku ewig besoffen sind, sogar wenn sie ihre Häuser bauen.
Ihr reichte es. Sie beeilte sich, zum Auto zurückzukommen. Hinter ihr surrte die Kamera.
»Willst du nicht auch drauf?« fragte Jeannet, die ihre Beine aus dem Wagen baumeln ließ.
»Das fehlt mir gerade noch!«
Jeannet glotzte beleidigt, hatte aber doch keine andere Antwort erwartet.
»Was sagt die Frau über das Schwein?«
»Sie hat dich noch gar nicht gesehen.«
Im gleichen Moment tat's Josje schon leid. So träge Jeannet auch war, aber eigentlich konnte sie ja nichts dafür. Was begriff die denn schon? Und erklären konnte man der auch nichts. Das konnte man eigentlich überhaupt nicht erklären, niemandem. Man konnte ja noch nicht mal zu der Mutter des kleinen Jungen gehen und mit ihr darüber ein Gespräch beginnen. Sie würde freundlich grinsen, aber vom Weißen im Auge könnte man ablesen, daß sie auch nichts begriff. Daß sie wollte, daß das Theater hier bald vorbei wäre, daß man langsam abhaute.

»Jos! Paß du mal eben auf Olfy auf!«
Josje schaute sich nach ihrer Mutter um, die ohne Bedenken in das kleine Haus ging. Hatte sie vielleicht etwas anderes erwartet?
»Mensch, begreifst du denn nicht?« hätte sie ihr nachrufen wollen. »Das tust du in Holland doch auch nicht! Erst beinahe seinen Hund totfahren und dann einfach reingehen in seine Wohnung und filmen für die Verwandten in Übersee. Wenn die Frau sich jetzt einen Besen schnappt und dich totschlägt, dann hat sie sogar noch recht!« Aber die Frau würde sich keinen Besen schnappen. Die würde nur vor Scham beinahe sterben, weil's unordentlich aussah, weil in ihrer Wohnung keine Möbel standen wie in den Häusern der Makambas. Weil ihre Kinder nackt herumtollten.
»Du mußt sie rausschmeißen. Du mußt sagen: Dies ist mein Haus. Die könnte doch wenigstens erst höflich fragen, ob sie reinkommen darf.«
Aber die Frau würde nur unbeholfen lachen, ein angelerntes Lachen der Dankbarkeit über so viel Ehre.
Es war, als steckte jemand einen Stock in das rasende Rad von Josjes Gedanken: Jawohl, die Frau ließ sich den Eindringling gefallen.
Das war die eine Seite der antillianischen Realität, die auch zu berücksichtigen war.

Während der Fahrt nach Hause beschäftigte Josje ein Thema: Wie könnte man der Frau beibringen, einfach »nein« zu sagen? Aura ... sie würde Aura fragen. Nein, Paulina, es war

wohl besser, Paulina zu fragen. Die riskierte mehr, die hatte ihren eigenen besonderen Stolz.
Aber als sie nach Hause kamen, war Paulina nicht da.
»Die wird wohl wieder abgehauen sein, zu ihrer Familie«, meinte Mutter.
Das kannte sie schon. Wenn die Einheimischen genug verdient hatten, gingen sie wieder zu ihrer Familie und blieben dort, bis das Geld alle war, oder noch länger. Und dann tauchten sie wieder auf.
»Nein«, sagte der Hausknecht, »das ist es nicht. Es ist … es ist sehr peinlich, gnädige Frau …« Er redet um irgend etwas herum, dachte Josje.
»Ist sie krank? Bekommt sie ein Kind? Davon hab ich aber nichts gesehen«, mischte sich Josje ein.
»Was sind denn das für dumme Bemerkungen?« entrüstete sich ihre Mutter und versuchte sie aus dem Zimmer zu bugsieren.
»Ihr Bruder ist hier gewesen mit einer Nachricht. Es ist wegen der Haussuchung.« Der Hausknecht sah Mutter und Tochter an, neugierig, wie diese Nachricht wohl aufgefaßt werden würde.
»Haussuchung?«
»Ja, wegen der verschwundenen Schlüssel, gnädige Frau. Die Polizei ist auch bei Paulina zu Hause gewesen und bei ihrer ganzen Verwandtschaft. Ihr Bruder kam und sagte, daß sie sich beleidigt fühle. Daß sie keine Diebin sei.«
Josje fühlte, wie ihre Haut zu kribbeln begann. Hier geschah etwas! Das Gesicht ihrer Mutter … ganz beleidigte Majestät.

»Beleidigt? Ein Dienstmädchen? Paulina? Das hätte ich nie von ihr erwartet, daß sie so frech werden würde. Na ja, das wird sich wohl der Bruder ausgedacht haben.«
Der Hausknecht steckte zögernd eine Hand in die Hosentasche, holte ein Blatt Papier zum Vorschein. Mutter nahm es ihm ab und faltete es auseinander, las, las noch mal, drehte das Papier um.
»Ein Brief von Paulina?« fragte Josje. »Was schreibt sie?«
Mutter war für einen Moment abwesend. Wieder neue Sorgen, wieder ein Dienstmädchen weg. Wie bekam man so schnell ein neues Dienstmädchen, das zuverlässig war? Paulina war zuverlässig gewesen. Sie hatte ihren Mann noch gewarnt: »Sieh dich vor mit den Haussuchungen!« Aber bei dem war wieder mal Parole: Dienst ist Dienst, und Schnaps ist Schnaps!
Vorsichtig nahm Josje ihrer Mutter den Zettel ab. In sauberer Schönschrift stand da in Niederländisch und ohne Fehler:
Meine Familie ist kein Dieb. Ich bin kein Dieb. Ich habe sjon commandant gesagt, ich habe keine Schlüssel. Aber die Polizei ist zu uns nach Hause gekommen. Ich kann nicht arbeiten für Menschen, die meinem Wort nicht glauben.

Paulina

Und darunter: *Ajo, Olfy.*
Nur von Olfy hatte sie sich verabschieden wollen. Von sonst niemandem. Auch nicht von ihr.
Mit einem Gefühl der Schuld legte Josje den Brief auf den Tisch. Damals, mit den Schlüsseln, hatte sie nur an sich gedacht. Nicht an Aura, nicht an Paulina, nicht an die Leute der

Wäscherei, die alle plötzlich die Polizei ins Haus bekommen hatten. Gedankenverloren strich sie über den Brief. Sie las ihn noch mal, sah dabei Paulina, wie sie ihn schrieb. Ihr war, als schaue sie Paulina über die Schulter. Verflucht, Paulina hatte wenigstens den kaltschnäuzigen Mut gehabt. Als wäre es ihr eigener Triumph, ging Josje grell pfeifend nach draußen, zur Mauer des Forts.

Paulina hatte unmißverständlich »nein« gesagt. Sie würde hingehen, Paulina besuchen, heute nachmittag oder morgen. Nicht um sie anzubetteln: »Komm doch zurück«, sondern nur um sie zu sehen, ja, nur um sie zu sehen.

Von der Fortmauer aus sah sie, daß Ten Cent Store in die Herenstraat stolziert kam. Die wußte natürlich auch schon Bescheid. So was sprach sich in der ganzen Stadt sehr schnell rum. Josjes Augen wanderten von der Punda zur gegenüberliegenden Seite, nach Otrobanda, zu ihrer alten Schule. Da war Paulina auch mal zur Schule gegangen. Und genau wie alle anderen Kinder wird auch sie einen Abscheu vor der schwierigen niederländischen Sprache gehabt haben. Aber es hat doch auch sein Gutes gehabt: Sie hätte den Brief sonst nicht auf niederländisch schreiben können. Einen Brief in Papiamentu hätte ihre Mutter nie begriffen. Oder sie hätte so tun können, als hätte sie ihn nicht begriffen.

Aus dem Besuch bei Paulina wurde vorläufig nichts. Hatte ihre Mutter etwas mitbekommen von ihrer Schadenfreude? Jedenfalls sagte sie zu ihrer ältesten Tochter: »Jetzt, da Paulina nicht mehr da ist, wirst du tüchtig helfen müssen. Immerhin hast du ja auch länger Ferien als Jeannet.«

Immer diese Bevormundungen.
Ein ganzer Korb voll Flickwäsche wurde ihr anvertraut. Den ganzen Nachmittag hatte sie zu tun mit Nähen, Olfy beschäftigen, sie baden, ins Bett bringen. Niemand, der mal eben anrief. Niemand, der sie mal eben besuchte. Ja, Onkel Louis, der Widerling, der kam angetanzt mit angeblich ganz aparten Armbändern. »Für dich, Hanna, für einen ganz besonderen Preis«, hatte er gesagt. Jetzt, da Vater auf Aruba war, dachte er wohl, freie Bahn zu haben.
Josje war es gelungen, unbemerkt abzuhauen und beim Sport im Wasserfort mitzumachen. Aber wenn sie ihre Tage hatte, fühlte sie sich nie so besonders sicher. Und dann war da ja auch immer noch Frank Lang. Es war sehr gut möglich, daß sie dem Ekel auch noch begegnete.

Irgendwie war es ein seltsamer Abend, alleine mit Mutter zu Hause. Die schien sich auch nicht ganz wohl zu fühlen. Na ja, sonst war sie entweder mit Vater aus, oder sie hatten Gäste im eigenen Haus.
Josje lag lang ausgestreckt auf dem Pumafell im Salon und betrachtete ihre Mutter. Wie die unruhig durch den Raum lief, hier etwas ordnete, dort einen Stuhl verstellte. Als sie in Josjes Nähe kam, nahm die schnell ihr Buch auf, stellte es gegen den ausgestopften Pumakopf und las weiter.
»Du verdirbst dir noch die Augen. Setz dich doch ans Licht.«
»An mir ist nichts mehr zu verderben«, brummte Josje als Antwort.
Mutter beließ es dabei, blieb einen Augenblick stehen und

ging dann zum Piano. Josje schaute auf ihren Rücken, den schmalen geraden Rücken am schwarzen Piano. Sie war schön; so schön würde sie selbst wohl nie werden. Würde sie spielen? Das hatte sie schon so lange nicht mehr getan.
Als die ersten Töne erklangen, legte Josje ihren Kopf auf den Pumakopf.
Mit der Musik ließ sie ihre Gedanken forttreiben.
So gefiel es ihr, so fand sie's angenehm: so ruhig, ohne Geschrei, ohne Zwang, nur daliegen und eine Mutter haben, die ganz plötzlich nicht mehr so weit weg war.
Träge schaute sie auf eine Kakerlake. Totschlagen? Nein, erst wenn sie auf dem nächsten Fußbodenbrett sein wird. Sie faßte schon mit einer Hand nach hinten, streifte eine Sandale vom Fuß.
Die Musik schallte durch das Fort. Mutter begann zu singen. Josje summte mit. Singen fand sie herrlich. Aber in der Schule waren es immer die braven Maria-Liedchen gewesen. Wenn man zum Vorsingen ein Maria-Liedchen wählte, hatte man seine Zwei so gut wie sicher. Aus Widerborstigkeit hatte sie immer die Nationalhymne gesungen. Und eine Fünf bekommen. Und doch hatte sie in der Kirche oft Solo gesungen. In einem schlabberigen Matrosenkleid, oben auf dem Chor, und immer stand eine Sœur neben ihr, die ihren Arm festhielt, weil sie Angst hatte, sie würde sogar beim Singen noch was anstellen.
Die Kakerlake lief in die andere Richtung, Josje sah ihr nach bis zum Treppenabsatz und erstarrte. Da stand jemand! An die Wand gedrückt! Wie lange schon? Wer war das? Ihr Herz

donnerte gegen das Pumafell wie der Schwanz eines aufgeregten Hundes.

Eine Hand ... Eine Hand, die nach dem Geländer griff, kaum zu sehen, schwarz.

Mutter hatte nichts bemerkt. Sie durfte sich nicht erschrekken. Josje glitt zur Seite, kroch nach hinten, so daß sie von der Treppe aus nicht zu sehen war. Auf Zehenspitzen ging sie die paar Schritte zum runden, offenen Bogen an der Seite der Treppe und ...

»Dofi! Ich hab mich zu Tode erschrocken!« rief sie erleichtert.

Mutter spielte weiter.

Ein verlegener Dofi schlich auf leisen Sohlen in die Veranda und blieb dann stehen wie ein Laufjunge, der den verbotenen Eingang genommen hat. Warum? Er kam doch so oft an der Veranda vorbei, um irgend etwas abzugeben.

Er hatte etwas mitgebracht. Ja sicher, das war es, das Geschenk für sie. Das hatte er ja auch versprochen.

Mutter spielte weiter.

Mit ehrfürchtiger Gebärde wies Dofi zum Piano und legte einen Finger an die Lippen.

Darum also!

Josje glitt in seine Richtung, setzte sich auf die Fensterbank. Der kühle Abendwind wehte ihr über den Rücken. Neugierig betrachtete sie das, was Dofi in der einen Hand hielt. Etwas Großes in einem Tuch.

Schlußakkord. Mutter drehte sich um.

»So, Dofi!« Das hörte sich förmlich an, nicht wie sonst.

Schämte sie sich, weil er sie hatte spielen sehen?

Dofi hob die Hand mit dem Geschenk. »Für Josje, mitgebracht aus Surinam«, sagte er.
Mutter winkte, er solle in den Salon kommen, ins Licht. Josje blieb neben ihm. Es paßte ihr gar nicht, daß Mutter dabei war. Sie wußte nicht warum, aber es paßte ihr gar nicht.
Vorsichtig wickelte Dofi das Tuch ab. Ein ... ein Käfig, mit einem Vogel, der plötzlich zu flattern begann.
Dofi stieß einen beruhigenden Laut aus und hielt Josje den Käfig hin. Sie hatte ihn ergriffen, bevor ihr das bewußt wurde.
»Dofi, du hast doch ...«
Er nickte strahlend.
Sie schaute auf das kleine Häufchen bunter Federn, das ihr jetzt gehörte. Etwas Lebendiges! Wo könnte sie den Käfig hinhängen? Ihre Augen wanderten durch den Salon, zum Zimmer daneben, wieder zurück in den Salon, wurden dann gefangen von dem warnenden Blick ihrer Mutter. Sie fühlte, wie sich ihre eine Hand um den Träger des Käfigs verkrampfte. Nein, den behielt sie!
»Ich dachte, man sollte schenken, was man selbst am liebsten hat«, sagte Dofi aufmunternd.
Josje wußte, daß sie nun nicht mehr nein sagen konnte, das Geschenk nicht mehr zurückgeben konnte. Damit würde sie ihn tödlich beleidigen. Er wollte ihr so gern ein Geschenk machen, und das war wichtiger als das Geschenk an sich.
Aus dem Augenwinkel sah sie ihre Mutter näher kommen. »Das ist furchtbar nett von dir, Dofi.« Und dann zu ihrer Tochter: »Aber was willst du mit einem Vogel im Käfig? Du bist doch nicht Olfy. Ein Mädchen von vierzehn Jahren!«

Josje sah, daß Dofi den Kopf ruckartig zurückwarf. O Gott, nein! Mutter hatte ihn voll getroffen. Und Dofi hatte begriffen. Sie war ein Mädchen von vierzehn Jahren. Paß auf, Dofi, das ist kein Kind mehr, dem man ein Spielzeug geben kann. Du bist Hauptwachtmeister, Dofi, und ... wollen wir mal sagen: ein Mann aus Surinam. Und sie ist Jozina Walther, älteste Tochter des Kommandanten; und ein Mädchen, na ja, an ihrem Gesicht kannst du sehen, daß sie im Moment Farbe bekommt, rot wird.
Bittend sah Josje Dofi an, bittend um alles, was sie nicht sagen konnte, nicht tun konnte, bittend um alles, was »nicht erlaubt« war. Dofi erwiderte den Blick, starrte sie an, als wolle er ihre Gedanken aus dem Kopf bohren. Sie sah seine Augen, wie sie sie noch nie zuvor gesehen hatte: hart und dick, als wären es Tausende von Augen übereinander. Tausende Augen von Männern wie Dofi, die nicht ganz einfach sagen konnten: Ich find dich nett, und ich geb dir das Liebste, das ich hab.
Den Käfig an sich gedrückt, starrte Josje Dofi an. Sie sah, daß seine Wangenmuskeln sich ein klein wenig bewegten. »Ich danke dir, Dofi. Dies ist das Allerliebste, was ich habe.«
Er sah sie immer noch an, etwas Abwartendes in den Augen.
Ihre Mutter räusperte sich.
»Nur, weißt du, ich hab gar nichts, was ich dir geben könnte, Dofi. Oder doch? Das Allerliebste, das ich hab!« Sie reichte ihm den Käfig mit dem Vogel.
Und dann lachten Dofis Augen über ihre kleine Verschwörung. »Bo ta nansi!« murmelte er, während er den Käfig annahm.

»Heißt das Vögelchen Nansi? Ein schöner Name«, sagte Mutter erleichtert.
Josje brach in Lachen aus. Dofi drehte sich abrupt um. Josje sah, daß seine Schultern bebten, so sehr hatte er damit zu tun, sein Lachen zu unterdrücken.
»Ist das so witzig?« Mutter sah unsicher von einem zum anderen.
»Das ist ganz einfach ein verrückter Name, denn nansi heißt Spinne.«
Dofi sagte hastig »Guten Abend« und verschwand mit seinem Käfig über die Treppe.
Josje hing aus dem Fenster. Unten im Fort drehte Dofi sich um, winkte ihr mit der Faust. Ausgelassen winkte sie zurück.
»Häng dich nicht so weit raus, mußt du unbedingt fallen?« Mutter zog sie am Gürtel zurück.
Die sitzt ganz schön auf der Palme, dachte Josje, und womöglich weiß sie das noch nicht mal. Bo ta nansi, hatte Dofi gesagt. So schlau wie jene Spinne aus unseren Spinnengeschichten, die immer denen einen Strick dreht, die sie in die Enge getrieben haben.

7

Wer sagt, daß Paulina zu Hause ist? Daß sie sie hereinlassen würde? Warum war sie nicht mit den anderen zum Baden gegangen? Warum lief sie hier rum ... stolperte, kletterte wie ein Affe ... schwitzte ... und all die dunklen Gesichter, die sie fragend anstarrten. Was tat sie hier, zwischen den Hütten auf dem Berg?

Strauchelnd kletterte Josje weiter. In einem der Häuser hatten die Bewohner lautstarken Streit. Dicht an ihrem Kopf vorbei goß eine Frau den Inhalt eines Nachttopfes in die Sträucher. Josje sprang zur Seite. Ein junger Kerl mit einem Benzinkanister rannte irgendwohin. Ein paar kleine Kinder kamen heran und starrten sie an, und als sie weiterging, folgten sie ihr mit einigem Abstand. Sie hatte nichts gegen Hunde, aber die Köter anzusehen, die hier rumliefen, das tat direkt den Augen weh. Ein ganz großer war dabei, der einzige, der nicht versuchte, sich die Lunge aus dem Hals zu bellen. Er kam auf sie zu, die kleinen Kinder hinter ihr wichen zurück. Josje sah den Hund wütend an. Schnüffelnd stieß er ihr mit seiner Schnauze ins Kreuz. Verdammter Scheißhund! Mit einem Satz sprang er sie an, stand an sie gelehnt, hechelte. Sie zog ein Knie hoch und trat ihn von sich weg. Hinter ihr, in einer der Hütten, lachte jemand mit brüllender, fröhlicher Männerstimme. Aber Josje hörte nur das Knurren des Hundes. Er lauerte auf seine nächste Chance. Plötzlich – woher? – bekam er einen Stein an den Kopf. Ein Mann stand neben ihr – der,

der gelacht hatte. Er nahm sich die Zeit, sie von Kopf bis Fuß zu betrachten.
»Ich suche Paulina«, sagte sie.
»Und der Hund sucht dich. Angst hast du wohl nicht, was?« Das hörte sich ehrlich an.
»Masja danki!« Das kann nicht schaden, wenn man sich bedankt, fand Josje.
»Werd ich dir zeigen …« Den Rest verschluckte er. Seine Augen folgten ihrem Blick: zu seinem schwarzen Kraushaar auf seiner Brust.
»Ich … eh … ich kenn den Weg!« Sie schlug die Augen nieder.
»Das seh ich!« Er lachte wieder, laut und doppelsinnig.
Josje ging; erst als sie einige Häuser weiter war, wagte sie zu grinsen. Plötzlich sah sie sich selbst, wie sie sein würde, in ein paar Jahren, zurück in Holland. Und dies erzählen würde. Die würden das nicht in ihren Kopf kriegen können, die zwischen ihrem schönen, sauberen Plüsch und den Perserteppichen.
Dicht bei Paulinas Haus war ein Auflauf. Paulinas Bruder, Ray – sie kannte ihn, er arbeitete für die Ölgesellschaft, im Moment sicher Nachtschicht, sonst wäre er jetzt ja nicht zu Hause –, schüttelte einen kleinen alten Mann. Worum ging es? Sie sprachen Papiamentu, aber für Josje viel zu schnell. Sie blieb stehen, lauschte.
»Eine Gewerkschaft, Mann, so was gibt's in der ganzen Welt. Sjon Doktor hat recht. Alle zusammen sind wir stark.«
»Haben wir denn Arbeit? Ja! Haben wir zu essen? Ja! Alle möglichen Leute kommen zu unseren Inseln, hier gibt's Arbeit. Was also willst du?« sagte der Alte herausfordernd. »Po-

litik, das gibt Scheißärger. Was will der Sjon Doktor denn allein?«
»Darum müssen wir ihm ja helfen, mit ihm mitmachen!« rief Paulinas Bruder feurig. »Und du auch! Er ist der erste, der dich nicht verrecken läßt, weil du schwarz bist.«
»Sie tun mir doch nichts!« sagte der Alte unsicher.
Sie! dachte Josje. Das sind wir!
»Nee, du alter Idiot, dir tun sie nichts! Aber deiner Tochter! Na, wegen deiner Tochter, wagst du's da, zur Polizei zu gehn? Oder wegen deiner Frau? Traust du dich zu sagen: ›Meine Tochter ist vergewaltigt worden von einem Kerl von der Marineinfanterie‹? Nee, du traust dich nicht!«
»Meine Tochter ... sie ist doch kein Kind mehr. Wenn sie ein Kind will von ...«
»... wollte sie aber nicht! Belüg dich doch nicht selbst!«
»Weil sie dich nicht wollte?« Der Alte hatte kaum noch genug Stimme, sich gegen den Jungen zu wehren.
»Na, nun sag schon, daß du's herrlich findest, ganz prima. Deine Tochter mit 'nem Kind von 'nem Makamba-Offizier. Und doch wollte sie's nicht! Verstehst du? Na, wann gehst du zur Polizei? Wenn du's nicht tust, tu ich's. Das wollen wir doch mal sehen.«
Die Männer gingen einen Schritt zurück. Paulinas Bruder stand plötzlich allein in einem Kreis.
Josje sah seine aufgeregten Hände, die machtlos ins Leere griffen. Wenn das Mädchen älter als achtzehn war und selbst keine Anzeige machte, konnte er gar nichts tun. Soweit kannte sie sich aus. Wußte er das wohl? Sollte sie es ihm

sagen? Jetzt, wo die anderen Männer dabei waren? Aber wenn er das nicht wüßte, würde er sich auf dem Polizeirevier unnötig blamieren. Die würden ihn doch einfach auslachen. So wie immer, wenn eine derartige Anzeige gemacht wurde, würden die Beamten auf der Wache sagen: »Jaja, den Spruch kennen wir. Ihr wollt doch nur Geld schneiden, darum geht's euch doch. Und eure Töchter, Mann, das sind doch alles Huren.« Einmal hatte sie so eine Szene mitangehört. Sie hatte das Gesicht der Mutter gesehen, die die Anzeige machte. Die hatte ausgesehen wie ein getretener Hund, wie jemand, dem mit der Peitsche ins Gesicht geschlagen wird, während seine Hände gefesselt sind. Die Frau konnte sich nicht einmal wehren.

Josje sah dem alten Mann nach: als würde er mir nichts, dir nichts in den felsigen Boden hineinlaufen und für immer darin verschwinden. Eine Tochter, das war für einen Vater doch das Größte. Warum denn sonst wurden Töchter so streng bewacht? Nie durften sie allein ausgehen, fortwährend standen sie unter Kontrolle, ob sie nun in einem Landhaus wohnten oder in einer Hütte auf Fleur de Marie.

Und es gab nichts, aber auch wirklich rein gar nichts, was man dem Alten hätte sagen können. Denn wenn seine Tochter es nun tatsächlich gewollt hatte? Wenn sie den Marineinfanteristen liebte? Warum nicht? Vielleicht war Ray nur eifersüchtig? Vielleicht hatte er das alles nur gesagt, um sich an dem Alten zu rächen, es ihm heimzuzahlen.

Mit einem Ruck streckte sie ihren Kopf vor, um besser hören zu können. Wer hatte das Wort gesagt? Hatte sie sich auch

nicht verhört? Gab es ein Wort in Papiamentu, das dem Namen ähnelte?
Lang!
Das machten die Einheimischen öfter, einfach ein niederländisches Wort dazwischen werfen.
Lang!
Frank Lang? Ein Spanner, hatte Bob gesagt. Woher wußte er das? Alle Mütter sagten, daß Bob selbst die Leichtlebigkeit in Person sei.
Frank Lang, der sich nach ihrer Mutter die Hacken schief lief?
Nein. Nein!
Ihr flimmerte es vor den Augen. Instinktiv ging sie auf die Männer zu. Sie mußte Klarheit haben.
Aber sie bekam kein Wort über die Lippen. So wie Ray sie ansah, brachte sie kein Wort heraus.
»Was willst du denn hier?« fragte er kurz angebunden.
»Paulina«, krächzte sie, räusperte sich und sah ihn herausfordernd an. Er sollte ja nicht denken, daß sie Angst vor ihm hätte, nicht vor ihm und nicht vor der ganzen Korona hier. »Ich wollte Paulina mal eben guten Tag sagen.«
»Paulina ist nicht da! Und wenn sie doch zu Hause wäre ...«
Josje wurde wütend. »Ist das vielleicht meine Schuld, das Affentheater wegen der blöden Schlüssel?«
Eine ganze Weile musterte er sie durch halbgeschlossene Augen. Als wäre er urplötzlich zu einem Entschluß gekommen, sagte er: »Ich werd's ihr ausrichten, daß du hiergewesen bist.«
Es gab noch so viel zu sagen. Zum Beispiel: Ich hab ihr was

mitgebracht. Sie traute sich nicht, es ihm zu geben. Wenn er es ihr einfach vor die Füße warf?

»Willst du wirklich zur Polizei gehen und Anzeige erstatten? Dann solltest du wissen …« Aber er würde wohl selber wissen, was er zu tun hatte.

Langsam ging sie auf dem unebenen Weg nach unten. Sie fühlte, wie die Männer ihr nachstarrten.

Als sie beinahe unten war, hörte sie Schritte hinter sich. Nur nicht umschauen, einfach weitergehen.

Er war's, Paulinas Bruder. Er hob seine Hand als Zeichen dafür, daß sie stehenbleiben solle.

»Wann kommt der Kommandant zurück von Aruba?« fragte er.

Das wußte er also auch schon, daß der Kommandant auf Dienstreise war. Aber hier auf der Insel wußte ja stets jeder alles von jedem. Das hatte gar nichts zu bedeuten.

»Ich weiß nicht genau. Willst du zu ihm wegen … wegen dem Mädchen?«

Er zog die Augenbrauen hoch. »Das hättest du gar nicht hören sollen.«

»Ich erzähl kein Wort weiter«, versprach sie.

Er lächelte leicht. Schon gut, das hatte er auch gar nicht erwartet. Aber die ganze Angelegenheit, das war nichts für Frauen und Mädchen.

Sollte sie ihn jetzt fragen, ohne Umschweife? Er würde wohl nicht erwarten, daß sie das wagte, sie als Mädchen.

»Weißt du genau, daß es Leutnant Lang gewesen ist? Denn darum geht's doch wohl.«

»Den Namen haben sie bei ihr zu Hause aus ihr rausprügeln müssen, weil Aura ja erst nicht sagen wollte, wer …«
Sie hörte nicht, was er sonst noch sagte.
Aura? Ihre Aura?
Überrascht blickte er auf, als sie wegrannte.
Ein seltsames Mädchen … Was hatte Paulina über sie, diese Josje, erzählt? Sie käme in die Punda, albere dort mit Ten Cent Store herum. Früher sei sie auf die Dächer des Forts geklettert. Mit den Marineinfanteristen liefe sie um die Wette, machte mit beim Weitsprung. Die würden sie sich nicht so einfach greifen können wie die Aura.
Wieder stieg in ihm die Wut auf.
Ganz weit hinten schaute Josje sich noch mal kurz um. Sie sah ihn stehen, gebogen wie ein dunkles Fragezeichen. Hoch über ihm, auf der anderen Seite des Hügels, war die riesige weiße Christusstatue, die Arme wie zur Entschuldigung weit ausgebreitet: »Sag nicht, alles sei meine Schuld!«

Aura stand oben beim Schlafzimmer, hatte die Arme gekreuzt und sah zu, wie der Tischler, den die Gemeinde geschickt hatte, die Schlafzimmertür wieder einhängte. Josje stellte sich dazu, sah von einem zum anderen. Sah auf Auras Bauch. Wenig zu sehen, oder doch …
»… ich muß zur Kirche, singen«, sagte Aura, bevor sie nach unten rannte.
Er hat sicher gefragt, ob sie mit ihm ausgehen will, grübelte Josje. War Aura so viel hübscher als andere einheimische Mädchen? Sie wußte nie, wie Männer so etwas sahen. Oder

war Aura weniger zimperlich? War das der Grund? Und erzählten die Männer das untereinander weiter?

Langsam ging Josje die Treppe runter, in die Küche.

»Ich bin bei Paulina gewesen«, begann sie.

Aura sah sie nur kurz von der Seite an, ließ unbewegt die Anonafrucht austropfen.

»Sie war nicht zu Hause. Sagst du ihr bitte, daß ich dagewesen bin, denn ihr Bruder ...«

Beinahe hätte Aura das Tuch mit den Anonastückchen fallen lassen.

»Bruder?« fragte sie und legte das Tuch in den Ausguß.

»Ja, Paulinas Bruder. Warum, magst du den nicht?«

Aura starrte sie mit offenem Mund an.

»Ich finde, daß Ray ein hübscher Bursche ist, du nicht?« Josje gab nicht auf.

Abwesend nickte Aura. Es fehlte nicht viel, und Josje hätte Mitleid mit ihr gehabt: Aura sah aus wie ein gelähmtes Kaninchen im Lichtkegel eines Autoscheinwerfers.

Aber egal, Josje wollte alles wissen.

Als müsse sie tief, ganz tief tauchen, atmete Josje kräftig durch. Jetzt! »Oder ist Ray wütend auf dich, weil du von Leutnant Lang ein Kind bekommst?«

Automatisch nickte Aura. Zu spät wurde ihr bewußt, daß sie damit alles zugegeben hatte. »Nein!« rief sie plötzlich aufgeregt. »Nein, das ist nicht wahr!« Ihr Blick flog von der einen Tür zur anderen.

»Aura!« Josje packte sie bei den Schultern. »Aura, so hab ich das doch nicht gemeint. Hörst du? Die Männer auf Fleur de

Marie sprechen darüber. Du mußt zur Polizei gehen. Du mußt es meinem Vater erzählen. Hörst du?«
Schluchzend versuchte Aura sich zu befreien.
Warum will ich, daß sie alles Vater erzählt? dachte Josje. Dann ist Frank Lang erledigt. Dann traut er sich hier bestimmt nicht mehr über die Schwelle.
Einen Augenblick hatte sie nicht aufgepaßt. Aura hatte sich freigemacht, war unter ihren Armen durchgetaucht, auf den Korridor gerannt, die Treppe runter, in ihre Umkleidekammer. Für einen Moment fühlte Josje Haß gegen sich selbst aufsteigen. Arme Aura!
Was hatte sie erfahren? Nichts! Das ganze Theater hatte nichts eingebracht.
Na ja, gar nichts? Wenn's nicht wahr wäre, daß sie ein Kind von Lang kriegt, dann hätte sie ja wohl nicht so verrücktgespielt.
Josje ging in ihr Zimmer, holte das Buch, das sie gerade las, und dann ging sie in den Salon und legte sich lang ausgestreckt auf den Fußboden. Aber schon nach wenigen Seiten klappte sie das Buch verärgert zu. Wieder so 'ne saublöde Geschichte von adretten anständigen Mädchen, die sich adrett und anständig einen Verlobten angeln, so einen adretten und hochanständigen jungen Mann. Nichts über Jungs, die einem in die Bluse greifen; nichts über zugelaufene Onkel, die einem unter den Rock fassen; nichts über den Liebhaber der Mutter, der dem Dienstmädchen ein Kind macht.
Wütend sprang sie auf, beförderte das Buch mit einem Fußtritt in die nächste Ecke. Sie fiel nicht drauf rein, auf das

Märchen von der heilen Welt und der großen reinen Liebe und so ’nen Quatsch.
Als sie dran vorbeiging, schlug sie wütend mit der Faust auf Vaters Schreibtisch. Der Aktenstapel kam in Bewegung. Ein Foto rutschte etwas hervor.
Sie ging um den Schreibtisch herum, zog das Foto ganz heraus. Sie sah hin, sie sah noch mal hin, hob das Foto hoch, dichter an ihre Augen – und fühlte, wie ihr Gesicht vor Entsetzen erstarrte. Auf dem Foto war ein Mann, schwarz, nackt; der Mann lag auf dem Boden, halb auf der Seite, die Flecken ...?
Sie hatte einen Finger in den Aktenstapel gesteckt, wo sie das Foto herausgezogen hatte. Nun teilte sie den Stapel genau dort. Noch mehr Fotos kamen zum Vorschein. Derselbe Mann? Dieselbe Haltung von der anderen Seite fotografiert. Sie überflog die Akte. Ein Mann ... dieser Mann hatte sich selbst mit Benzin übergossen und in Brand gesteckt.
Würgend krampfte sie sich zusammen. Aber ihr Blick saugte sich an dem scheußlichen Bild fest, so lange, bis sie eine Bewegung zu sehen glaubte ... seine halbverbrannte Hand ... sein Gesicht mit den Löchern ... der kleine Stumpf unter dem Bauch ... er drehte sich um, sah sie mit glasigen Augen an ...
Mit schneller Bewegung legte sie die Fotos verkehrt herum auf den Schreibtisch.
»... sein Mädchen soll mit einem anderen durchgebrannt sein ...« Der Satz aus dem Protokoll sprang ihr in die Augen.
Langsam drehte sie die Fotos um, besah sie noch mal. Mit den Augen zeichnete sie das Bild nach, als würde sie ihn vorsichtig berühren. Das tut nicht weh, sei nur still ... Wie ist das, wenn

man verbrennt? Schreit man? Wolltest du alles rückgängig machen, konntest aber nicht mehr? Ist jemand gekommen und hat gesagt: »Nicht tun! Tu's nicht!«?

Sie hielt ihn in ihren Händen. Er lag da so allein, so entsetzlich allein, so fürchterlich kaputt.

Mit einer Hand schob sie die anderen Fotos unter die Akte zurück, baute wieder einen Stapel, mit der anderen Hand versteckte sie eines der Fotos in ihrer Rocktasche.

Oben im Schlafzimmer steckte sie das Foto in ihren Kopfkissenbezug. Sie zog die Schuhe, die Bluse und den Rock aus, knöpfte das Moskitonetz auf, hing es über ihr Bett und legte sich hin.

Auf dem Rücken liegend, starrte sie zur Decke, zur Luke in der Decke. Aus der Luke wurde eine Filmleinwand. Da ging er, mit einem Kanister Benzin. Die Menschen, die ihm begegneten, riefen ihm etwas zu, aber das wußten sie nicht. Er ging weiter, bis er zu einer Stelle kam, wo niemand war. Er zog seine Kleider aus. Aus seiner Hosentasche holte er eine Schachtel Streichhölzer. Er legte sich hin, ergriff den Kanister ... Nein! Nein! Tu's nicht!

Schreien, Kreischen, Schlurfen, ein Anlauf ... als ob jemand ausrutschte, aus der Kurve getragen wurde, genau über ihr. Das ... sie verkrampfte sich. Das waren die Geräusche, die sie jeden Abend hörte, das waren die Geräusche der Nacht.

Sie drehte sich um, verbarg den Kopf unter dem Kissen.

»Was ist das denn hier für ein Irrenhaus? Aura ist weg, und du liegst im Nest!«

Benommen und mit Schlafrunzeln in einer Wange richtete sich Josje auf. Sie starrte zur Luke in der Decke. Ihre Mutter zog das Moskitonetz auf. »Los, essen, sonst komme ich wegen dir noch zu spät.«

Schweigend, ohne ein Wort der Erklärung kletterte Josje aus ihrem Bett.

»Geh erst unter die Dusche, du schwitzt ja wie ein Affe.«

Sie nahm frische Unterwäsche, ein sauberes Kleid. Im anderen Schlafzimmer war ihre Mutter damit beschäftigt, sich umzuziehen.

Plötzlich blieb Josje stehen, es war so still im Haus. »Wo sind Jeannet und Olfy?«

»Die sind mit Tante Bea gegangen, die dürfen da übernachten.« Das klang ein wenig gehetzt.

»Gehst du aus?« Josje schaute durch die Fensterläden nach draußen; es war schon beinahe dunkel. Wie lange hatte sie im Bett gelegen?

»Ja, zum Bridgespielen zu Tante Bea.«

Durch die offene Badezimmertür – die ekelhafte Spinne saß immer noch da – rief Josje: »Gehst du allein?«

Die Antwort konnte sie nicht hören, weil sie den Wasserhahn schon aufgedreht hatte. Das tat gut. Das Wasser war nicht mehr so heiß wie am Mittag.

Erst als sie sich abtrocknete, fiel es ihr ein: »Wann kommt Vater zurück?«

»Du sollst nicht so durchs ganze Haus brüllen!«

Sie sah, daß ihre Mutter bei der reparierten Schlafzimmertür stand, die Tür hin und her bewegte. Ihr Blick sagte alles.

Während der schweigsamen Mahlzeit linste Josje ab und zu von der Seite zu ihrer Mutter rüber. Woran dachte sie? Was hatte sie vor? Ging sie wirklich zu Tante Bea zum Bridge? Würde Frank Lang auch da sein?

»Was ist mit dir? Was ist los?« Mutters Stimme klang aggressiv, ihre langen Ohrringe pendelten.

»Nichts.«

Josje löffelte die letzten Happen Anona. In Gedanken sah sie wieder Aura in der Küche stehen, sie sah Ray auf Fleur de Marie, sie sah den Mann auf dem Foto ...

Mit einem Ruck schob sie ihren Stuhl nach hinten und rannte zur Küche. Sie steckte einen Finger in den Hals, ganz tief, und alles, was sie gerade gegessen hatte, flutete in den Ausguß.

»Am besten, du gehst sofort wieder ins Bett«, hörte sie die Stimme ihrer Mutter neben sich.

Wie gerädert richtete sie sich auf, schlurfte über den Korridor, schleppte sich die Treppe rauf.

Sie lehnte sich aus dem offenen Fenster des Schlafzimmers, bis sie ihre Mutter mit dem Auto aus dem Fort fahren hörte. Das schwere Tor des Forts wurde zugeschlagen. Der Marineinfanterist machte seine Runde, kontrollierte ein paar Türen. In der Kirche wurde gesungen, immer noch Bach. Durch die Fensterläden des hinteren Schlafzimmers wehten Musikfetzen von der Punda herein. Jetzt nicht auf die Luke oben in der Decke schauen, nicht hinhören. Sie würde sich draußen hinsetzen, auf ihren Platz auf der Fortmauer. Den Blick auf die Stadt, auf die Menschen, die Autos, die Schiffe, die aus dem

Hafen fuhren. Nur dasitzen, nicht sprechen, keinen Menschen um sich herum, nichts.

Aber sie blieb am Fenster stehen, lehnte sich hinaus. Der Adjutant ging ins Gouvernementshaus. Auf dem Dach gegenüber lief eine Katze. Wie lange war es her, daß sie auf den Dächern gespielt hatten? Sie und Jeannet – aber die traute sich ja beinahe nie – und der Sohn des vorigen Gouverneurs. Die verdammten Marineinfanteristen, daß die auch immer die Wache gerufen hatten. Dann wurden sie da runtergeschrien: »Sofort runterkommen! Ihr wollt euch wohl das Genick brechen, was?«

Und dann kam ihr Vater, verpaßte ihr eine Tracht Prügel.

Auf den Dächern spielen, das war eine Ewigkeit her.

Mit einem Ruck zog sie die Fensterläden zu. Wenn nur nicht zu viele Mücken hereingekommen waren. Gott sei Dank hatte sie kein Licht angemacht.

Tastend suchte sie ihren Weg, tat einen Schritt zur Seite – sie wollte nicht unter der Luke durch, wollte sich nicht am Bett stoßen. Die Hände weit von sich gestreckt, fühlte sie um sich, maß das Dunkel.

Licht machte sie nicht an, sie würde auch so den Weg finden. Aber erst draußen auf der Fortmauer holte sie befreit Atem, obwohl in dem schmalen Wallgang bestimmt auch nicht viel zu sehen war. Die Wache war gerade in die andere Richtung gegangen, zum hinteren Tor.

Kam der Posten zurück? Sie hörte Schritte!

Sie drehte sich um, spähte den Wallgang entlang.

Sie wurde von hinten gegriffen, zwei Arme klemmten sich wie Zangen um sie, drehten sie um, drückten sie gegen die Mauer, eine Riesenhand riß ihr Höschen runter.
Frank Lang!
Die Sirene der Brücke heulte über die Stadt.
Sie schrie kurz auf, kämpfte.
Mit rhythmischen Bewegungen drang er in sie, preßte sie gegen die Mauer. Mit einer Hand drückte sie sein Kinn nach hinten, so weit ihre Kraft eben reichte. Sie stützte sich auf ein Bein, bohrte ihm den Absatz des anderen Schuhs in den Fuß. Er stöhnte, fluchte. Plötzlich ließ sie sich fallen, federte seitlich hoch, ließ sich wieder zur Seite fallen. Sie riß ihn mit, aber seine Arme hatten sie losgelassen. Um sich tretend rappelte sie sich auf, zog ihr Höschen hoch.
Während sie die kleine Treppe zum Innenhof hinaufrannte, klopfte sie sich die Kleider ab. Als sie im Haus war, schloß sie die Schiebetüren hinter sich.
Sie sah ihn stehen, oben an der Treppe.
Die Tür zur Vorveranda! Die konnte nicht abgeschlossen werden! Er würde hintenherum reinkommen!
Sollte sie die Wache anrufen, fragen, ob jemand kommen könne? Aber was sollte sie sagen? Die Wahrheit? Nie im Leben!
Sie schaute um sich. Wohin so schnell? Die Speisekammer, das war die einzige Möglichkeit.
Sie schoß in den dunklen Korridor, zog außen die Schlüssel der Speisekammer ab, öffnete die Tür, machte das Licht an und schloß sich ein.
Sie sah ein paar Kakerlaken weghuschen, in der Ecke saß eine

große Spinne. Sie preßte sich an die Wand, starrte die Spinne an, als könne sie sie dadurch auf Abstand halten. Wie spät mochte es sein? Wie lange würde es noch dauern, bis Mutter nach Hause kam?

Sie konnte die Kirchenuhr nicht hören, hörte auch nicht, daß das Forttor geöffnet und wieder geschlossen wurde. Erst die Schritte im Korridor konnte sie hören. Sie drehte behutsam den Schlüssel um, riß eine Banane von der Staude, schälte sie und trat kauend auf den Korridor.

Ihre Mutter schrak zurück, wurde leichenblaß, tat dann einen Schritt auf sie zu und schlug ihr das Täschchen um die Ohren.

»Bist du denn total verrückt geworden? Hier mitten in der Nacht rumzuspuken!«

»Hast du verloren beim Bridge?« Absichtlich gleichgültig sagte Josje das, und genauso gleichgültig legte sie die leere Bananenschale auf das Treppengeländer. Dann rannte sie nach oben in ihr Schlafzimmer. Im Dunkeln streifte sie ihr Höschen ab, stopfte es unter die Matratze.

Im Bett zog sie sich die Decke über den Kopf. Am ganzen Körper brach ihr der Schweiß aus. Sie wünschte, sie würde sich in ihrem eigenen Schweiß auflösen, dann hätte sie wenigstens alles hinter sich.

8

Morgen würde sie alles erzählen.
Morgen? Nein, doch wohl besser erst, wenn Vater nach Hause kam.
Sie würde sagen ... Moment, doch mal eben überlegen, wann sie am besten damit anfangen würde. Also auf keinen Fall, wenn er gerade erst vom Flugplatz gekommen war. Am Abend? Dann gingen er und Mutter ja meistens aus. Oder er hatte irgendeine Versammlung. Zum Revier gehen, ganz einfach Anzeige erstatten, genau wie Paulinas Bruder?
Sie schlug die Decke zurück, weg vom Gesicht, um besser atmen zu können.
Mutter müßte auch dabei sein, wenn sie's erzählte. Die mußte es hören. »Frank Lang hat mich ...« Was? Wie sollte sie's nennen? Sie sah ganze Stapel von Anzeigen vor sich. War es nun Belästigung? Oder Vergewaltigung? Sie konnte wohl kaum ihn selbst danach fragen.
Ganz fest kniff sie die Augen zu, sie wollte sich alles noch mal vor Augen führen, wie's passiert war. Aber sie sah nur, wie sie kämpften, rangelten, wie sie biß, kratzte, wie sie fiel, nicht wegkommen konnte mit ihrem Höschen in den Kniekehlen.
Hatte sie Angst gehabt?
Nein, Angst hatte sie nicht gehabt. Wütend, unglaublich wütend war sie gewesen, und beleidigt. Was dachte er sich wohl? Daß sie so eine war? Daß er's sich bei ihr erlauben konnte? Ja, bei Aura, das war was anderes.

Sie zog die Decke fest um sich, so als befürchtete sie, daß noch im Dunkeln zu sehen sein könnte, was sie gedacht hatte, aber nicht hatte denken wollen: Ja, bei Aura, das war was anderes. Mit schwarzen Mädchen passiert's ja oft. Weil sie schwarz sind. Und weil sie außerdem eben Mädchen sind.
Komm, komm, jetzt mußt du ehrlich bleiben, Josje. Du hast das gedacht, zwar nur einen Moment, aber immerhin hast du das gedacht. Tu jetzt nicht so, als wäre das nicht wahr.
Mit einer plötzlichen Bewegung warf sie die Decke von sich, richtete sich auf, und im hereinfallenden Licht betrachtete sie sich selbst. Ihr kam es so vor, als wäre es gar nicht ihr eigener Körper, sondern der Körper einer Fremden, die sie nicht kannte. Weit spreizte sie die Beine, legte ihre Hand dazwischen, klemmte die Beine wieder zusammen. Gift, dachte sie, keine Belästigung, keine Vergewaltigung, sondern Gift! Denn in dem Moment waren Gedanken in ihr aufgekommen, die sie noch nie gehabt hatte. Sie hätte ihn totschlagen wollen, totkneifen. Er hatte Gift in sie gespritzt: Das war Gift, was sie da eben über Aura gedacht hatte!
Sie lag da, die gekrümmte Hand zwischen den Beinen, den Kopf weit nach hinten auf das Kissen gestreckt, und sie kämpfte darum, zurückzukommen über die Grenze des Geschehenen, zurück zu der Zeit, da ihr das noch nicht zugestoßen war. Vergessen, wenn sie's doch vergessen könnte. Vielleicht würde das helfen. Wenn niemand einem half, sich ein wenig glücklich zu fühlen, wenn nichts erlaubt war, dann hatte man nur sich selbst, dann war man allein. Sie vergaß den Kampf auf dem Wallgang und konzentrierte sich auf den

Kampf gegen die in ihr aufsteigende Kälte, die vom Herzen ausgehende Verkrampfung. Sie konnte es fühlen, in den Adern, tief in ihr, wie es sie durchzog, ganz und gar. Sie biß sich auf die Lippen: Still sein! Mutter war noch wach.

Sie blieb nicht so lange im Bett wie sonst. Mit resolutem Schwung zog sie das Moskitonetz auf – sollten doch ruhig Mücken reinkommen –, glitt in die Pantoffeln und bemühte sich nicht einmal darum, leise die Treppe runterzulaufen.

»Was ist denn los? Wo gehst du hin?« hörte sie Mutters verschlafene Stimme.

»Trinken.« Sie nahm die Geneverflasche aus dem Kühlschrank, fummelte den Korken raus. Nicht umsonst hatte ihr aufgeklärter Vater sie das Trinken gelehrt, und sei's nur unter dem Motto: »Ich kann nicht ewig auf euch aufpassen, und als Mädchen seid ihr verloren, wenn der erstbeste Kerl euch besoffen machen kann.«

Ein tiefer Schluck. Sie hatte einiges zu verdrängen, das war gar nicht mal so leicht. Noch ein Schluck. Und mit all den Polizeigriffen hatte sie auch nichts anfangen können. Wie sollte man denn wissen, wann's passierte, und vor allem: von wem's zu erwarten war? Sollte man denn sein ganzes Leben lang keinem Menschen mehr trauen?

Prost! Noch ein Schluck! Schöne Aussichten!

Mit der Flasche in der Hand hockte sie da, an den Kühlschrank gelehnt, und rülpste. Stumpf stierte sie auf die Tür des Geschirrschranks. Saß da wieder eine Ratte in der Falle? Na, bestes Tierchen, dann können wir uns ja die Hand reichen! Warum ... Plötzlich schoß sie hoch, stieß sich dabei den Türknopf in den Rücken. Warum war's denn damals, mit Bob unter Wasser, nicht so häßlich gewesen? Sondern sogar angenehm?

»Weil ich's ja damals selbst auch wollte«, murmelte sie.

»Weil-ich's-ja-da-mals-selbst-auch-woll-te!« wiederholte sie. Und Bob hatte gefühlt, was sie wollte – und war nicht all the way gegangen!

Sie überlegte, ob sie noch einen Schluck nehmen oder die Flasche wegstellen sollte. Nein, sie brauchte nicht mehr. Sie war drüber weg.

Durch das dunkle Haus klangen Fetzen von früheren Gesprächen, undeutliche Stimmen von Vater und Mutter, von Onkel und Tanten, die auf Besuch waren.

»... ach was, vergewaltigen!« hörte sie ihren Vater. »Nur weil sie dem Kerl dafür 'ne Ohrfeige gibt, heißt's dann plötzlich Vergewaltigung. Von wegen!« Gelächter der anderen.

»Nirgends wird so oft vergewaltigt wie in der Ehe. All die Frauen, die es sich um des lieben Friedens willen gefallen lassen!« Das hatte der Richter gesagt.

Sie fröstelte, als sie an die Zukunft dachte. Wenn man das später plötzlich schrecklich finden sollte, miteinander ins Bett zu gehen, jeden Abend beieinander zu liegen, und man möchte weg ... Man konnte nicht weg, wenn man verheiratet war.

Sie starrte nach oben, zur Treppenschlucht. Mutter und Vater. Wie war das zwischen denen? Schliefen die deshalb in getrennten Betten? Oder weil's zusammen zu warm war?

Mutter, die alles daran setzte, eine schöne Frau zu sein.

Mutter, die alle Komplimente der Männer mit einem Lächeln

zur Kenntnis nahm. Alles im Haus lief wie geschmiert, perfekt organisiert. Aber es wurde nie gelacht. Josje mußte an das denken, was sie damals gesehen hatte, oben im Schlafzimmer, als Vater und Mutter sich umzogen. Sie war zufällig an der offenen Schlafzimmertür vorbeigekommen. Und da hatte sie gesehen, wie Vater Mutter an sich gezogen hatte. Aber Mutter hatte sich losgerissen. Und Vater, wütend, hatte danach mit den Türen geknallt.

Josje preßte eine Hand in den brennenden Magen. O Gott, nur das nicht! Daß aus ihr nicht werden möge ... wie ... Oder waren Vater und Mutter eine Ausnahme? Das zu erfahren, konnte man wohl kaum die Freundinnen und Freunde fragen. Oder gar die Onkel und Tanten.

Mit schwerem Kopf, in dem sich alles drehte, zog sich Josje am Treppengeländer nach oben. Sie hatte ganz schön einen sitzen. Aber später ... das entscheide nur ich ... und wenn sich alle auf den Kopf stellen ... da werd ich mich drum kümmern ... bevor es zu spät ist.

Nur noch eben austreten gehen. Licht machen im Badezimmer. Bevor sie sich hinsetzte, sah sie, wie die Spinne ihre langen Beine an den haarigen Körper zog. Mit leeren, kalten und wütenden Augen starrte Josje die Spinne an. Nicht einmal vor einer Spinne konnte sie noch Angst haben. Ihre Hand zog einen Pantoffel vom Fuß, schlug zu. Getroffen! Aber der Pantoffel war nur über den fetten Spinnenleib gerutscht. Die langen, dicken Beine krümmten sich, daß sie fast ihre Hand berührten. Sie schlug zu, schlug, schlug, hielt die Augen geschlossen, nahm den anderen Pantoffel, dessen Sohle noch trocken war.

Ein letzter Schlag. Die Spinnenbeine bewegten sich nicht mehr.
Während ihr Wasser ins Klobecken plätscherte, starrte sie teilnahmslos auf den schwarzen Matsch. Die Kakerlaken würden die Spinnenreste bis morgen weggeschleppt haben. Oder die Ameisen.

9

Tante Bea kam etwas früher als die anderen Gäste – es war mal wieder Erbsensuppentag – und brachte Olfy und Jeannet und ihre eigene Tochter mit.
Plötzlich war das Haus wieder voll Leben. Herumgerenne von Olfy, Gekichere von Jeannet und Tina, die sich beide über Nacht Ringellocken ins Haar gelegt hatten. »Mit Zukkerwasser«, erzählte Jeannet ihrer älteren Schwester und streckte ihr die Zunge raus. Selbst mit herausgestreckter Zunge sah Jeannet noch aus wie eine bildschöne Heilige auf einem Gebetkärtchen; eine Heilige von oben bis unten.
Josje merkte sehr wohl, daß die beiden kleinen Bälger auf ihr glattes Haar starrten, daß sie sie ärgern wollten, auf die Palme jagen. Aber sie hatte jetzt keine Lust, sich mit Jeannet anzulegen, so wie früher. Das lohnte sich doch alles nicht mehr. Kindisches Gezänk. Von oben herab sah sie ihnen nach, als sie mit Olfy nach draußen verschwanden.
»Faulenz hier nicht so rum! Muß ich denn alles selber machen?« Mutter drückte ihr ein Tablett mit Bestecken in die Hand, lief wieder zurück zur Küche. »Aura, runterkommen!« rief sie nach oben.
Undeutlich konnte Josje hören, wie sie dem Hausknecht Anweisungen gab.
Die Gäste in der Vorveranda waren zu sehr mit sich selbst beschäftigt, um noch Aufmerksamkeit für Josje übrigzuhaben.

Sie legte die Bestecke auf das antike Tischchen.
Heute mittag würde Vater zurückkommen, das hatten sie gerade per Telefon erfahren. Dann würde sie ihm alles erzählen.
Sie guckte, sie guckte noch mal: Sie sah Frank Lang ankommen. Der freche Hund! Auf seinem Gesicht ... sie sah noch mal hin, versteckte sich dann hinter der Mauer. Auf seiner Wange war eine deutliche lange Kratzspur. Als er die Treppe raufkam, blickte sie ihn starr an. Er sah sie nicht einmal! So ein scheinheiliger Halunke! Tat grad so, als sei überhaupt nichts vorgefallen. Na ja, es wäre natürlich auch nicht grad nötig gewesen, daß er davon angefangen hätte. Aber immerhin ...
»Hallo Frank, welches Kätzchen hat denn endlich mal zurückgekratzt?«
Er nahm die Mütze ab. Die Schramme lief bis zur Schläfe. »Och, das?« Mit den Fingern einer Hand fuhr er sich über die Wange. »Der verdammte Traubenstock hier hinterm Haus. Hab ich mir gestern abend beim Rundgang einen Zweig durchs Gesicht gezogen.«
Josje schnappte nach Luft. Ein Zweig ihres Traubenstockes am Wallgang hatte tatsächlich gefährlich tief nach unten gehangen. Darüber hatten sich die Wachposten des öfteren beklagt. Und darum hatte Dechi ihn absägen müssen.
»Josje!« Sie wurde in die Küche gerufen. Sie fühlte den flüchtigen, oberflächlichen Blick von Frank Lang, während er einen Stuhl nahm und sich hinsetzte.
»Rühr du mal eben die Suppe um, und schneid da auf dem Brettchen Speck und Wurst ...«

Josje hörte schon nicht mehr hin, rührte mit dem Löffel die Suppe um. Mutter lief aus der Küche, Aura kam rein, beladen mit schmutziger Bettwäsche. Sie ließ die Wäsche auf den Boden fallen, begann sie zu sortieren.

Blitzschnell stürzte sich Josje auf den Wäscheberg. Ihr Höschen, das sie unter die Matratze gestopft hatte! Sie riß es an sich. Aura sah ganz auffällig weg und tat dann so, als hätte sie nicht gesehen, daß Josje sich nicht einmal bemühte, das Höschen heimlich in den Mülleimer zu werfen.

»Das kann noch gemacht werden«, sagte Aura, die über die Wäsche gebückt dastand, undeutlich.

»War mir doch schon viel zu klein.«

»Jeannet hätte es noch tragen können.«

Sollte Aura so plötzlich von den Sparsamkeitsanfällen ihrer Mutter angesteckt worden sein? Nein, natürlich nicht. Sie wollte das Höschen für sich haben. Dies ganze Gerede, das war so ihre Art, um etwas zu bitten. Na, von ihr aus konnte sie's haben, sie war ja nicht so zimperlich.

Sauzahn, denk nicht so gemein von Aura, schalt sie sich selbst. Um es wieder gutzumachen, sagte sie: »Wenn du's haben willst ... ich geb dir mein neues Höschen, das mit den Blümchen.«

Aura, die nichts begriff, sah sie von unten an, richtete sich langsam auf. »Wirklich, ich meine, das Höschen kann noch gemacht werden.«

Es überfiel Josje. Ganz plötzlich. Sie konnte es nicht länger für sich behalten. So wie Aura sie ansah, die würde alles begreifen, die würde ihr glauben.

»Das andere Höschen ...«, sie deutete auf den Mülleimer, »ist hinüber, versaut.« Sie zitterte vor Ekel. Sie drehte sich um und fuhrwerkte in der Suppe rum. Erbsensuppe, gerechter Himmel. Erbsensuppentag, die hatten vielleicht Sorgen!
Aura nickte ganz langsam.
»Das döselige Dusseltier«, sagte Mutter immer. Aber es gab Sachen, die Aura blitzschnell mitkriegen konnte, wo sie sofort schaltete. Und das hatte sie nicht von den Sœurs, den frommen Schwestern, gelernt:
Jeden Tag zogen die Mädchen frische Unterwäsche an. Das Höschen von Josje war unter die Matratze gestopft. Warum? Gestern abend war niemand zu Hause gewesen, denn die Garage war leer, als sie auf ihrem Weg zur Kirche, zum Singen, daran vorbeigekommen war. Nach der Probe war es im Haus dunkel gewesen. Vor dem Forttor war sie stehengeblieben, hatte sich mit Freundinnen und Männern vom Chor unterhalten. Sie hatten gesehen, daß Frank Lang ins Fort gegangen war. Als die Wache das Gewehr präsentierte, hatte einer der Männer, Frankie war es gewesen, noch geflachst: »Guten Abend, Sjon Riemenhoch!« Sie hatte genauso laut gelacht wie die anderen. Niemand sollte ihr etwas anmerken. Irgend etwas lag in der Luft. Hatte Ray sie aufgewiegelt? Sie war stehengeblieben. Die Männer, Frankie als erster, hatten sich ganz frech auf die Steine neben die Wache gesetzt. »Tut mir den Gefallen und haut ab. Ich krieg doch bloß Ärger deswegen«, hatte der Posten gesagt. Aber Frankie hatte einfach weitergeredet, er hatte laut und deutlich zu den anderen weitergeredet. Sie und die anderen Mädchen waren stehengeblieben; sich

hinzusetzen trauten sie sich nicht aus Angst vor den Marineinfanteristen, und wegzulaufen wagten sie nicht wegen Frankie. Nach einiger Zeit war das Tor wieder aufgegangen, Frank Lang war herausgekommen. Er war schon fast vorbei an ihnen, als er sich noch mal umdrehte. Was er alles gesagt hatte, hatte sie nicht mitbekommen, aber die Schramme in seinem Gesicht, die hatte sie gesehen.

»Sein Gesicht war kaputt«, sagte Aura unverhofft und zu niemandem. Josje fuhr mit so viel Schwung herum, daß sie einen ganzen Löffel voll Suppe verspritzte.

Josje und Aura starrten sich an.

»Du mußt alles deiner Mammi erzählen«, flüsterte Aura.

»Wenn du auch alles erzählst! Mir allein glaubt ja doch niemand!«

Aura machte mit den Händen eine hilflose Gebärde, schüttelte erschrocken den Kopf.

Weil's nicht wahr ist? Weil sie Angst hat? Weil ihr auch keiner glaubt? dachte Josje.

»Na, wird's bald?« Mutter kam aufgeregt in die Küche gerauscht. »Habt ihr wieder nichts anderes zu tun als zu tratschen?« Aura tauchte in ihren Wäscheberg.

»Du meine Güte, Suppe an der Wand! Kannst du nicht auch mal etwas so machen wie jeder normale Mensch?« schimpfte Mutter.

»Konjo!« fluchte Josje und schleuderte mit viel Gespritze eine Wurst auf den Teller.

Aura kicherte, versuchte es zu unterdrücken, brach dann aber doch in Lachen aus.

Um ihre Mutter nicht im unklaren zu lassen, übersetzte Josje den Fluch: »Futt!«
»Sofort auf dein Zimmer! Das werd ich gleich deinem Vater erzählen!«
»Was, kennt der das noch nicht?« sagte Josje, als sie, um einer Ohrfeige zu entgehen, mit schneller Bewegung an ihrer Mutter vorbeischoß.
Oben im Schlafzimmer schaute sie sich suchend um. Kein Buch, nichts. Als sie den Schrank untersuchte, fiel ein Buch auf den Fußboden. Ihr Katechismus, noch von der alten Schule. Sie schlug ihn auf. Das schien schon so lange her zu sein: die Sœurs und der Pater mit seinem gemeinen Spruch: »Und doch war es Evas Schuld.«

»Wozu sind wir auf Erden?«
»Wir sind auf Erden, um Gottes Willen zu tun
und dadurch in den Himmel zu kommen.«

Himmelfahrt. Die Fahrt in den Himmel.
»Himmelfahrt, o Himmelfahrt«, summte sie, und dann sang sie lauthals:

»Ach, fahr in den Himmel, fahr in den Himmel,
Ich hab nichts von 'nem Sohn mit 'nem Knoten im Pimmel!«

Das war eines der Lieblingsliedchen ihres Vaters.
Wann würde er nach Hause kommen? Denn egal, was auch passieren würde, er würde wissen, wie's weiterzugehen hätte.

Josje hörte die Gäste wegfahren. Sie lehnte sich aus dem Fenster. Und so, halb aus dem Fenster hängend, stand sie auch noch da, als sie ihren Vater sah, der sich mit jemandem bei der Blumenrabatte in der Mitte des Forts unterhielt. Sie winkte, aber er sah sie nicht.

Nach unten gehen? Sie hatte immerhin Stubenarrest. Oder einfach so tun, als sei sie verrückt geworden? Sie schätzte, wie weit Vater vom Haus weg war, berechnete, wann er oben in der Veranda sein könnte. Wenn sie im gleichen Moment da wäre, könnte Mutter ihr nicht mehr in die Quere kommen. Das würde sie nicht wagen, das wußte Josje. Sie würde sich das wohl für später aufheben.

Jetzt! Auf Zehenspitzen schlich Josje über den Korridor, dann leise die Treppe runter. In dem Moment, da Vaters Kopf oben an der Treppe erschien, stand sie im Salon.

Wie im Theater: Vater, stocksteif in der Vorveranda, räusperte sich nachdrücklich.

Frank Lang und Mutter – die plötzlich ziemlich nahe an Josje herangekommen war und sich ein Haar von der Schulter pflückte. Sie schlug Frank Lang auf die Finger, der lachte. Ein verkniffenes, unechtes Lachen.

Mutter rief überrascht – und das klang verdammt echt –: »Bist du schon zurück?«

»Was dagegen?« fragte Vater mit einem Unterton in der Stimme. Seine Augen blickten starr, abwesend, als wäre er irgendwo anders.

Völlig unerwartet schoß Josje auf ihn zu, fiel ihm um den Hals und gab ihm einen Kuß. Er war genauso überrumpelt wie Mutter. Josje fühlte, daß seine Wange naß war. Oder ihre? Für einen Moment hielt er sie an sich gedrückt, streichelte ihren

Hinterkopf und klopfte ihr dann auf den Rücken – als wäre sie das Pferd, das er regelmäßig ritt. Dann legte er seine Uniformmütze auf den Tisch, langsam und bedächtig.

»Tja, dann werd ich wohl gehen«, hörte Josje Frank Lang sagen. Sie stand immer noch da und schaute ihren Vater an. Undeutlich erwiderte er Frank Langs Gruß.

»So«, sagte Mutter munter, als unten die Tür zugeschlagen wurde, »das hätten wir dann auch mal wieder hinter uns. Aber mit einem Dienstmädchen ist die ganze Arbeit auf die Dauer nicht zu schaffen.«

Josje fühlte den Seitenhieb gegen Vater. Es war seine Schuld, daß Paulina gegangen war.

Mutter begann aufzuräumen. »Und dann gibt's ja auch noch solche Leute, die einfach nicht aus dem Haus zu kriegen sind.« Übertrieben nachdrücklich sah sie dabei Josje an. »Na ja, das kommt davon, wenn die Töchter erwachsen werden.«

Josje sperrte den Mund auf, kam sich einen Moment lang vor wie der größte Dorftrottel. Aber nicht für lange! Ja, verdammt, bist du verrückt? Bist du wahnsinnig geworden? Alles auf mich zu schieben! Die Hände zu Fäusten geballt, die Nägel in die Handballen gegraben, stand sie da und versuchte ihre Wut runterzuschlucken. Sie schluckte, um ihre Stimme von irgendwo tief im Hals herzuholen. Aber trotzdem konnte sie keinen Ton rausbringen. Sie sah, wie ihr Vater sie betrachtete, dann Mutter ansah, wieder zu ihr schaute mit aggressiven, stahlharten Augen.

»Nein!« rief sie plötzlich schrill. »Nein, das ist gelogen! Du denkst doch nicht, daß ich … der fiese, alte Kerl!«

»Deine Mutter lügt nicht! Paß auf, was du sagst. Und du wirst es lernen müssen, deine Meinung über unsere Gäse für dich zu behalten, verstanden!« Er ging dicht an ihr vorbei in sein Büro.
»Vater!« Sie hielt ihn am Ärmel seiner Uniformjacke zurück. Sie war durch und durch naß von Schweiß. »Vater, du mußt mir glauben! Leutnant Lang ... ihr wißt nichts davon. Mutter ...« Josje ließ Vaters Ärmel los, drehte sich um zu Mutter, die mit einem Tablett voller Gläser vorbeikam.
»Er hat mit Aura ... das ist schon eine Weile her, und Aura traute sich nicht, was davon zu sagen. Aber ich, hörst du, ich sag's! Gestern abend, als Mutter zum Bridgespielen war, auf dem Wallgang ...«
»Drück dich deutlicher aus«, fuhr Vater sie an.
Am Blick ihres Vaters merkte sie, daß sich etwas verändert hatte. Sie durfte ihre Meinung über die Gäste sagen! Jetzt nur ruhig bleiben, alles ganz ruhig erzählen.
Aber sie hatte ein paar Sekunden zuviel nötig, sich ihre Worte genau zurechtzulegen.
»Die Kinder heutzutage! Was die im Kopf haben«, begann Mutter. »Das ist ja direkt eine Krankheit. Einer steckt den anderen an. Erst Erna und die Sache mit ihrem Chauffeur. Romantisches Geschwärme im Tagebuch. Um Schlimmeres zu verhüten, hat man das Kind nach Holland schicken müssen. Und in der Woche darauf verschwindet Ditty – auch so 'n Fall für sich – in einem amerikanischen Internat. Jaja, Internat. Wenn's wahr ist, was so gemunkelt wird, ist's wohl ein Internat mit Kreißsaal. Und plötzlich glauben alle, so 'n biß-

chen Lottermädchen spielen zu müssen. Wollen zeigen, was sie schon alles mitgemacht haben. Daß ich nicht lache!«

Mutter ging weiter in die Küche. Josjes Augen folgten ihr, dann sah sie verbiestert ihren Vater an, dann wieder in Richtung Küche. Im ersten Moment fühlte sie mehr Bewunderung für ihre Mutter als Niedergeschlagenheit. Wie konnte jemand so perfekt Komödie spielen! Oder hatte sie das etwa wirklich gemeint? Dachte sie tatsächlich so darüber? Und sie, Jozina Walther, bildete sie sich alles nur ein? Das von gestern abend? Nein, nein, zum Verrecken nein!

Mit wütendem Blick tat sie einen Schritt auf ihren Vater zu, aber der bedeutete ihr mit gebieterischer Gebärde, daß sie schweigen solle.

Glaubte er Mutter? Das konnte doch nicht wahr sein! Er mußte doch so oft Menschen verhören, er mußte doch wissen, wann jemand log und wann nicht.

Plötzlich erkannte Josje die schreckliche Wahrheit: Vater würde nie sehen wollen, nie zugeben können, daß Mutter mehr auf einen anderen Mann gab als auf ihn. Er würde lieber glauben, daß der andere Mann wegen seiner Tochter kam, wegen ihr. Und ihre ganze Geschichte, daß sie Lang für einen schrecklichen Schweinehund hielt, das paßte nicht in seine kühle Überlegung. Also nahm er das einfachheitshalber auch als ungesunde Phantasie.

Schlapp und deprimiert ließ sie sich in einen Stuhl fallen. Sie merkte nicht, daß er sie beobachtete; sie sah nicht, daß seine eine Hand sich um einen hölzernen Brieföffner krampfte, ihn zerbrach.

Langsam rollten Tränen über ihre Wangen. Mit gebeugtem Kopf versuchte sie ihr Heulen zu verbergen. Nur weil sie ein Mädchen war, nur darum war alles so gekommen. Sie versuchte ihr Schluchzen zu unterdrücken. »Hör auf mit dem Geflenne!« pflegte er gewöhnlich zu sagen.
Aber es blieb still. Bis Jeannet und Olfy lärmend die Vortreppe raufkamen. Schnell trocknete Josje ihr Gesicht ab. Jeannet würde denken, daß sie eine Standpauke bekommen hätte. Na ja, das war in diesem Haus schließlich das Nächstliegende.
Olfy rannte ihrem Vater entgegen; Jeannet verharrte für einen Augenblick, mit steifen Beinen folgte sie dann den beiden in Vaters Büro.
»Jos, Tisch decken. Und ihr beide, ab zum Händewaschen!« Mutter erschien und teilte kurz angebunden ihre Befehle aus. Tischdecke, Teller. Josje lief zum Geschirrschrank im Korridor. Sie war die erste, die das Klopfen an der Tür zur Innentreppe hörte.
»Abri porta!« rief sie automatisch.
Sie schrak zurück, als Paulinas Bruder eintrat. Er blieb nicht wie die Laufjungen untertänig auf der Schwelle stehen, sondern trat ein paar Schritte vorwärts in den Korridor. Er hatte einen Brief bei sich. Suchend schaute er sich um.
Josje hörte, daß Aura nebenan in der Küche in aller Ruhe weiter abwusch. Wüßte sie, wer hier stand, sie würde vor Elend und Scham sterben.
»Ist der Kommandant zu Hause?« fragte Ray.
»Was ist los?« Mutters schneidende Stimme machte ihm keine Angst. Er wiederholte ruhig und bestimmt seine Frage. Es

war, als gäbe die Entschlossenheit in der Stimme Josje etwas von ihrer alten Entschlußkraft zurück. Gespannt wartete sie ab, was nun kommen würde.
Vater kam auf den Korridor.
»Sjon Commandant?« Ray reichte Vater einen geschlossenen Umschlag. In der Küche verstummte das Abwaschgeräusch.
»Weißt du nicht, daß du so etwas auf dem Revier abzugeben hast?« Vater hatte es nicht unfreundlich gesagt, eher müde, todmüde.
»Auf dem Revier sagt man immer, daß man keine Zeit hat. Aber dies müssen Sie lesen! Bitte, Sjon Commandant.«
Seufzend nahm Vater den Brief an, steckte ihn in seine Jakkentasche. »Aber in Zukunft gehst du wie jeder andere auch zum Revier, verstanden!«
»Warten macht einen Mann nur alt und müde.« Nach diesen Worten drehte sich Ray um und verschwand geschmeidig durch die Tür, die er leise hinter sich zuzog.
Als ob sie die ganze Situation nicht gut verstanden hätte, starrte Mutter die geschlossene Tür an. Vater sagte gar nichts. Während der ganzen Mahlzeit sagte Vater so gut wie nichts, Mutter übrigens auch nicht. Nur Jeannet und Olfy brabbelten unaufhörlich. Die verschüchterte Aura holte die schmutzigen Teller und Schüsseln vom Tisch. Josje wußte nicht, wie sie ihren fragenden Blick beantworten sollte.
Aber eines wußte sie genau: Gleich würde Vater den Brief öffnen. Und sie wußte, was drinstand. Die offizielle Anzeige gegen Frank Lang. Dann mußte er auch ihr glauben. Dann bräuchte er auch nicht mehr so zu tun, als käme Frank Lang –

das ekelhafte Miststück – nur wegen seiner Tochter so oft zu Besuch. Jetzt würde er zu Mutter sagen können: »Raus mit dem Kerl, der sich an einem unserer Dienstmädchen vergriffen hat. Du mochtest ihn doch so gern, oder? Netter junger Mann, so bescheiden, so 'n anständiges Benehmen. Wirklich aus guter Familie. Denk nur, der arme Junge, einfach verschickt in ein so gottverlassenes Nest. Was gibt's hier denn schon für so einen Jungen? Na, auf alle Fälle hat er sich keinen Knoten in den Pimmel geschlagen!«

Josje grinste.

»Gibt's was zu lachen«?« fragte Vater steif und förmlich.

Sie schüttelte den Kopf. Sie konnte wohl kaum erzählen, daß sie den Ausdruck kannte, weil sie ihn mal belauscht hatte, als er einen Hauptwachtmeister abkanzelte. Das war lange bevor sie ihn zum ersten Mal das Lied von dem Baby mit dem Knoten singen gehört hatte.

Ja, so wie sie sich das eben ausgemalt hatte, so würde es kommen. Alles war nur eine Frage der Zeit. Vielleicht noch ein paar Tage.

Aura kam wieder rein, brachte Obst. Als sie die Schale auf den Tisch stellte, berührte sie mit ihrem Arm ganz kurz den von Josje.

Deutlich sah Josje den Unterschied vor sich: braun und weiß. Würde Vater Aura und Paulinas Bruder glauben? Wie sagte er immer? »Das Gebalge der Dienstmädchen da unten mit den Soldaten.«

Sie fühlte sich genau wie damals, als sie zu tief getaucht war, und als sie wieder nach oben kam, hatte jemand sie an den

Beinen erneut unter Wasser gezogen. Sie glaubte zu ersticken, ersticken, ersticken.
Er würde Aura nicht glauben. Aura war auch nur ein Mädchen. Darum.

10

Sonst versuchte sie sich immer zu drücken, aber an jenem Nachmittag war Josje froh über die kleinen Arbeiten, die sie im Haus zu verrichten hatte. Knöpfe an ein paar Kleider nähen, neue Gummibänder in Höschen ziehen. Baden gehen war heute nicht drin, denn heute abend würde zu Hause eine Besprechung stattfinden, und Mutter hatte keine Zeit, sie nach Piscadera zu bringen.
Saß sie hier eigentlich zur Strafe? Weil Mutter sie nicht aus den Augen verlieren wollte? Jedesmal, wenn Mutter vorbeikam, beugte sie sich über ihre Arbeit und pfiff. Das hing wie eine Drohung im Haus: Mutter würde ihr Fragen stellen. Ja, von wegen, das dachte sie sich so! Wenn sie und Vater ihr, ihrer eigenen Tochter, nicht glauben wollten, sagte sie kein einziges Wort mehr! Sie würden schon sehen!
Aber was?
Was?
Am Abend, als sie Olfy erst gebadet und dann ins Bett gesteckt hatte, danach im dunklen Fort Briefe zum Postamt beim hinteren Tor brachte, war ihr immer noch, als wolle ihr der Kopf vom Denken und Grübeln zerspringen.
An den Gebäuden entlang schlenderte sie zurück, mit der einen Hand fuhr sie an der Mauer entlang, an Türen, Säulen, Mauern, Türen, Säulen, Mauern. Früher, als sie noch ganz klein war, in Holland, wenn sie da mit Opa spazierenging, hatte sie das auch getan. »Denk an deine sauberen Handschu-

he, mein Liebling!« hatte Opa dann gesagt. Aber er war mit ihr all die hohen Steinstufen vor den Häusern raufgeklettert und dann wieder runter. Und wenn sie mal im Wald waren und sie nicht hinsah, hatte er Centstücke für sie ausgestreut. Im Wald wachsen Centstücke! Mein Gott, das hatte sie lange geglaubt! Na ja, wieder etwas, was nicht wahr war. Aber Opa hatte sich das ausgedacht, um ihr Freude zu machen.

Am Haupttor entstand plötzlich Tumult. Jemand trommelte gegen die Torflügel.

Josje versteckte sich hinter der Kanone neben dem Tor. Paulinas Bruder? fragte sie sich.

»Mann, seit wann darf ich meine Geliebte nicht mehr sehen? Papiere? Mann, das einzig nützliche Papier ist das Toilettenpapier!«

Da wußte sie, daß es Bob war. Bob war zurück von Bonaire. Und er war zu ihr gekommen!

Sie lief zum Tor, streckte beide Arme aus. Durch die Gitterstäbe ergriff Bob ihre Hände. Obwohl er so fest zugriff, daß er ihre Hände beinahe zerquetschte – er saß auf dem wakkelnden Fahrrad und versuchte damit Balance zu halten –, war's für sie ein herrliches Gefühl.

»Geliebte!« rief er pathetisch, und im selben Atemzug: »Der Affe will mich nicht reinlassen. Was denkt euer Alter sich denn, wie soll er euch jemals an den Mann bringen, wenn er euch so eingesperrt hält?«

Josje machte ihre Hände frei. Wer weiß, was er sonst noch sagen würde. Und die meisten Marineinfanteristen waren alte Klatschtanten.

»Darf ich mal eben raus?« fragte sie. Ihr fiel nicht auf, daß ihre Frage befehlend klang.
Quälend langsam öffnete der Posten den einen Flügel, schob Bob zur Seite. Josjes Blick fiel auf den gebückten Nacken. Unter dem Uniformkragen saß ein Verband. Ein Furunkel. Die beste Stelle dafür. Aber anders als gewöhnlich empfand sie kein Mitleid. Sicher, Furunkel waren keine Scherzartikel, aber Bob hatte recht: Der und seine Kameraden hielten sie hier hinter Schloß und Riegel.
Zusammen mit Bob ging sie zum Hafen hinunter. Josje setzte sich auf den Gepäckträger, Bob schob das Fahrrad.
»Wie ist es dir gegangen?« fragte Bob.
»Wie immer.« Komisch, sie hatte so gut wie gar keine Stimme. Während der letzten Tage hatte sie fast nur Selbstgespräche geführt. Sie räusperte sich.
»Hast du mich denn nicht vermißt?«
»Ach, weißt du, ich hab mich ohne dich recht sicher gefühlt. Wenn du weißt, was ich meine.« Nein, gerade das hatte sie nicht sagen wollen! Dummkopf, der sie war!
Aber Bob lachte nur. Mit einer Hand nahm er ein Päckchen Zigaretten, steckte sich eine zwischen die Lippen und deutete auf das Brusttäschchen seines Hemdes. Mit zögernden Fingern griff Josje hinein, fischte ein Päckchen Streichhölzer heraus und gab ihm Feuer. Er nahm einen tiefen Zug, und dann steckte er ihr die Zigarette in den Mund. Nichts Überwältigendes, im Strandbad taten das fast alle. Aber ihr passierte es zum ersten Mal. Sie nahm noch einen Zug, steckte die Zigarette dann wieder zwischen Bobs Lippen.

Gemeinsam rauchten sie die Zigarette zu Ende.
»Bonaire war 'ne Wucht. Da hast du was versäumt. Na ja ...«, ein Kopfnicken in Richtung des abgeschlossenen Forts reichte.
Sie begriff. Bob konnte genug Mädchen haben. Warum sollte er sich groß bemühen, und dann auch noch ausgerechnet um sie?
»Du bist so still, ist irgend etwas nicht in Ordnung?«
Sie schüttelte den Kopf. Ihre Stimme hatte sie immer noch nicht in der Gewalt.
»Meinst du, daß du mit mir ins Kino darfst?«
Bedächtig zog sie die Schultern hoch. »Bei uns zu Hause ist irgendeine Besprechung, ich kann im Moment nicht fragen. Wenn du angerufen hättest, heute nachmittag ...«
»Ich tu doch, was mir gerade in den Kopf kommt. Feste Verabredungen, pah, das Dümmste, was man machen kann. Komm, geh doch einfach mit. In ein paar Stunden bist du doch wieder zu Hause.« Er schnippte die Kippe vom Daumen ins Wasser. »Die vermissen dich doch nicht einmal.«
»Hast recht.« Das klang bitter.
Mit einem Ruck drehte er ihr sein Gesicht zu, blickte sie prüfend an. Was sah er? Ihre Augen ließen ihn los, gingen ins Leere.
»Komm mit, wir gehn fragen.«
Sie merkte, daß es gar keinen Zweck hatte, ihm zu widersprechen. Er würde ja sehen. Wenn er denn unbedingt mit dem Kopf durch die Wand wollte. Aber morgen würde es die ganze Insel wissen. Aus Rache würde Bob den anderen alles er-

zählen. »Josjes Alter, ein erstklassiges Ekel. Schreibt euch das hinter die Ohren, Boys, Jos ist zu gut für unsere niederen Gelüste!« Das war eine seiner stehenden Redewendungen.
Ganz plötzlich ergriff sie mit beiden Händen seinen Arm und wollte ihn zurückhalten, aber er schleppte sie ohne Pardon mit bis an das Tor. Der Posten stand da, starrte einfach geradeaus, als wären sie Luft. Da merkte Josje, daß Bobs große Klappe auch nur Angabe war, denn er dachte gar nicht daran, den Posten einfach anzufahren: »Wir wollen da rein, los, mach das Tor auf!«
Blitzschnell überlegte sie: Wenn Bob nicht ins Fort kam, würden die anderen Jungen nie erfahren, daß sie nicht mitgehen durfte ins Kino.
Ging Bob aber mit zu ihr nach Hause – und Bob war verrückt genug dafür! –, würde Vater denken, daß da irgend etwas wäre zwischen ihnen. Daß Mutter also gelogen hatte, von wegen Frank Lang und ihr. Durfte sie das tun, Bob einfach benutzen? Warum nicht, der konnte einiges vertragen. Der war ja auch nicht immer besonders zartfühlend mit seinen Freundinnen.
»Dürfen wir rein?« fragte Josje den Posten katzenfreundlich. Als das Tor hinter ihnen ins Schloß fiel, atmete Josje tief durch. Ganz wohl fühlte sie sich nicht in ihrer Haut. Bob legte seine Hand auf ihre Hand, die auf dem Fahrradsattel ruhte. »Hast du so 'n Schiß vor deinem Alten? Bist du verrückt? Solche Sachen ... muß man einfach machen. Paß mal auf!«
Er schmiß sein Fahrrad gegen einen der Verandapfeiler. Leise hatte Josje die Tür geöffnet. Sie stand schon auf der dritten

Stufe, als Bob im Dunkel hinter ihr auftauchte. Dicht über sich im Saal hörten sie schwere Stimmen. Josje drehte sich um. Bob stand da in gespannter Horchhaltung, zog langsam die Tür hinter sich zu, um den Ton der Brückensirene nicht hereindringen zu lassen.

Josje spitzte ebenfalls die Ohren; mit den Augen blieb sie bei Bob. Er hatte sie ganz und gar vergessen. Nein, doch nicht. Er zog sie runter auf seine Stufe, setzte sich neben sie. Aber sein Arm um ihre Hüfte blieb kraftlos.

»Diese Angelegenheiten gehen die Presse vorläufig nichts an«, hörten sie die Stimme des Kommandanten. Gemurmel der anderen. »Ein Kerl, der sich selbst verbrennt; ein Typ, der erst seine Freundin mit Vitriol bespritzt und sich dann selbst auf diese Art und Weise umbringt, das wirkt ansteckend, wenn es bekannt wird ...« Vaters Stimme wurde übertönt von Schritten auf dem hölzernen Fußboden. Wahrscheinlich ging da einer auf jemand anderen zu, vielleicht nur, um ihm Feuer zu geben. »Ja, und dann ist da immer noch das Problem Aruba.« Bob zog Josje dichter an sich heran und rieb genießerisch seinen Kopf an ihrem Arm. »Amtsgeheimnisse«, flüsterte er verschwörerisch.

Jungchen! dachte Josje. Bob, der Schwerenöter, der Schrecken aller Mütter, der Schock aller Väter, das unerschöpfliche Gesprächsthema aller Mädchen, Bob saß hier und genoß es, geistlosen Polizeialltag zu belauschen. Was war denn daran schon spannend? Wenn man sich selbst sogar traute, ganz heimlich zu einer Tambú zu gehen.

Er war mit seinen Gedanken so weit weg, daß sie es wagte,

sich mit geschlossenen Augen enger an ihn zu lehnen. Von ihr aus hätte es da oben mit den blöden Dienstgeschichtchen die ganze Nacht dauern können, wenn sie nur so sitzen bleiben könnte. Sie seufzte so laut vor entspannter Zufriedenheit, daß Bob ihr einen Finger warnend auf die Lippen legte. Ganz vorsichtig biß sie zu, er zog den Finger nicht zurück. Sie nuckelte daran wie früher am eigenen Daumen.

»... aus den Verhören der Nachbarn und der Mutter. Der Vater sitzt im Gefängnis. Er weigert sich, eine Aussage zu machen. Aber bis auf einige Details haben wir den Fall abgeschlossen. Fangen wir mit den Aussagen der Nachbarn an. Also: Vorige Woche zog, wie Sie vielleicht wissen, der Ausläufer eines Orkans über Aruba. Als der Sturm sich gelegt hatte, hörten die Leute ein unglaubliches Geschrei, das einfach nicht aufhören wollte. Im Dunkeln gingen sie los, wollten nachsehen, ob etwas passiert war. Aber sie fanden nichts. Doch das Geschrei hörte nicht auf. Sie wissen, die Häuser auf Aruba stehen alle ein ganzes Stück voneinander entfernt, und die Grundstücke sind alle mit einer Mauer umgeben. Nun, das Geschrei kam von einem dieser Grundstücke. Ein paar Männer kletterten über die Mauer, ein anderer schaute nach, ob die Bewohner zu Hause wären. Hinten auf dem Hof, in einem Schweinekoben, fanden sie ein ungefähr siebzehnjähriges Mädchen, zusammengekrümmt, in ihrem eigenen Kot, das wie wahnsinnig schrie.«

Vater schwieg. Hatte er das Mädchen gesehen? Dachte er in diesem Augenblick daran? Hatte er Mitleid? Josje schüttelte den Kopf. Mitleid mit einem Mädchen? Wie kam sie denn darauf?

»Das Bemerkenswerte ist, daß die Nachbarn gar nicht wußten, daß in dem Haus ein Mädchen war. Früher, ja, da hatten sie die Tochter der Leute gesehen. Aber eines Tages war sie verschwunden. Wird wohl zur Verwandtschaft auf eine andere Insel gezogen sein, dachten sie.«
»Früher? Wie lange ist das her?« fragte jemand.
»Das muß so ungefähr drei Jahre her sein ... Die Nachbarn erzählten, daß sie vom Hof gejagt wurden. Weil das Mädchen überhaupt nicht aufhörte zu schreien, haben sie die Polizei benachrichtigt. Die hat schließlich die ganze Geschichte von der Mutter erfahren. Die Mutter schien froh zu sein, endlich alles erzählen zu können. Als ihre Tochter vierzehn Jahre alt war, ist sie eines Tages mit einem Jungen aus der Nachbarschaft ein Stückchen spazierengegangen. Vielleicht eine halbe Stunde, vielleicht eine Stunde. Als sie nach Hause kam, hat ihr Vater ihr keine Vorwürfe gemacht. Aber er sperrte sie in den Schweinekoben hinten auf dem Hof, und er verbot seiner Frau, das Mädchen rauszulassen oder mit irgend jemandem darüber zu sprechen. Die Mutter durfte ihrer Tochter ein paarmal am Tag etwas zu essen bringen, andere Kontakte waren nicht erlaubt. Nach gewisser Zeit rührte das Mädchen das Essen kaum noch an. In ihrem eigenen Mist, total verdreckt, in dem Gestank und mit Insekten um sich stumpfte sie ab, bis sie praktisch nichts anderes als ein Tier war. Sprechen konnte sie nicht mehr, ihr Rücken wurde krumm, verwachsen.«
»Himmelherrgottsakrament!« fluchte jemand.
Josje konnte es nicht sehen, aber sie konnte sich vorstellen, was für Blicke ihr Vater dem Betreffenden zuwarf. Denn

wenn in seiner Gegenwart geflucht wurde, konnte er fuchsig werden.

»Der Arzt meint, sie hat durch den vorüberziehenden gewaltigen Orkan ihre Stimme wiederbekommen. Aus Angst. Oder aus animalischem Instinkt. Beim Herannahen eines Orkans kommen nämlich auch Tiere durcheinander. Näheres wissen wir noch nicht, aber hier im Krankenhaus wird man schon dahinterkommen. Wir haben sie ja heute mitgebracht.«

»Kann so ein Mädchen überhaupt wieder normal werden?« wurde gefragt.

Josje fühlte, wie Bobs Hand krampfhaft in ihre Hüfte griff. Es tat weh, aber sie reagierte nicht. Das Mädchen ... mein Gott! Und da dachte sie, sie hätte was mitgemacht!

»Wir wollen hoffen, daß dem Mädchen zu helfen ist. Aber das hängt ganz davon ab, ob überhaupt noch Kontakt zu ihr möglich ist, ob der Nervenarzt sie zu erreichen vermag, woran sie sich erinnern kann ...«

Bob stand so plötzlich auf, daß Josje erschrak. »Jossie, komm!« An der Hand zog er sie mit sich nach draußen. Er trocknete seine nasse Stirn ab, den Nacken. Er warf den Kopf in den Nacken und starrte in den Sternenhimmel. Josje tat es ihm gleich. Da oben sah es so sauber aus, so ... menschenleer.

»Jossie!« Bob schüttelte sie bei den Schultern. »Kriegst du öfter solche Scheißgeschichten zu hören?«

»Das sind keine Geschichten, das ist die Pest! Aber man ... man gewöhnt sich daran. Das ist ... na ja, weißt du, das gehört dazu, sagt mein Vater immer. So sind die Menschen.«

»Hast du nie Angst? Ich meine, du bist ein Mädchen.«

»Was hat das denn damit zu tun?« fuhr Josje ihn wütend an. »Angst haben hilft doch nicht. Wenn du mit einem Mädchen zusammen bist, fragst du dich dann womöglich auch, ob sie Angst hat, daß es rauskommt? Daß es Folgen haben könnte? Hat Tom danach gefragt, damals bei der Tambú, mit Ditty?«

»Woher weißt du das?« Sein Gesicht, dicht vor ihrem, bekam einen ärgerlichen Ausdruck.

Jetzt machte es ja doch nichts mehr aus. »Von Erna; hat sie mir erzählt, am Nachmittag bevor sie abgefahren ist. Ich war da, hab ihr auf Wiedersehen gesagt.«

Bob biß sich auf die Unterlippe. »Ja, die haben wir ganz schön hängenlassen.«

»Sie hat's nur mir erzählt, sonst niemandem. Kein Mensch weiß was.«

»Und Ditty, was die angeht, die hat sich doch so an Tom rangeschmissen.«

»Du bist wohl auch schon vor 'n Schrank gelaufen, was?! Das ist doch wohl kein Grund, ihr ein Kind zu machen!«

Sie sah, daß Bob erschrak. »Weißt du das genau?«

»Du hast sie doch selbst damit aufgezogen, neulich in der Piscaderabai.«

»Das war doch Flachs.«

»Schöner Flachs! Meine Mutter sagte heute nachmittag irgendwas davon, daß sie auf ein Internat geschickt worden sein soll, in Amerika. So eins mit Säuglingsstation.«

»Na, dann gute Nacht, Tom.«

»Tom? Du mittelalterlicher Trottel! Warum Tom? Du meinst doch wohl Ditty. Oder willst du die ganze Schuld Ditty in die

Schuhe schieben? Typisch Mann!« Ihre heisere, tiefe Stimme überschlug sich beinahe vor Wut.
Bob zuckte mit den Schultern, ging zu seinem Fahrrad und sprang in den Sattel. Mit einem Bein am Boden blieb er einen Moment neben ihr stehen. »Wenn's drauf ankommt, sind wir die allergrößten Feiglinge«, sagte er. Es war nicht herauszuhören, daß er sich um Veränderungen bemühen würde.
»Diesmal bin ich zu höflich, dir zu widersprechen!« Mit diesen Worten drehte sich Josje um und ging ins Haus. Erst auf der Treppe erinnerte sie sich an das, was Erna ihr erzählt hatte: daß Bob der einzige gewesen war, der versucht hatte, Tom von Ditty herunterzuziehen. Aber jemand hatte ein Messer gezogen und Bob zurückgehalten.
Das war gemein gewesen, was sie ihm an den Kopf geworfen hatte. Er hatte Ditty doch helfen wollen.
Sie rannte die Treppe hinunter, aber draußen hörte sie nur noch das schwere Tor zufallen.
Bob war weg. Er würde wohl nie wiederkommen, sie nicht mehr ansehen, nach all dem, was sie ihm vorgeworfen hatte.

Durch die hintere Tür wollte sie nicht ins Haus, denn dann müßte sie über den Wallgang. Als sie in der Vorveranda auftauchte, stockte das Gespräch für einen Moment. Sie nickte den Leuten zu und ging weiter.
Oben zog sie sich im Dunkeln aus, denn sie wollte Jeannet und Olfy nicht unnötig wach machen.
Sie kroch unter ihr Moskitonetz, dessen Enden schon unter die Matratze gestopft waren. Sie fühlte die frische Bettwäsche.

Prima, frische Bettwäsche, frische Laken, das mochte sie. Und einen frischen Kopfkissenbezug. Aber noch bevor ihr Kopf das Kopfkissen berührt hatte, richtete sie sich ruckartig auf. Sie fühlte in den Kissenbezug. Nichts! Das Bild war weg! Das Bild von dem verbrannten Mann. Hatte Aura das auch gefunden? Oder war's mitgegangen in die Wäscherei? Na, die würden sich was denken!

Aber egal, weg ist weg.

Stilliegen und daran denken, wie der Abend begonnen hatte. Als Bob kam. Nicht dran denken an ... die scheußliche Geschichte von dem Mädchen ... keine Geschichte, sondern ... mit den Worten, Stimmen, Geräuschen des Tages schwamm Josje weg. Schreien! Schreien ...

Mit einem Ruck schoß sie hoch. Hatte sie geträumt? Nein, Olfy machte den Lärm.

Sie ging zum Kinderbettchen und nahm ihr kleines Schwesterchen heraus. Olfy war klatschnaß geschwitzt und hatte sich obendrein das Höschen naß gemacht.

»Sei nur still, ssst!« Beruhigend wiegte sie Olfy in ihren Armen. Für einen Moment war es still. Und in der Stille hörte Josje über sich Schreien, Kreischen, Schurren, einen Anlauf ... und dann Rutschen, als würde jemand aus der Kurve gleiten.

Sie drückte Olfy an sich. Aus dem Schluchzen wurde Heulen, mit hohen, durchdringenden Schreien. Die kleinen Arme fuchtelten unbeherrscht im Dunkeln herum.

Josje flüchtete mit Olfy auf dem Arm aus dem Schlafzimmer, die Treppe hinunter.

»Gehen wir was trinken? Schönes kaltes Wasser? Hast du geträumt?«

Im Korridor stieß sie beinahe mit ihrem Vater zusammen.

»Was ist denn los?«

»Ich weiß nicht, sie wird sich erschrocken haben.«

»Erschrocken? Wovor? Unsinn!«

Josje wurde wild. Immer war alles Unsinn.

»Oben geht's wieder mal rund.« Mit einer Kopfbewegung wies sie zur Decke.

»Rundgehen? Was heißt das?«

Josje hatte die Flasche mit kaltem Wasser genommen und ging, Olfy immer noch auf dem Arm tragend, in die Küche. Sie schenkte ein Glas halbvoll und ließ ihr Schwesterchen trinken. Sollte sie's sagen? Endlich einmal sagen? Aber was half das? »Ich kann dabei ja auch nicht einschlafen. Auf dem Dachboden ist irgend etwas los.«

»Das ist doch Einbildung, ich hab nie was gehört.«

Es wäre ja auch ein Wunder, wenn ihr mal was hören würdet! Ihr hört doch nur, was euch in den Kram paßt, dachte Josje. Warum traute sie sich nie, so etwas laut zu sagen. »Solche Sachen ... muß man einfach machen«, hatte Bob ihr geraten. Der hatte gut reden. Sein Vater war genauso eine Großschnauze wie er.

»Na?« fragte Vater.

War das nicht rührend? Sie durfte sagen, was sie auf dem Herzen hatte! Gesegnet unter allen Frauen seiest *du*!

Olfy hatte sich freigewurstelt und lief auf bloßen Füßen in die Wohnung.

»Ich hab's Mutter schon ein paarmal erzählt. Du müßtest dir das selbst mal anhören. Ich weiß nicht, was es ist, aber …« Ihre Augen wichen ihm aus. Er würde nur verächtlich den Mund verziehen, wenn er ihre Angst sehen könnte.
Überrascht sah sie, daß er zur Treppe ging, nach oben lief. Wie ein Wiesel schoß sie hinter ihm her, an ihm vorbei, machte Licht an und blieb unter der Luke stehen. Jeannet schlief ruhig weiter. »Hörst du!« Da war es wieder. Selbst wenn das Licht an war und Vater dicht neben ihr, verkrampfte sie sich vor Angst.
Er murmelte irgend etwas, lief zurück zum Treppenabsatz und rief: »Drost, komm doch mal eben nach oben!«
Mit Drost kam auch Mutter mit und Olfy, und ein paar Männer kamen mit nach oben. Mit gestrecktem Kopf lauschten sie.
»Ratten«, sagte Drost entschieden.
»Sonst noch was?« sagte Mutter süffisant. »Heute abend ist's ja wieder mal besonders schlimm, nicht?«
»So ist es meistens.« Josje war erleichtert, daß sie nicht als die Blamierte dastand.
»Los, geht mal nachsehen!« befahl Vater kurz entschlossen.
Die Männer sahen einander an – nicht besonders glücklich. Während sie nach unten eilten, zog Josje sich schnell an. Das wollte sie sehen. Was würden sie tun? Was würden sie entdekken? Mutter, die Olfy wusch, frisches Bettzeug für ihre Kleinste holte, achtete Gott sei Dank nicht auf sie. Durch das Ankleidezimmer schlich sie nach unten.
»Sie holen die Schlüssel«, erzählte Vater, der offensichtlich gar nicht bemerkte, daß sie sich wieder angezogen hatte. »Auf den

Boden kommt man ja nur durch die Tür dahinten beim Wassertank, gegenüber der Kirche.« Als Vater die kleine Treppe zum Wallgang raufging, kam gerade der Posten vorbei. Vater sprach kurz mit ihm, wahrscheinlich erklärte er ihm, was hier los war.

Die anderen Polizisten folgten ihnen.

Josje suchte sich einen Platz oben auf der hölzernen Treppe gegenüber der Tür zum Dachboden. Hier fiel sie nicht weiter auf und stand niemandem im Wege. Sie spähte in die Tiefe. Das gäbe einen schönen Bums, wenn sie hier runterfiele.

Lang ausgestreckt auf dem Boden liegend, den Kopf in die Hand gestützt, schaute sie den Wallgang entlang. Da kam Drost an, und jemand war bei ihm. Sie versuchte sich so klein wie möglich zu machen. Frank Lang! Der hatte wohl einen ewigen Wachdienst!

Als die beiden die Gruppe beim Dachbodeneingang sahen, blieben sie stehen.

»Ich würde mich vorläufig ruhig verhalten«, sagte Drost leise. »Diese Anzeige habe ich gerade noch rechtzeitig in die Hände bekommen. Aber eine nächste?«

»Weiß irgend jemand irgend etwas?« fragte Frank Lang bohrend.

»Es besteht die gute Chance, daß der Kommandant es vergißt. Der hat im Moment was anderes im Kopf. Der kennt wahrscheinlich noch nicht mal den Mann, der die Anzeige erstattet hat. Der denkt höchstens, daß die Voruntersuchung recht lange dauert.«

»Was hast du mit dem Brief gemacht?«

»Vernichtet! Aber sieh dich vor in den nächsten Wochen. Wir haben den Kerl schon eine ganze Weile auf dem Kieker. Das ist so einer mit roten Ideen und weg mit den Makambas. Erst dachte ich noch« – Drost schwieg, vergewisserte sich wohl, daß er keine Zuhörer hatte –, »ich dachte, daß die Anzeige fingiert war. Ein Vorwand, mal so richtig Rabatz zu machen. Aber anscheinend ...?«

Josje hörte, daß die letzten Worte als Frage gemeint waren. Frank Lang gab keine Antwort. Drost ging weiter zu den anderen.

Josje blickte auf Frank Lang. Er würde straffrei ausgehen. Ihr Vater würde nie die Wahrheit erfahren.

Später dachte sie: Das war das einzige, was ich in dem Moment tun konnte.

Sie stand auf, behielt ihn im Auge. Er hob erschrocken den Kopf, als sie langsam und mit viel Getöse die hölzerne Treppe runterlief.

»Hast du da oben gesessen?« fragte er mit unsicherer Stimme. Sie genoß seine Verwirrung. Er wußte, daß sie alles gehört hatte. Jeden Tag würde er Angst haben, daß sie alles ihrem Vater erzählen könnte. In Zukunft würde er ihr von der Pelle bleiben.

»Josje!«

Er kam hinter ihr her, aber sie mischte sich unter die Gruppe bei der Tür zum Dachboden. Jemand fuhrwerkte mit dem Schlüssel im Schloß herum. Als der Schlüssel sich endlich drehen ließ, brach er ab. Aber das Schloß war auf. Jetzt brauchte nur noch der hölzerne Außenriegel zurückgeschoben zu werden.

Einer der Männer hielt eine starke Lampe in die Türöffnung. Es erklang ein Geräusch wie von kreischenden Babys, Pfoten auf Holz, Gefauche. Dunkle Leiber flohen vor dem Licht. Nur eine große Katze blieb stehen, krümmte den Buckel, fauchte, und dann sprang sie dicht an ihnen vorbei nach draußen.

Einer nach dem anderen gingen die Männer durch die Türöffnung, betraten den Dachboden. Josje sah, daß sie die Pistolen zogen. Vater blieb zurück mit Drost und Frank Lang. Er tat so, als sei Frank Lang gar nicht da.

»Bei der Marineinfanterie hat man sicher Angst, sich schmutzig zu machen«, stichelte Josje.

Ihren Vater berührte das nicht, jedenfalls ließ er sich nichts anmerken. Aber Frank Lang baute sich plötzlich geschäftig in der Türöffnung auf. Es war nichts zu sehen, nichts zu hören. Es wäre vielleicht besser, nach Hause zu gehen und zu lauschen, ob sie die Männer über ihrem Schlafzimmer würde hören können.

Josje lief den Wallgang entlang.

Im Schlafzimmer standen Mutter und Jeannet und starrten hoch zur Luke in der Decke. Olfy tanzte vor Aufregung in ihrem Bettchen und schlug mit den Händen einen Trommelwirbel auf die hölzerne Seitenwand.

»Kommen die denn jetzt durch die Luke?« fragte Jeannet ängstlich.

Josje erzählte, was sie gesehen hatte, als die Dachbodentür geöffnet worden war.

Still! Schritte da oben, Gerenne, da wurde geschossen!
Vor Aufregung kniff Josje ihrer Schwester Jeannet in den Arm.
»Jos, warum schießen sie?« Jeannet drängte sich ganz dicht an ihre ältere Schwester.
»Menschenskind, geh doch gucken, wenn du's wissen willst!« Aber sie selbst war im Moment auch nicht gerade die allerruhigste. Was würden sie da oben auf dem Dachboden entdekken?

Als sie endlich die Männer über den Innenhof ins Haus kommen hörten, drängelten sie sich an die Treppe. Zögernd blieben die Männer stehen. Und sie, oben auf der Treppe, wagten es nicht, die Männer zu fragen. So standen sie sich gegenüber: vier abwartende Frauen und eine Gruppe leichenblasser Männer. Selbst die einheimischen Polizisten waren grau statt braun. Es war nicht ihre verdreckte Kleidung, nicht das Blut am Schuh, nicht die aufgerissene Hand, von der das Blut tropfte, es waren ihre Augen, die den Frauen die Fragen auf den Lippen gefrieren ließen. Sie hatten etwas gesehen! Aber was hatten sie gesehen?
»Männer, erst ein Bierchen!« Vater gab Mutter einen Wink. Trinken im Dienst? Dann mußte wirklich einiges los gewesen sein!
»Nächste Woche werden wir oben Gift streuen.« Mehr sagte Vater nicht.
»Und ihr – ab ins Bett!« Das hörte sich an, als wäre überhaupt nichts passiert, so wie immer.

»Was war denn los da oben? Hab ich mir das denn nun eingebildet oder nicht?« fragte Josje mit leichtem Triumph.
»Katzen«, sagte ein einheimischer Polizist mit Ekel in der Stimme. »Wilde Biester …«
»… und Ratten. So groß wie …« Der holländische Polizist schüttelte sich am ganzen Körper, als wolle er etwas loswerden. »So groß wie … Man wußte nicht, welches die Katzen und welches die Ratten waren. Sie kämpften gegeneinander, und die Katzen zogen den kürzeren. Ich will tot umfallen, wenn das nicht stimmt.«
»Damit kannst du aber noch ein Weilchen warten«, meinte Vater freundlich. »Das fehlt mir nämlich gerade noch: ein freier Tag für 'ne Beerdigung.«
Die Männer schmunzelten, und das brach die Spannung.
»Ich vermute«, meinte ein Wachtmeister, »daß die Viecher sich gegenseitig bis genau über das Schlafzimmer der Mädchen verfolgt haben. Denn da ist ja auch so ungefähr das Ende des Dachbodens. Da bremsen sie ab, drehen um und rennen zurück.«
Josje nickte nachdenklich. »Ja, so hört sich das auch immer an: Schreien, Kreischen, Schurren, ein Anlauf … und dann Rutschen, als würde jemand aus der Kurve getragen.«
Die Männer sahen sie schweigend an. »Immer«, das Wort blieb in der Luft hängen. Wie lange hatten die Mädchen das schon mitangehört? Wenn sie allein im Bett lagen, im Dunkeln.
»Ich hätte kein Auge zumachen können mit dem Theater über meinem Kopf«, sagte einer der Polizisten ehrlich.
Josje hätte ihn für diese Worte küssen mögen.

11

Das Bild blieb. Im schummerigen Schlafzimmer, aufrecht in ihrem Bett sitzend, rieb sich Josje die Augen.

Das Bild blieb.

Ganz fest schloß sie die Augen, schüttelte den Kopf, öffnete die Augen wieder.

Das Bild blieb: Die Steine unter ihr wurden zu Wasser, und sie schwamm darin fort.

Nach langer, langer Zeit war der alte Traum zurückgekommen:

Sie stand irgendwo, sehr hoch. Plötzlich fiel sie, aber sie konnte sich noch abstoßen, warf sich herum in der Luft, wie im Schwimmbad, wenn sie vom Turm sprang, schoß mit dem Kopf zuerst nach unten, mit offenen Augen, die Steine unter ihr wurden größer und größer, jetzt geschah es, das wußte sie ganz bestimmt, die Steine wurden zur wogenden Masse, zuerst aus Leinen, dann aus Wasser, ihr Kopf durchstieß die Wellen, sie tauchte tief und schwamm dann fort.

Das Gefühl der Ungebundenheit, der unermeßlichen Freiheit hielt sie gefangen. Sie sah die vagen Konturen des Zimmers und der Gegenstände, aber es schien ihr, daß das alles zu einer anderen Welt gehörte.

Der Traum, den sie beinahe vergessen hatte, war zurückgekommen: Man muß sich nur ganz fest einbilden, daß es möglich ist – daß Steine zu Wasser werden –, dann wird es geschehen.

Es war der gleiche Traum, den sie vor Jahren gehabt hatte – einmal hatte sie ihn am Frühstückstisch erzählt.
»Wenn du noch mal auf den Dächern gesehen wirst – dann kannst du was erleben!« Das war alles gewesen, was Vater dazu gesagt hatte.
Und doch, irgendwie schien es nicht ganz der alte Traum zu sein. Sie rief ihn sich ins Gedächtnis zurück, spulte ihn von rückwärts auf, dann wieder von vorn, vom Anfang bis zum Ende ... sie schwamm fort ... das war's. Sie schwamm fort und kam nie wieder zurück!
Das Kinn auf die Knie gestützt, sah sie sich im frühen Morgendämmern in ihrem Schlafzimmer um. Diese Umgebung würde sie nie wieder sehen ... War das denn so schlimm? Wo blieb sie, wenn die Steine zu Wasser geworden waren und sie darin fortgeschwommen war? Warum hörte der Traum immer an der Stelle auf? Warum war der Traum noch nie weitergegangen?
»Leg dich schlafen«, befahl sie sich selbst. »Versuch's doch noch mal. Du beginnst damit, daß du fällst.«
Aber als sie wieder lag, lang ausgestreckt auf dem Rücken, wollte ihr das nicht gelingen. Sie war schon zu wach. Oder klappte es nicht, weil sie nie mehr auf den Dächern herumkletterte?
Wach blieb sie im Bett liegen, bis sie die ersten Geräusche hörte: Dechi beim Wasserpumpen. Dechi würde Augen machen, wenn er die Geschichte von den Katzen und den Ratten auf dem Dachboden hörte, Ratten so groß wie Katzen, Ratten, die mit den Katzen auf Leben und Tod kämpften.

Still blieb sie liegen und lauschte. Jetzt würde Aura aus ihrer Umkleidekammer kommen, Wasser aufsetzen für den Tee, den Tisch decken.

Im anderen Schlafzimmer hörte sie Schritte. Türen wurden geöffnet. »Aufstehen!« Mutter wartete nicht einmal ab, ob sie's auch taten, sondern ging weiter ihrer eigenen Beschäftigung nach.

Unten blieb alles still.

Vater war sofort von einer abscheulichen Aufgewecktheit und begann furchtbar falsch zu pfeifen: »Soldat, steh auf, steh auf, zum Wecken wird geblasen, schmeiß deine Beine aus dem Bett!«

Warum immer dasselbe? Nie etwas anderes! Jeden Tag dasselbe. Wenn sie später verheiratet sein würde, und ihr Mann ...

Ruhig kam Josje unter ihrem Moskitonetz hervor. Später, der eigene Mann ... das waren alles Dinge, die man sich jetzt überhaupt nicht vorstellen konnte. Egal, wie sehr einen das in der Phantasie beschäftigte.

»Jossie?« Olfy stand aufrecht in ihrem Bettchen, hatte das Laken um die Schultern gelegt und das Kissen auf dem Kopf. »Ich bin Gott!«

»Ja, mein Schatz, mir soll's recht sein«, antwortete Josje zerstreut.

»Ja, dann müßt ihr aber auch tun, was ich sage. Ich bin Gott!« Mit ihrer göttlichen Tracht versuchte Olfy, über das Seitenteil ihres Bettchens zu klettern. Mit einem harten Plumps fiel sie raus. Josje sah sich kurz um.

»Gott heult nicht«, murmelte Olfy, drapierte das Laken wie-

der um ihre Schultern und legte sich wieder das Kissen auf den Kopf. Auf Zehenspitzen lief sie zu Jeannets Bett, rumorte in der Schublade des Nachtschrankes und öffnete dann ganz vorsichtig das Moskitonetz. Josje, in den Händen die frische Unterwäsche für den Tag, wollte wie gewöhnlich ihr kleines Schwesterchen mit ins Badezimmer ziehen. In diesem Moment sah sie zum ersten Mal an diesem Morgen etwas, nahm es bewußt wahr: Olfy hatte die große Schere in der Hand, war damit dicht an den Zuckerwasserringellöckchen ihrer Schwester Jeannet. In dem Moment fiel Olfy das Kissen vom Kopf. Jeannet schrak auf und schrie.
»Still!« befahl Olfy streng. »Ich bin Gott, und ich schneide dir das Haar ab.«
Jeannet merkte, daß Olfy das tatsächlich vorhatte. Mit kräftigem Stoß schubste sie ihre Schwester zurück. Olfy schwankte. Gerade noch rechtzeitig konnte Josje die Schere ergreifen.
»Bist du bescheuert?« schrie sie Jeannet an. »Das Kind kann hinfallen mit der Schere, und dann …«
Heulend antwortete Jeannet: »Ja, aber sie wollte meine Haare abschneiden!«, und blickte dabei ängstlich auf die Schere, die auf dem Nachtschrank lag.
»Das Kind spielt doch nur«, sagte Josje zurechtweisend. »Los, Gott, unter die Dusche!« Sie versuchte Olfy zu erwischen. »Gleich kommen die Engel und die Heiligen, die wollen dich anbeten. Und glaubst du, die hätten Lust dazu, deine schmutzigen Füße und klebrigen Hände zu küssen?«
Olfy war schneller als ihre große Schwester. Sie griff sich die

Schere vom Nachttisch und rannte im Höschen auf den Korridor, die Treppe hinunter.

»Ruhig bleiben!« Das war alles, was Josje im Moment tun konnte. Aura würde Olfy unten abfangen.

Als sie geduscht und sich angezogen hatte und nach unten kam, sah sie auf den ersten Blick: von Aura keine Spur! Kein Tisch gedeckt, kein brodelndes Teewasser in der Küche, kein Rasierwasser für Vater. Schnell ließ sie einen Kessel vollaufen und stellte ihn auf die elektrische Kochplatte. Wo war Aura? Zu Hause geblieben, wie Paulina? Wegen des Briefes, den Ray Vater gegeben hatte? Hatte sie Angst vor einem Verhör? Aber der Brief existierte doch gar nicht mehr.

»Und wo«, sagte Josje wütend – und erst jetzt, in diesem Zusammenhang drang es zu ihr durch, was für eine Gemeinheit es von Drost gewesen war, den Brief zu unterschlagen –, »wo sitzt der Ausreißer?«

»Olfy?« Während sie eilig den Tisch deckte, rief sie mehrmals ihre kleine Schwester. »Olfy? Komm nur raus, ich hab dich schon lange gesehen!«

Nichts.

Keine Olfy. Sie versuchte es andersrum: »Gott, ich kann dich nicht sehen, aber du sitzt unter dem Schreibtisch von Gott Vater. Würdest du dich bitte auf deinen Thron setzen?« Sie stellte Olfys hohen Stuhl an den Tisch.

Aber Olfy kam nicht.

Plötzlich hatte sie das Gefühl, daß etwas passiert war. Es hing schon den ganzen Morgen in der Luft. Gestern eigentlich auch schon. Gestern ... Moment, Olfy hatte alles gesehen und gehört von den Männern, die auf dem Dachboden gewesen waren. Sie wird doch nicht zur Dachbodentür beim Wassertank gelaufen sein? Die konnte nicht mehr abgeschlossen werden, der Schlüssel war ja abgebrochen. Da war nur der hölzerne Riegel vor. Nein, den wegzuschieben, das schaffte die kleine Olfy nie und nimmer.

Trotzdem rannte Josje nach draußen, über den Wallgang, blindlings an Dechi vorbei. Olfy auf dem Dachboden ... sie würde zerrissen werden von den Bestien.

Da stand sie: auf einem Stein, auf Zehenspitzen, mit der Schere wollte sie den Riegel wegschieben. Sie reichte nicht ran, gottlob!

Ruhig! dachte Josje. Ich muß ruhig bleiben. Kleine Kinder dürfen sich nicht erschrecken. Das ist gefährlich. Leise ging sie zu Olfy, hielt eine Hand hinter ihren Rücken, damit sie nicht fallen konnte, und dann nahm sie ihr die Schere aus der Hand. Olfy schrie wütend, aber Josje hob sie ohne Pardon hoch und klemmte sie sich unter den Arm. »Du hast nichts an den Füßen, du willst wohl irgendwo reintreten, was?«

Olfy beruhigte sich erst, als sie Dechi sah. Wild grabschte sie nach ihm.

Josje setzte sie ab.

»Sie versuchte, die Bodentür aufzumachen.« Josje sah das Erschrecken in Dechis Augen, der zögernd seine Hand auf Olfys Locken legte, als wollte er sie beschirmen, und neben ihr in die Hocke ging. Natürlich wußte Dechi schon, daß gestern abend die Polizei auf dem Dachboden gewesen war. Schließlich kam er regelmäßig ins Revier, zum Saubermachen.

»Da darfst du nicht hingehen«, sagte Dechi streng zu Olfy. Aber die fuhr – als hätte sie nichts gehört – mit einem Finger einen Streifen in Dechis Gefängniskluft lang.
»Ich will auch so ’n Kleid wie Dechi«, sagte Olfy mit der Entschiedenheit in der Stimme, mit der sie Aura, Paulina und den Hausknecht in schöner Regelmäßigkeit weich kriegte. »Auch so ’n Kleid.«
Dann wirst du wohl erst jemanden ermorden müssen, dachte Josje. O verdammt, nee, so hatte sie das natürlich nicht gemeint, schon wegen Dechi ...
»Du darfst nicht wieder zu der Tür hingehen!« Dechi ließ nicht locker. »Bei der Tür ...«, seine Stimme wurde unsicher.
»Hinter der Tür, weißt du, da kämpfen Katzen und Ratten«, sagte Josje. »Und wenn sie dich sehen, werden sie dich angreifen.«
Josje hatte ruhig und nüchtern bleiben wollen, sah das, wovon sie sprach, dann aber plötzlich vor sich: Wer dazwischen geriet, der kam wahrscheinlich nicht mehr lebend raus.
»Ich bin Gott«, sagte Olfy selbstsicher. Dechi sah fragend zu Josje auf. Sie konnte ihm nicht so schnell erklären, daß es nur ein Spiel war.
»Und ich werde deine Haare abschneiden!« Olfy riß der überraschten Josje die Schere aus der Hand, stieß Dechi den Strohhut vom Kopf und setzte die Schere an dessen kräftiges Kraushaar.
Bewegungslos blieb Dechi sitzen, zwinkerte Josje zu.
Laß sie nur, dachte Josje, sonst hört das den ganzen Tag nicht auf, die Quengelei, Gott und sein Haarschneidefimmel.

Als Olfy dann dastand und andächtig das abgeschnittene schwarze Haar in ihrer Hand betrachtete, reagierte Dechi ganz anders, als sie erwartet hatte.
»Darf Dechi ein Löckchen von Olfy haben?« Das war kein Scherz, das hörte sich so dringlich an, daß man nicht nein sagen konnte. Dechi sah Josje an. Sie nickte.
Mit vorsichtiger, ehrfürchtiger Hand schnitt Dechi eine winzige rotblonde Lockenspitze aus Olfys Nackenhaar. Dann verbarg er es im Ärmelaufschlag seines Arbeitskittels.
Mit der steifen schwarzen Locke aus Dechis Kraushaar fest in der Hand rannte Olfy den Wallgang entlang, über den Innenhof. »Mama! Mama!«
»O nein, nur das nicht!« Josje lief hinterher. Mutter brauchte von allem nichts zu wissen. Vater auch nicht. Sie konnte sich genau vorstellen, was passieren würde.
Aber sie kam zu spät. Sie war gerade mitten auf der Treppe, da sah sie, daß Olfy von Mutter eins auf die Finger bekam.
»Pah, das ist fies! Schmeiß das weg!« Und als Olfy anfing zu kreischen, bekam sie auch noch eines hintendrauf und wurde unsanft ins Badezimmer befördert. Josje bückte sich und hob Dechis Locke auf. Sie hielt sie auf der offenen Hand und betrachtete sie mit dem gleichen Blick, mit dem Olfy sie angesehen hatte.
Dann ging sie ins Schlafzimmer und versteckte die Locke in einem besonderen Kästchen, in dem sie all ihre kleinen Schätze verbarg.
Wegwerfen? Nein!

12

Aura kam nicht.
Auch keine Nachricht von ihr.
Dechi mußte dem Hausknecht helfen. Und sie und Jeannet mußten auch ran.
Es war ein seltsamer Tag.
Würde Aura wohl heute abend zum Singen in die Fortkirche kommen?
Josje würde draußen vor dem Konsistorialzimmer warten.
Aura mußte wissen, daß der Brief vernichtet worden war.
Vielleicht kam sie dann wieder zu ihnen zurück.
Aura mußte zurückkommen. Aura war die einzige, die das von ihr und Frank Lang wußte. Die einzige, mit der sie darüber sprechen konnte. Für Aura war's ja noch viel schlimmer.
Die würde ein Kind von ihm bekommen.
Wenn Aura wieder da war, konnten sie vielleicht einen Plan gegen Frank Lang machen, sich etwas überlegen.
Das würde sie tun: heute abend auf Aura warten.

Umringt von einigen Freundinnen, ging Aura über den dunklen Fortplatz zur Kirchentreppe. Auf Josjes Gruß hatte sie kaum reagiert. Josje lief an der Gruppe vorbei, drehte sich um, lief ein Stückchen rückwärts vor ihnen her und suchte Auras Gesicht. Die Mädchen bildeten eine geschlossene Reihe, es war, als wollten sie Josje mit dem Rücken an die Kirchenmauer drängen. Als die Gruppe die Kirchentreppe erreicht hatte, stand Josje vor der Kirchentreppe, beide Arme zu den Seitenbalustraden ausgestreckt. Zögernd blieben die Mädchen stehen, tauchten dann eine nach der anderen unter Josjes Armen durch. Nur Aura, die in ihrer Mitte gegangen war, blieb übrig. Josje ließ ihre Arme sinken. Sie konnte doch keinen Menschen zwingen. Aura würde selbst entscheiden müssen. Sie konnte ja weitergehen, aber jetzt wußte sie wenigstens, daß sie – Jozina Walther – alles versucht hatte, mit ihr zu sprechen.

»Kommst du nicht mehr zurück?« fragte Josje, als Aura stehenblieb und nichts sagte.

Aura warf einen kurzen Blick über Josjes Schulter auf ihre alte Arbeitsstätte.

»Sag doch endlich was!« fuhr Josje sie erregt an. »Steh nicht so da und ... und ...«

»Ich muß in die Kirche zum Singen.« Das war alles, was Aura hervorbringen konnte.

»Singen? Weißt du, was du tun müßtest? Fluchen! Pah, singen, jawohl, und deinen Feinden vergeben! ›Herr, vergib ihnen, denn sie wissen nicht, was sie tun!‹ Und beten, vor allem beten, vergiß das nicht!« Josje ergriff Auras Arm. »Wer wird die Geburt bezahlen? Und wer wird später für das Kind arbeiten? Oder denkst du, daß du ein Baby kriegst, das Geld kackt? Nur weil du so brav gebetet hast?«

Aura begann zu kichern, Josjes Wut schwand, aber sie wollte nicht lachen, sie meinte wirklich, was sie eben gesagt hatte. Aber es gelang ihr nicht, das Lachen zu unterdrücken. Sie fiel in Auras Gekichere ein.

»Es geht doch nicht ums Geld«, sagte Aura endlich. »Es ist ... ach, das begreifst du ja doch nicht.«
Josje war so verblüfft, daß sie Aura einfach weitergehen ließ. »Das begreife ich nicht« – und das sagte Aura, die nur vier Jahre älter war. Was würde sie nie begreifen?
Sie rannte die Treppe rauf, holte Aura gerade noch vor der offenstehenden Kirchentür ein, hielt sie zurück.
»Nach dem Singen warte ich hinten beim Konsistorialzimmer. Ich muß dir was erzählen, über den Brief.«
Aura hatte angebissen, das merkte sie. »Ich hab was darüber gehört, das mußt du wissen.«
Aura nickte. Josje ging die Treppe wieder runter. Warum hab ich denn nur von Geld angefangen, schalt sie sich. Das ist genau das, was die bei der Polizei auch immer sagen: Daß die Mädchen oder deren Eltern nur deswegen Anzeige machen, weil sie scharf auf Geld sind.
Laut begann sie nach den Klängen der Orgel zu johlen:

»Aura kommt, Dank, Herr, doch bang mir ist,
daß sie wohl ein bißchen schwanger ist!«

Sie schwieg abrupt, als die Wache auf ihrer Runde zu dicht in ihre Nähe kam. Verdammt kindisch, wie sie sich verhielt. Das hatten sie früher getan, Jeannet und sie, abends bei der Kirche stehen und nach den Orgelklängen selbstgemachte blöde Texte singen. Manchmal war jemand ärgerlich rausgekommen und hatte sie verscheucht.
Von zu Hause holte sie eine Taschenlampe. Vater und Mutter waren nicht da, waren Gott-weiß-wo. Das paßte ihr ganz gut. So hatte sie Zeit. Frank Lang konnte tausendmal Wachdienst

haben; wenn sie ihn sah, konnte sie immer noch ins Konsistorialzimmer huschen. Und die Lampe, das war wichtig, die hatte sie ja bei sich.

Die ganze Zeit, die sie auf der Fortmauer stand, auf die Stadt blickte, den Hafen, die kurzen Gespräche der Wachposten an sich vorüberwehen ließ, hatte sie nur einen Gedanken im Kopf: Was können wir tun, Aura und ich?

Nichts, nichts, nichts, nichts, nichts!

Aber nein, so schnell gab sie nicht auf.

Mit leeren Augen hatte sie schon eine ganze Weile auf einen bestimmten Punkt am anderen Ufer der Bucht gestarrt und dabei so ein bißchen im Hinterkopf gedacht: »Siehste, das kommt davon, daß du jahrelang keine Sonnenbrille getragen hast. Da wird alles rot vor deinen Augen. Und dann ist es zu spät.« Aber als unten im Polizeirevier plötzlich Tumult entstand und sie Rufe hörte: »Feuer! Feuer in …!«, wußte sie, daß mit ihren Augen noch alles in Ordnung war. Aber nicht am anderen Ufer.

Sie wartete auf die Sirene des großen Spritzenwagens.

Von der Punda liefen schon die ersten Leute über die Brücke nach Otrobanda.

Aus der roten Glut über dem Hügel stiegen schwarze Wolken auf. Mutter würde Vater hinfahren müssen; das mußte sie immer tun, wenn nach Dienstschluß irgendwo Feuer ausbrach. Sie fuhr besser, sagte er selbst. Und das hätte eigentlich auch mal in der Zeitung stehen dürfen.

Fasziniert starrte Josje auf die rote Glut über dem Hügel. Die

Musikfetzen aus der Punda waren nicht, wie an anderen Abenden, fröhlich und einladend, als wollten sie rufen: »Steh auf aus deinem Bett und mach mit!« Nein, heute war es andere Musik: wie aufpeitschende Klänge zu einem angsteinjagenden Film.

So sehr Josje auch vom Feuer gefesselt wurde, unbewußt ging ihr doch durch den Kopf: Ich vergesse etwas. Da war doch ... Erst als sie den Posten auf die Uhr schauen sah, fiel ihr wieder ein: Aura! Aura würde auf sie warten.

Zu laufen wagte sie nicht im dunklen Wallgang. Sie könnte straucheln. Heute war nämlich wieder so ein Abend, an dem Unerwartetes passieren und alles schiefgehen konnte.

Als sie beim Konsistorialzimmer ankam, hörte sie, daß in der Kirche noch gesungen wurde. Sie setzte sich auf die Treppe, knipste die Taschenlampe an, leuchtete auf den Erdboden, leuchtete hoch zur Tür des Dachbodens.

In der Kirche verstummte das Singen, die Orgel spielte den Schlußakkord.

Den Lichtkegel vor sich, lief Josje zur Dachbodentür, richtete die Lampe auf den Riegel. Der abgebrochene Schlüssel steckte noch im Schloß.

Ein Stoß gegen die Tür, sie gab nach.

Was sie in dem Augenblick trieb, wußte sie nicht, aber sie mußte den Riegel wegschieben. Sie stand da, stützte sich mit der Hand gegen die Tür und zögerte. Sollte sie die Tür noch weiter öffnen, noch ein bißchen? Nur mal eben reingucken und dann die Tür schnell wieder zuschmeißen. Was konnte schon groß passieren? Sie stand draußen, und das war drinnen. Die Finger einer Hand glitten um die Türkante. Ihre Finger waren drin. Saßen da Spinnen? Würde womöglich eine Spinne auf ihre Hand krabbeln? Blitzschnell zog sie ihre Hand zurück, blickte wie hypnotisiert auf den schmalen Spalt.

War etwas zu hören?

Sie versuchte, sich an die Geräusche von gestern abend zu erinnern ... hörte sie sie ...? Katzen ... Ratten?

Schritte! Sie hörte Schritte! Sie erstarrte. Eine weiße Uniform. Das konnte doch nur ... nein ... doch, es war Frank Lang. Er schien größer und größer zu werden, während er langsam, seiner Sache ganz sicher, auf sie zukam. Sie konnte nicht weg. Mit dem Rücken suchte sie Halt an der Mauer. Sie stieß sich an der angelehnten Tür, die langsam weiter aufging.

»So, und jetzt können wir ...« Er ergriff sie bei den Handgelenken, aber sie schüttelte ihn von sich ab, wartete nicht auf das, was sie »jetzt können« könnten ... Was blieb ihr denn anderes übrig? Mit einem Sprung war sie in der dunklen Türöffnung, zog sich am Türrahmen hoch. Das war so schnell gegangen, daß er einen Moment zu spät zugriff.

Hinter ihr Pfeifen, Schreien, Fauchen, Katzen, Ratten, Spinnen. Wo war sie hingeraten?

Unter ihr der weiße, grabschende Arm.

»Verdammt, Jos, komm da raus! Bist du verrückt geworden? Komm raus, sag ich! Oder muß ich dich holen kommen?«

Sie verhielt sich ganz still. Die Taschenlampe in ihrer Hand war ausgegangen. Das war gut so, denn sie wollte gar nicht sehen, was um sie herum war.

Jetzt kam Bewegung in ihn; sie sah den zweiten weißen Arm, seine Schulter.
Er kam herein.
Plötzlich hatte sie ein Gefühl, als wäre sie aus Eis, Eis, so klar, daß man hindurchschauen konnte.
Sie stieß ihn um. Als er sich aufrappelte, warf sie die Lampe in seine Richtung und sprang nach draußen. Sprung abfangen, abrollen. Sofort war sie wieder auf den Beinen, drehte sich um, warf die Tür zu. Riegel vor! Zwei oder drei Sekunden, nicht länger, blieb sie gegen die Tür gelehnt stehen. Von drinnen kam Poltern und Schreien.
In dem Moment sah sie einen sich bewegenden Schatten. Sie ging drauf zu. Aura? Oder nur Einbildung? Sie schaute sich noch einmal um zur Dachbodentür und sah nicht, daß die Tür des Konsistorialzimmers behutsam zugezogen wurde. Sie hörte nicht, wie der Schlüssel leise umgedreht wurde.
Nicht einmal die Sirene der Feuerwehr konnte die Schläge gegen die Tür übertönen. Noch einmal blickte sie sich um, bevor sie langsam an der Kirche vorbei nach unten ging, ins Fort.
Sie war schon oben auf der Treppe zur Veranda, als Aura, sich dabei so dicht wie möglich an den Organisten haltend, durch das andere Tor ging.
Unentschlossen blieb Josje unten im Salon, wo nur eine einzige Lampe brannte, stehen. Laß nur! Laß ihn da nur ein Weilchen schmoren. Dann lernt er auch mal, wie das ist, wenn man sich nicht selber helfen kann, dachte Josje.
Es zog sie nach oben, zur Luke in ihrem Schlafzimmer. Lauschend blickte sie zur Decke. Hörte sie Schüsse?

»Jos!« Vor Schreck stieß sie einen spitzen Schrei aus. »Jos, was ist? Was tust du da?« Jeannet kam aus ihrem Moskitonetz gekrochen. »Draußen ist so ’n Krach. Wo warst du? Ich hab dich gerufen!«

»Es brennt. Das hast du wohl gehört ... die Feuerwehr.«

»Sind da wieder ...?« Jeannet deutete auf die Luke. Josje zog sie zur Seite, schob sie auf ihr Bett zu.

»Kommst du auch?«

Schlafen? Hier im Bett liegen, während er da oben war? Der machte sich womöglich noch einen Spaß draus und kam hier durch die Luke. Nein, das war natürlich Unsinn. Die Wache würde ihn wohl hören und den Türriegel wegschieben. Natürlich, so würde es ausgehen.

»Ich geh noch mal auf die Fortmauer, seh mir das Feuer an.«

»Ich geh mit! Jos, warte doch eben auf mich. Bitte, warte auf mich!« Jeannet angelte nach ihren Pantoffeln unterm Bett, zog ihre Pyjamahose hoch. Auf Zehenspitzen liefen sie am Bett der schlafenden Olfy vorbei.

»Ist Vater beim Feuer?« fragte Jeannet unterwegs.

»Das glaube ich schon. Mutter wird wohl gleich kommen, nehme ich an.«

Ganz vorne bei der Fortmauer, an der äußersten Ecke, fanden sie die Wache. Der Posten schaute auch lieber rüber zum Feuer, als pflichtgemäß seine Runden zu machen. Hatte er wohl etwas gehört, hinter der Dachbodentür? War er da noch gar nicht vorbeigekommen?

Na, wird schon noch werden, dachte Josje. Aber viel Lust, so dicht bei der Wache zu bleiben, hatte sie nicht. Sie schaute sich um. Da oben, bei der Mauer der Nebenräume des Gouverneurs? Von da aus war vielleicht mehr zu sehen. Jeannet drehte sich nur kurz um, als sie wegging, blieb aber neben dem Posten stehen.

Josje kletterte auf die Mauer, versuchte, sich größer zu machen. Überhaupt nichts zu sehen. Von der Mauer kletterte sie auf die kleine Brücke, die den Garten des Gouverneurs mit den Nebenräumen verband. Sie kletterte auf das Brükkengeländer, setzte einen Fuß auf den Pfahl daneben, zog sich auf das schräge Vordach, lief vorsichtig schräg nach oben. Sie war oben auf dem Dach! Sie hatte es noch nicht verlernt, es war genauso einfach gewesen wie bei ihren früheren Klettereien. Mit beiden Händen hielt sie sich am Sims fest und suchte sich einen Sitzplatz.

In der Ferne über dem Wasser stand der Hügel in roter Glut, im Herzen der Glut züngelten gelbe Flammen, darüber bildeten sich schwarze Wolken. Waren da wohl Menschen umgekommen? War das Feuer in einem der Öltanks? Sie lauschte, ob Explosionen zu hören waren.

Ihre Augen wanderten zurück zum Fort. Von ihrem hohen Sitzplatz aus schien der Platz davor aus einer Spielzeugschachtel zu stammen. Drüben, beim Hügel, hatte es keine Veränderung gegeben. Wenn man eine Weile draufsaß, waren die Dachpfannen ganz schön hart. Sie verschob ein Bein, um vom unbeweglichen Sitzen keinen Krampf zu bekommen.

»Jos, wo bist du?« Jeannet suchte sie. Josje blieb still. »Jos? Du, ich sag alles Mutter, hörst du!« Jeannets Stimme war dichter herangekommen.

In dem Augenblick drang ein Geräusch an Josjes Ohren. Sie konnte es hören und fühlen. Hier oben saß sie genau über dem Dachboden auf dem ...! Waren das Schüsse unter ihr?
»Jos! Josje!«
War das Jeannet? Nein.
Sie drückte sich gegen das Dach und wäre in diesem Augenblick am liebsten nach unten geglitten. Fort, weit weg.
Sie berechnete die Höhe. Das Vordach, der Pfahl, die kleine Brücke. Dann sah sie die weiße Uniform.
Sie schrie nicht, sie gab keinen Ton von sich, sie stand für einen Moment wie ein schwarzer Schemen deutlich sichtbar am Abendhimmel, bevor sie sich zusammengerollt das Dach hinunter gleiten ließ. Jetzt der Pfahl ... Die Uniform war dicht bei ihr. Mit einem Fuß verfehlte sie ihr Ziel, sie wankte, sah trotz der Dunkelheit die Tiefe unter sich.
Der Traum.
Mit einem Fuß sprang sie ab. Sie lag in der Luft wie bei einem Turmsprung, breitete die Arme aus.
Sie war frei. Frei!
Das hatte noch nie jemand getan.
Ein Moment des wilden Triumphes.
Und jetzt die Steine. Sie riß die Augen weit auf; da kamen die Steine dichter heran ... dicht heran ... sie würden Wasser werden.

13

Als der Adjutant des Gouverneurs, der Papiere aus den Nebenräumen hatte holen müssen, in seiner weißen Uniform neben ihr kniete, lag unter dem Blut, das ihr aus Nase und Ohren rann, noch ein Lächeln um den Mund.

Jeannet kam, heulte, und dann zerrte sie an ihr. »Jos, Jos, steh auf! Du kriegst Ärger, wenn Vater das hört. Du durftest doch nicht aufs Dach.«

Josje versuchte den Kopf zu heben, aber jemand hinderte sie daran.

»Nicht bewegen! Liegenbleiben.« Ihre Finger streichelten die Steine. DIE STEINE. Sie waren nicht zu Wasser geworden.

Schritte auf dem Steinboden.

Ihr Kopf, was war mit ihrem Kopf?

»Jossie? Jossie, hast du Schmerzen?« Die schluchzende Jeannet zerrte an ihrem Arm.

Mit den Knien versuchte sie ihren Körper hochzudrücken. Jetzt den Kopf heben. Jeannet half ihr, richtete sie in ihren Armen schleppend halb auf. Sie stand schon beinahe, da fiel sie wieder lang ausgestreckt vornüber.

Mit gespreizten Fingern blieb sie auf den Steinen liegen. Steine, Steine, Steine.

Jemand hob sie hoch, trug sie in seinen Armen weg.

Sie blickte hoch. Da war das Licht einer Laterne neben ihr. Das Gesicht …

»Dofi«, flüsterte sie.
»Still, dushi, still!« ächzte er.

Sie lag im Innenhof. Gesichter. Vater und Mutter, Dofi und … Es wurde ein Fensterladen aus den Scharnieren gehängt. Vorsichtig schob man sie darauf.
Ihr Kopf … als ob der hintenüber nach unten gezogen würde. Dann fühlte sie Knie hinter ihrem Kopf. Von unten schaute sie Dofi in die Augen. Er heulte.
Und plötzlich begriff sie. Sie dachte, daß sie hochfahren müßte, aber sie konnte den Kopf nicht heben.
»Ich will nicht in den Himmel!« schrie sie aufgeregt. »So 'n langweiliger Laden!«
Alle redeten durcheinander … Da war eine fremde Stimme, dicht neben ihr; eine Hand fuhr über ihre Beine, fühlte, tastete. Sie versuchte, die Beine anzuziehen.
»Tut das weh? Hier?«
»Josje, der Doktor fragt …« Vaters Gesicht war dicht neben ihr.
»Das sag ich nicht, dann muß ich ins Krankenhaus … und ich will nicht in den Himmel … so langweilig …«
Jemand lachte nervös. Die Hände des Arztes fuhren über ihren Körper. Es war ein fremder Arzt, sie kannte ihn nicht. Aber was flennte sie hier eigentlich immer über den Himmel? Ihr Kopf … als könne sie nicht mehr denken … was war denn nur …?
Und alle, ganz weit weg und mit sehr entfernten Gesichtern, alle dachten, daß sie nicht mehr sprechen und hören könnte.

»Ich hör euch. Hier bin ich! Ich hör alles!« wollte sie rufen. Sie sah die Worte in ihrem Kopf, aber sie bekam sie nicht über die Lippen.
»Nein, gar nicht mehr ins Krankenhaus bringen. Das überlebt sie nicht. Das dauert höchstens noch eine Stunde, vielleicht anderthalb. Gnädige Frau, wirklich, gnädige Frau, es ist besser so. Wenn sie am Leben bliebe, käme doch nur Monte Christu für sie in Frage.«

Monte Christu.
Meer, Wasser, Baracken.
Zäune drumherum.
Das Haus der Verrückten.
Die Finger in den Maschen des Zaunes, winkende Hände.
Nie mehr ihnen zuwinken, selber von drinnen winken. Tag ... guten Tag ...
Mit offenhängendem Mund, einer Grimasse.
Monte Christu.

14

Schummer.

Ein Zimmer, das auf sie zugeschaukelt kam, das aber, wenn sie versuchte, die Wände, die Decke mit den Augen festzuhalten, sich wieder entfernte.

Menschen bei ihr, neben ihr, mit fremden Gesichtern. Nur ihre Stimmen hatten etwas Vertrautes. Sie wollte auch etwas sagen, sprechen wie die Menschen um sie herum. Da war etwas, was sie ihnen sagen mußte, aber sie wußte es nicht mehr.

Wenn sie doch nur erst sprechen könnte. Aber sie konnte die Wörter nicht formen. Sie sah auf die Münder der Leute um sich herum, sah, wie sie sprachen. Aber das half nicht.

Ihr Kopf war ein großer Ballon, gefüllt mit Blei, den sie nicht anheben konnte. Drinnen im Kopf war sonst nichts. Die Leitung vom Gehirn zur Zunge, durch die die Worte gingen, die war auch nicht mehr da.

Es tat weh, als sie ihre Augen verdrehte, nach unten zu schauen versuchte, auf ihren Körper, ihre Arme neben ihr, ihre Hände. Geschwollene, schwarz-blaue Hände. Sie bewegte ihre Finger, ihre Hände.

Jemand ergriff ihre eine Hand. Ein kleines Mädchen war neben ihr.

»Jossie! Jossie! Bist du jetzt wach, Jossie?«

Jossie – das Wort war ein Nadelstich in ihrem bleischweren Kopf. Jossie, das bin ich! Ich = Jossie!

Sie schaute auf das Mädchen, hob ihre Hand und legte sie auf den Kopf mit den rotblonden Locken. Ihre Finger fühlten … nein, ihre Finger dachten: Wer? Wo? Wann?

»Kann Olfy zu dir ins Bett? Aber nichts Mama erzählen!« Die Kleine kletterte auf den Bettrand und starrte sie mit großen, nachdenklichen Augen an.

Olfy – wieder so ein Nadelstich. Sie und Olfy … sie versuchte weiter zu denken.

Das Mädchen, das Olfy hieß, legte sich vorsichtig neben sie und streichelte ihr Gesicht.

Für einen Augenblick standen die Wände und die Decke still. Und sie konnte sehen: Betten, einen Schrank, einen Toilettentisch, eine Tür, einen Korridor. Haus, dies war ein Haus. Ihre Augen, diese Schmerzkugeln, wanderten nach oben, kamen nicht weiter als bis zu einem Fach: eine Luke.

Da war etwas, etwas, was sie sagen mußte.

Plötzlich waren die Stimmen wieder neben ihr; gedämpft, als wären sie weich und gepolstert.

»Sie hat die Augen offen!« sagte das Mädchen Olfy neben ihr. Die Wärme neben ihr verschwand, die Fingerchen glitten von ihrem Gesicht. Das Mädchen Olfy wurde hin und her geschüttelt. Und als es schreien wollte, wurde eine große Hand auf seinen Mund gelegt.

»Sei still! Du darfst gar nicht hierherkommen!«

Da war etwas, etwas, was sie sagen mußte. Aber die Stimmen machten weiter. Glaubten sie, daß sie sie nicht hören könnte? Mit weit aufgerissenen Augen versuchte sie ihnen deutlich zu machen: »Ich kann alles hören! Hört auf!«

Ihre Augen fielen zu.
»Sie hat eine Chance, es zu schaffen. Aber heute ist erst der zehnte Tag. Viel können wir noch nicht sagen.«
»O Doktor, wir hoffen ja so sehr, daß Sie recht behalten!«
Sie schlug die Augen auf, um einen Blick auf die letzte Stimme zu werfen: eine Stimme in einem weißen Gesicht mit dicken Augen. Mutter – das Wort glitt wie ein träger Tropfen in ihren Kopf. Und mit dem Wort kamen Bilder wie Scherben eines gläsernen Gemäldes. Aber die wollten nicht zueinander passen.
Es kostete sie Mühe, die Augen offenzuhalten, aber sie mußte es tun. Denn ihr war, als könnte sie mit den Augen der anderen, der Mutter, des Arztes, des Mädchens Olfy, ihr Zimmer sehen.
Der Arzt fühlte ihren Puls. Die Mutter zog das Mädchen Olfy mit sich aus dem Zimmer.
Sie fühlte, daß der Arzt sie betrachtete.
»Josje, kannst du mich verstehen?«
Ja, dachte sie, aber als sie das endlich gesagt hatte, tat ihr ganzes Gesicht weh, und auch die aufgesprungenen Lippen.
Die Stimme ... sie suchte nach etwas, das zur Stimme gehörte.
Was der Arzt sonst noch mit ihr tat, davon merkte sie nichts.
Was gehörte zur Stimme? Hände und Arme, die sie hochhoben. Und wenn sie dann wieder lag, war es kühl unter ihr, nicht mehr warm und naß. Ihre Finger strichen über das Bett.
Laken, man hatte ein frisches Laken unter sie gelegt. War es das? Ihr wurde etwas in den Mund geschoben, immer wieder.
»Essen« – ja, das sagten sie dann. War es das?

Warum wußte sie das: Laken, Essen, Hand, Mund, Lippen, Schmerz, Kopf, Haus – aber das andere nicht?
Sie schüttelte ihren riesigen Kopfklumpen auf dem Kissen hin und her, als wolle sie Platz drin schaffen. Mit geschlossenen Augen lauschte sie: Schritte, dicht bei ihr. Sie schlug die Augen auf und sah: weiß, groß, größer.
Vater.
Alles begann zu schaukeln, sie wollte auch nichts mehr festhalten.
»Doktor, ich wurde angerufen. Ich bin sofort nach Hause gekommen. Ist sie wirklich bei Bewußtsein?«
Bewußtsein, Bewußtsein, Bewußtsein. Das Wort wuchs, blieb für sie aber unbegreiflich.
»Abwarten! Was mich schon die ganze Zeit beschäftigt: Warum ist sie vom Dach gesprungen, als spränge sie im Schwimmbad von einem Sprungturm? Jeannet hat es gesehen, und auch der Adjutant des Gouverneurs. Daß sie so sprang, das ist ihre Rettung gewesen. Sonst hätte sie sich das Genick gebrochen, mit dem Schwung, den sie von dem hohen Dach mitbekommen hatte.«
»Was für ein Glück, daß wir sie hierbehalten und nicht ins Krankenhaus gebracht haben.«
Krankenhaus … Doktor? Was war das?
»Josje, Josje, wie fühlst du dich denn nun?« Der Vater streichelte ihren Arm, sie zitterte.
Krankenhaus … Doktor? Nein.
… haus … Doktor?
Die Stimmen schwammen fort, aber das Zimmer wurde so

durchsichtig wie ein Eisblock. Draußen war der Innenhof. Sie lag auf dem Innenhof. Sollte sie doch nach Monte Christu müssen? Brand, Dach, Fallen, Steine ... Steine, die nicht zu Wasser wurden.

Monte Christu. Das war es! Es war das Unbekannte in ihrem Kopf, weswegen sie nach Monte Christu sollte. Das hatte der Doktor gesagt.

Augen zu, niemand durfte ihr etwas anmerken: Daß sie so viel vergessen hatte, daß sie nichts mehr wußte, daß es in ihrem Kopf zu seltsam zuging.

Hinter ihren Augen sah sie weiterhin Monte Christu, wie einen Film auf der Leinwand sah sie's: Menschen, die eingesperrt waren, weil sie verrückt waren. Das ganze Leben lang eingesperrt.

»Doktor, sie wird unruhig. Sie wird wieder bewußtlos.«

Eine unhörbare Stimme in ihr: »Nein, sie wird nicht bewußtlos.«

In ihrem Kopfklumpen begann es zu stechen, zu jucken. Sie wollte kratzen, fühlen. Ihre Hand wurde weggezogen. Kratzen, wenn sie doch kratzen dürfte. Jucken.

Ihre Hände wurden festgehalten. »Man wird dich totkitzeln, jawohl, das wird man tun!«

Es zwickte und juckte immer noch, aber es war, als schrumpfe ihr Kopf dabei. Jetzt konnte sie aufstehen, gehen, sagen: »Seht her, ich kann gehen, bin ganz normal. Ich spreche ganz normal! Alles ist in Ordnung!«

Ihr Kopf war nicht anzuheben.

Sie versuchte, ihre Hand auszustrecken nach ETWAS, nach

JEMANDEM, eine letzte Gebärde des Dabeiseins, bevor sie auf immer in eine bodenlose Tiefe gezogen wurde, wo nichts und niemand mehr war. Nur sie, allein mit sich selbst, hellwach.

Ihr Seufzen zog durch ihren ganzen Körper – der letzte Atemzug eines alten Lebens.

15

Als sie wieder zu Bewußtsein kam, wußte sie genau, warum sie sich so und nicht anders benahm. Denn eigentlich war sie die ganze Zeit wach gewesen. Wie lange? Und keiner hatte etwas gemerkt. Langsam und mit Bedacht hatte sie sich in der gerade verflossenen Zeit zurechtgelegt, was für sie zu tun wäre.

Hören: Nach den Namen der Dinge, den Namen der Menschen.

Sehen: Wie sind die Dinge, wie sind die Menschen?

Dann würde wieder alles zurückkommen.

Sie würde zur Schule müssen, lernen, dann würden sie ihr nichts anmerken. Nichts sagen von ihrem Kopf, von Schmerzen, von Krankheit.

Nichts von der Ewigkeit erzählen, die sie in der Öffnung des Vorhanges zum anderen Leben verbracht hatte, und nichts von dem, was sie da gefühlt hatte: als ob sie sich auflösen würde in Farben und Geräusche. Im anderen Leben gab's keinen Himmel, keine Engel, keine Hölle und keine Teufel. Sie hatte gelächelt, als sie da die ganze Zeit in der Öffnung gesessen und gewartet hatte. Arme Menschen! Zu Spielzeug hatte man sie gemacht. Wie in einer Weihnachtskrippe. Oder wie Zinnsoldaten.

Sie lächelte und versuchte sich aufzurichten. Jemand stützte sie im Rücken.

»Sie lacht.«

Sie lachte wieder und schaute sich um.
Mutter war neben ihr, und Olfy, und das … das war Jeannet.
»Tag!« sagte sie und drehte ganz vorsichtig ihren Kopf, um sie alle anzuschauen.
»Oh, das ist …« Mit einer Handbewegung deutete sie neben sich. Neben ihrem Bett stand ein Käfig mit einem Vogel darin.
»Von Dofi!« Olfy nahm den Käfig, hielt ihn vor ihr hoch.
»Dofi ist beinahe gestorben, so viel hat er geheult«, erzählte Jeannet mit weit entfernter Stimme. »Er müßte und würde den Käfig mit dem Vogel hier für dich hinstellen, hat er gesagt.«
»Bob hat angerufen. Prima, nicht? Und Melba von deiner Schule.«
Olfy hüpfte aufgeregt umher, wurde aber sofort von Jeannet festgehalten. »Still, sei doch still, hörst du!«
»Alle möglichen Leute haben angerufen, wir mußten das Telefon abstellen, so viele Anrufe sind gekommen«, erzählte Mutter, während sie mit einer Hand ein kleines Kissen aufschüttelte.
»Und in der Kirche ist jeden Tag für dich gebetet worden. Und wir in der Schule haben das auch gemacht«, erzählte Jeannet weiter.
»Sind denn nicht im Augenblick gerade Ferien?« Josje hörte, wie die Worte wie dicker Brei durch einen dünnen Trichter quollen, und in ihrem Mund fühlten sie sich an wie plumpe, hölzerne Drucklettern aus ihrem Druckkasten, die ungeordnet von ihren Lippen fielen. Stimmt ja auch, sie hatte einen alten Druckkasten. Daß sie das noch wußte! Aber dann wußte

sie selbstverständlich noch viel mehr von früher. Sie wußte nur nicht, was sie alles wußte.
Das Zimmer begann wieder zu schaukeln; mit beiden Händen krampfhaft auf das Bett gestützt, hielt sie sich aufrecht. »Ich will essen!«
Das hatte sie gesagt. Sie mußte es versuchen. Essen macht gesund. Sagte man.
»Aura!« Ganz plötzlich, als sie »essen« gesagt hatte, war der Name in ihr aufgekommen. »Wo ist Aura?«
»Hör bloß auf von den Dienstmädchen! Gerade jetzt!« Josje fühlte Mutters ängstliche Handbewegung in ihrem Rücken.
»Jetzt haben wir Sjonnie«, erzählte Jeannet.
»Die säuft!« sagte Olfy begeistert. »Sogar aus der Flasche!«
Josje stieß ein Lachen aus, das wie ein Beilhieb in ihrem Kopf zu spüren war. Tränen sprangen ihr in die Augen, rollten über die Wangen. Aber sie schaffte es, sich aufrecht zu halten.
Eine wütende Olfy rang mit Jeannet, wollte sich befreien.
»Siehst du, was du getan hast? Josje heult!«
»Ich ... ich lach.« Josje wollte die Tränen von den Wangen wischen, aber ihre Hände konnten das Gesicht nicht gleich finden. Hatten die anderen etwas gemerkt?
»Papa sagt das auch, von Sjonnie!« plapperte Olfy weiter.
Papa ... Vater.
Josje ließ sich zurückfallen, ihre Mutter ließ ihren Kopf vorsichtig auf das Kissen gleiten.
Vater ... da war doch was? Sie hatte doch etwas zu erzählen.
Sie starrte zur Decke und versuchte, sich zu erinnern. Mit den Augen zeichnete sie den Rahmen der Luke nach.

»Mach jetzt die Augen zu, versuch zu schlafen.«
Warum sagte Mutter das? Sie riß die Augen von der Luke und schaute Mutter an. »Bist du krank?« fragte sie.
Sie sah, daß ihre Mutter aus dem Zimmer floh, dann hörte sie auf dem Korridor Schluchzen und Heulen, wie sie noch nie einen Menschen heulen gehört hatte.
Jeannet nahm Olfy bei der Hand und folgte Mutter.
Das tut weh, Sehen und Hören, dachte Josje. Aber es geht nicht anders.

16

»Sie will wieder zur Schule gehen! Doktor, was sollen wir tun? Sie sagt immer nur: ›Ich will wieder zur Schule.‹« Josje lauschte den Stimmen im anderen Schlafzimmer. Sie hörte den Arzt, der sich räusperte, dann Vater: »Sie haben gesagt, daß sie keine Aufregung verträgt, keine Spannungen. Und in der Schule regt sie sich auf über die Schule.«

»Tja, nach allem, was man so sehen kann, macht sie ja gute Fortschritte. Für mich bleibt es ein Wunder. Zur Schule? Ach, wenn wir hier doch einen Spezialisten hätten!«

»Sie sollte ja gerade auf eine andere Schule, auf Isla. Da ist sie doch ganz und gar fremd. Vielleicht hat sie Rückstand. Und dann ist das auch so weit.« Sie hörte die Frage in der Stimme der Mutter, die auf das Nein des Arztes wartete.

Josje richtete sich auf. Es ging schon viel besser.

»Noch einen Monat, dann werden wir's versuchen. Aber dann mit der alten Schule. Sie wird schon selber merken, daß es nicht geht. Sie wird Schwierigkeiten haben mit dem Gehen ...«

Der Doktor schwieg. Hatte er schon zuviel gesagt?

Josje knickte die Finger der einen Hand nach hinten. Sie konnte die Finger beinahe bis auf den Unterarm zurückbiegen. Nicht einen Finger hatte sie sich gebrochen, obwohl sie doch auf den Händen gelandet war.

Zur alten Schule. Sœur Supérieure, Melba, Clara. Na ja, war doch eigentlich ganz egal. Wenn man sie nur überhaupt erst

mal zur Schule gehen ließe, würden sie sich Monte Christu wohl aus dem Kopf schlagen.
Plötzlich stand Sjonnie in der Türöffnung. »Psst, Jossie!« Sie hielt ein Schälchen hoch. Josje schluckte einmal durch, als hätte sie einen Kloß im Hals. Den ganzen Tag versuchte Sjonnie, leckere Sachen für sie zu machen. Sie konnte kein Essen mehr sehen, aber was sein mußte, mußte sein.
Mit einem Blick zum anderen Schlafzimmer kam Sjonnie rein, setzte sich auf Josjes Bettrand und begann sie zu füttern. Einer plötzlichen Eingebung folgend, nahm Josje selbst den Löffel in die Hand. Jetzt gut zielen, genau auf den Mund. Sie bekleckerte sich ein bißchen, aber trotzdem schob sie Sjonnies Hand, die ihr helfen wollte, beiseite. Selbst tun!
»Sjonnie, kennst du Aura?« fragte Josje, als sie alles aufgegessen hatte.
Sjonnie schüttelte den Kopf, und als die Zwischentür zum anderen Schlafzimmer aufging, verschwand sie auf dem Korridor.
Josje bekam zu hören, was sie schon wußte: daß sie versuchen durfte, zur Schule zu gehen, zu ihrer alten Schule.

Es kam Besuch. Während der nächsten Wochen war dauernd Besuch im Haus. Onkel und Tanten kamen, alle Bekannten aus dem Strandbad, nur Ditty nicht. Und Bob war mit den anderen mitgekommen, nicht allein. Er war so still gewesen, hatte sie nur angesehen und beim Abschied ihre Wange gestreichelt.
Viel zu erzählen wußte keiner. Oder durften sie nicht? Jedes-

mal, wenn sie in der Vorveranda saß und wartete, war ihr, als käme der Falsche herein. Auf wen wartete sie?
Es war wieder mal viel Besuch dagewesen. Abends war es still. Mutter war immer zu Hause. Vater auch oft. Aber sie selbst ging ja jetzt früh zu Bett.
Sie mußte viel schlafen. Das erste Mal, als sie ihr Gesicht im Spiegel gesehen hatte, hatte sie sich nicht erschrocken, aber es war ihr doch fremd vorgekommen, und zwar nicht wegen der schwarzen Ringe unter den Augen, auch nicht der wilden Haare wegen, die noch nicht geschnitten werden konnten, sondern weil sie ein Gesicht gesehen hatte, dem man nicht ansehen konnte, was im Inneren des Kopfes vor sich ging. Das war's!

Sie ging zur Schule.
Jeden Tag.
Über den Fortplatz, an der Fortmauer entlang, die Straße überqueren, über die Brücke, durchs Schultor, über den Schulhof, dann die endlose Treppe hinauf, in die Klasse. Hatte sie Begleitung? Sie wußte es nicht. So wie sie auch nie wußte, wie sie's von zu Hause bis zur Schulbank geschafft hatte. So wie sie auch nie wußte, wie sie so plötzlich ins Gewächshaus der Schule gekommen war, neben sich eine Sœur, die ihr den Nacken anfeuchtete und die Schläfen mit Eau de Cologne einrieb.
So wie sie auch nie wußte, wie sie ihre Aufgaben lernte, wie sie ihre Schularbeiten machte.
Ihr Kopf schien ein großer Vorratsschuppen zu sein, in dem

sie Fakten aufstapelte, Fakten und Fakten, die eingezwängt waren zwischen eisernen Wänden von Schmerzen und herausforderndem, erschöpfendem Jucken.

Ihr Mund war ein glatter, kalter Trichter, aus dem die Antworten sprudelten, wenn sie gefragt wurde. Sie etwas zu fragen, das war ungefähr so, als würde auf einen Antwortknopf gedrückt.

Es gab Geburtstage, Feiertage. Im Haus hing ein Kalender. Sie hatte eine neue Armbanduhr bekommen, nachdem sie versprochen hatte, niemals, wirklich niemals, aber auch wirklich und wahrhaftig niemals wieder irgendwo hinaufzuklettern. Sie wußte nie, welcher Tag gerade war, welche Stunde, wie alt sie war, in welcher Jahreszeit sie gerade lebte. Es passierte schon mal, daß sie zu Hause zum Beispiel sagte: »Onkel Louis hat einen Autounfall gehabt, nicht?«

Dann sagten die anderen überrascht: »Aber nein! Er war doch heute noch hier. Also davon wissen wir nichts.«

Aber einige Tage später hatte Onkel Louis einen Unfall.

Oder sie dachte: In der nächsten Spanischstunde komm ich ganz unverhofft dran. Dann krieg ich... – sie blätterte in ihrem Buch – diese Aufgabe. Sie lernte die Lektion auswendig. Nein, eigentlich war das doch etwas anderes. Sie saugte die Buchstaben und Wörter in sich hinein. Und in der nächsten Spanischstunde kam sie dran mit der gelernten Lektion.

Aber darüber redete sie nicht. Sie versuchte auch nicht mehr in Erfahrung zu bringen, ob gewisse Dinge früher geschehen waren oder ob sie heute geschahen oder ob sie noch geschehen

müßten. Das Leben war wie das Schwimmen in tiefem Wasser ohne Ufer und ohne einen Ort, auf dem für einen Moment die Füße ruhen könnten. Tagsüber und auch nachts.
Es gab nur ein paar Dinge, von denen sie sicher wußte, daß sie anders waren als früher.
Auf dem Weg zum Baden, am Riff vorbei, drehte sie ihren Kopf weg, wenn sie Monte Christu passierten.
Nachdem sie ins Bett gegangen war und ihr Moskitonetz zugezogen hatte, stopfte sie sich sofort die Finger in die Ohren.
In letzter Zeit war es still geworden im Haus, es gab keine lauten Stimmen mehr, Türen wurden nicht mehr zugeworfen. Aber die Fürsorge, die Vater und Mutter für sie zeigten, ihre Sorge um sie, konnte ihre verschärfte Aufmerksamkeit nicht ablenken von dem kalten Krieg zwischen den beiden: der Kampf des gegenseitigen Verachtens.

Die Klasse hatte Handarbeit. Sie brauchte nicht mitzumachen. Nach einer Viertelstunde hatte sie ihre Stickarbeit von sich geworfen. Immer wieder verhedderte sie sich. Ihre Handflächen waren so rauh. Mit steiler Falte zwischen den Augenbrauen saß sie da und starrte auf ihre Hände. Früher hatten ihre Hände nicht so ausgesehen.

Als sie an jenem Tag nach Hause ging, sah Dofi ihr von seiner Verkehrsinsel aus nach: wie sie sich mit einer Hand am Brükkengeländer vorwärts tastete, lange wartete, bis sie die paar Meter von der Brücke über die Straße zur nächsten Verkehrs-

insel ging, noch länger brauchte, um von dort zur Fortmauer zu kommen. Da fand sie dann wieder tastbaren Halt: Eine Hand ließ sie tastend an der Fortmauer entlanggleiten.
Dofi hörte nicht das Hupkonzert der langen Schlange wartender Autos. Er dachte an seinen Vogel, den er ihr gegeben hatte und den sie nach kurzer Zeit freigelassen hatte. »Du mußt nicht böse sein, Dofi«, hatte sie gesagt, »aber ich konnt's nicht länger mit ansehen.«
Hätte er doch damals nur etwas gesagt, egal was. »Das ist aber schade!« Oder: »Ist in Ordnung, es war ja deiner.« Aber er hatte geschwiegen, weil er panische Angst davor hatte, seine Gefühle zu verraten.
Hatte denn niemand bemerkt, wie sehr sie verändert war? Kam das nur vom Unfall? Warum war sie vom Dach gefallen? Jossie, die besser klettern konnte als jeder andere, die im Leichtathletiktraining gelernt hatte, wie sie richtig landen mußte, auch wenn sie den Sprung mal falsch berechnet haben sollte.

Im Fort angekommen, sah Josje das Getümmel vor ihrem Haus. Da standen Lieferwagen, die ihre Sachen an Bord brachten. Da waren Menschen, die ein und aus liefen, um ihre alten Möbel zu kaufen.
Sie gingen nach Holland.
Das Abschiedsfest würde an Bord gegeben werden. Sie würden »alle« kommen, wer immer es auch sein mochte. Es würde gelacht werden, getrunken, geküßt. Sie würde an der Reling stehen, und die Leute würden sie wegfahren sehen, so wie

sie so oft andere hatte wegfahren sehen. Punda und Otrobanda würden vorbeigleiten, das Riffort, ihr Fort und das Wasserfort.

Alles!

Sorgfältig nahm sie alle Häuser des Forts, jedes Fleckchen auf in die Vorratskammer ihres Kopfes. Zum Schluß wanderten ihre Augen zu den Dächern. Verboten! Schnell schaute sie wieder geradeaus. Aber es war, als bliebe etwas in ihrem Kopf hängen, so wie ihre Hände bei der Handarbeit hängengeblieben waren.

Da war doch noch etwas …

Sie schüttelte es von sich ab. Auch das hatte sie sich selbst beigebracht, etwas von sich abschütteln können. Das war ganz nützlich, wenn ihr mal was im Kopf rumging von früher, ihr aber nichts Genaueres einfallen wollte.

Aura, mit der hatte es etwas zu tun. Aber Aura hatte sich nie wieder blicken lassen. Niemand wollte Aura zu ihr bringen, und allein konnte sie nicht hingehen.

»Sie ist bei Verwandten auf einer anderen Insel«, hatte Vater eines Tages gesagt, weil sie dauernd quengelte.

Vielleicht stimmte das, vielleicht auch nicht.

An den Gebäuden entlang schlenderte Josje zum Postamt. Ohne jemanden bemerkt zu haben, wußte sie doch, daß sie angestarrt wurde. Suchend wanderten ihre Augen umher: Da, beim Eingang. Kannte sie den Mann? Sein dunkles Gesicht schien sich aufzulösen in der Dunkelheit hinter ihm. War er dunkel? Oder sah nur sie ihn so? Das wollte einfach nicht

anders werden, daß alles, was sie sah, zum dunklen Fleck wurde. Der Mann trat ins Licht und kam auf sie zu.
»Guten Tag, Jo… Fräulein Walther.« Er suchte nach Worten, sah sie aber weiterhin mit forschendem Blick an. Was wollte er von ihr?
»Wissen Sie noch, wer ich bin? Es ist immerhin schon eine ganze Weile her.« Sie schüttelte den Kopf, hatte keine Lust, wieder in Vergangenem zu graben.
»Ich bin Ray, Paulinas Bruder. Erinnern Sie sich? Der Bruder von der Paulina, die früher bei Frau Commandant gearbeitet hat.«
Er wartete einen Augenblick auf ihre Reaktion.
»Paulina?« Josjes Stimme klang aufgeregt, es kam wieder Leben in ihre Augen. »Wo ist sie? Wo ist Paulina?«
»Sie arbeitet jetzt auf Aruba. Schon lange. Gleich nachdem ich bei Ihnen zu Hause war mit dem Brief für den Commandanten, da …«
Seine Stimme ging unter in dem Getöse ringsherum. Josje hielt ein Wort fest: »Brief!«
»Brief?« wiederholte sie.
»Sie wissen doch! Ihr Vater war so freundlich und nahm ihn selbst an. Ich hatte mir das doch schon gedacht, ich mußte direkt zu ihm gehen. Und das hat geholfen.«
»Brief? Geholfen?« In Josjes Kopf preßte sich alles zusammen: Sie mußte sich erinnern!
Ray lachte. »Man erfährt ja nie, wie so eine Sache dann weiterläuft, aber das ist auch nicht wichtig. Er ist verschwunden, das ist die Hauptsache!«

Plötzlich schien er es eilig zu haben. Er grüßte und ging weiter.

»Er ist verschwunden! Und das ist die Hauptsache! Der Brief ist verschwunden, und das ist die Hauptsache!«

Josje drehte die Wörter und die Sätze um und um. Ja, natürlich, da war ein Brief gewesen, den Ray ihrem Vater gegeben hatte!

»Was hast du mit dem Brief getan?« – »Vernichtet!«

Wer hatte das gesagt? Ach, was machte das schon aus. Ray war erleichtert gewesen, daß der Brief verschwunden war. Er hatte sich ihr gegenüber jedenfalls ganz normal benommen. Nicht so wie andere Menschen, die einen immer heimlich beobachteten, wenn sie dachten, man merkte nichts.

So, Paulina war also auf Aruba.

Und Aura war auch auf einer anderen Insel.

In ein paar Tagen würde sie ebenfalls weg sein.

Man würde sie nie wieder sehen. Man würde nie wieder durch diese Stadt gehen, nie wieder ... alles nie wieder.

Mitten im Fort blieb sie stehen.

Es war Unsinn. Und doch wahr.

Sie stand hier, aber sie war alt, so alt wie Mutter heute. Ihr Haus sah außen ganz neu aus, aber es war doch das alte. Sie würde die Türen öffnen, und dann wäre es ihr Haus nicht mehr.

Sie suchte die alten Plätze, aber die waren verschwunden.

Sie betrat ihre alte Schule. Alle Kinder trugen ihre beste Uniform – gelbe Uniformen. Warum? Zu ihrer Zeit trug man doch auf ihrer Schule keine Uniformen – und sangen ein Liedfür sie. Vom Ende des Korridors kam Sœur Supérieure auf sie zu. Und sie stand einfach da, sagte kein einziges Wort, dachte: Wenn ihr wüßtet!

Dreißig Jahre später
– 1969 –

17

»Du gehst die Columbusstraat entlang, wo damals der Menschenauflauf bei der ersten Verkehrsampel war. Wo Onkel Louis Terror machte wegen des Jungen. Du gehst zu deinem Hotel in der Columbusstraat, Jos Walther!«

Sie lief hinter ihren Koffern her ins Hotel, ließ sich eintragen, nahm ihren Zimmerschlüssel – und konnte es immer noch nicht fassen.

Oben im kleinen Hotelzimmer mit dem kahlen hölzernen Fußboden, den bekleckslten Wänden, überfiel sie ein Zittern. Was war denn so anders, als sie es sich vorgestellt hatte? Nicht die Spuren des Aufstands vom 30. Mai, die sie in der Stadt gesehen hatte. Wenn einem der Krieg jahrelang in der Wochenschau und im Fernsehen vorgeführt wird, bekommt man ganz schön Hornhaut auf der Seele.

»Jetzt sitzt du mitten in deiner Punda, wie du's wolltest, ganz in der Nähe deines alten Zuhauses!« Aber die Gänsehaut blieb. Weil es ein dunkler Abend war?

Waren all die Geschichten über den 30. Mai, die »guten« Ratschläge, die Informationen von Fachleuten – die sie ungerührten Blickes hatte über sich ergehen lassen – der Grund dafür, daß sie vorhin auf der Straße den Menschen nicht in die Gesichter zu sehen gewagt und sich selbst die Frage gestellt hatte: Was willst du hier eigentlich?

Sie riß die Fensterläden auf, lehnte sich über die Fensterbank nach draußen. Warme Luft schlug ihr entgegen; unten in der

kleinen Gasse, in dem Durcheinander alter Kisten, in denen ein alter Mann suchend rumstocherte, spielten Kinder mit Blechdosen Fußball.
Jetzt erst fiel es ihr auf: Hinter ihr im Zimmer summte der Ventilator. Kühle Luft. Das hatte es früher nicht gegeben. Der Ventilator war ihr nicht gleich aufgefallen, weil sie immer noch das Summen der Schiffsmotoren in den Ohren hatte.
Sie schaltete den Ventilator ab.
Auspacken, duschen, umziehen, essen – und dann zum Fort. Wenn sie das nicht sofort täte, würde vielleicht nichts mehr daraus. Und es war etwas, was sie allein tun mußte.

Langsam schlenderte sie an den Schaufenstern in der Breedestraat vorbei, besah sich die restaurierten Giebel auf der anderen Straßenseite und die Fassade, die von schrägstehenden Stützbalken gehalten werden mußte, weil dahinter alles ausgebrannt war. Unsicher blickte sie sich um: Sie war an einem Platz angekommen, den es früher nicht gegeben hatte. Sie sah Straßencafés und Leute an den Tischen.
Resolut drehte sie sich um. Ja, wirklich, sie würde zum Fort gehen, zum Ort des Unfalls. Aber wenn sie sich hier mal eben hinsetzte, etwas trank, einfach so saß, umherschaute, die Umgebung auf sich einwirken ließ, das müßte sie sich doch erlauben können?
»Du bist allein, du bist unabhängig. Da ist niemand, der hinter dir her ist mit: Dies muß und das kann nicht und was muß ich nun tun und denk auch mal an andere.«
Unter den Sonnenschirmen waren keine Tische mehr frei,

darum setzte sie sich an einen Tisch, an dem eine Gruppe jüngerer Leute gerade bezahlte.
Als unverhofft ein Glockenspiel zu hören war, fuhr sie vor Überraschung hoch. Hier ein Glockenspiel? Das war ja … wie Sauerkraut mit Schokoladensoße.

»Sind Sie gerade erst angekommen?«
Was? Oh, der Junge hatte sie gefragt. Der war wohl am Tisch sitzengeblieben. Das hatte sie gar nicht mitgekriegt, das Glokkenspiel …
Sie nickte. »Ja, aber ich hab früher hier gewohnt.«
Er bot ihr eine Zigarette an, beugte sich zu ihr herüber. Schnell musterte sie sein Gesicht: Was für ein Jungchen, und so typisch holländisch.
Bevor sie bestellen konnte, hatte er das schon erledigt.
Und jetzt kommt's, dachte sie. Die Beichte eines Unbekannten bei einer Unbekannten. Immer noch das Einfachste, denn da kann später nichts gegen einen ausgespielt werden. Denn so gut wie sicher wird man sich nicht wieder begegnen.
»Ich bin hierher geschickt worden, nach dem 30. Mai. Unser Schiff liegt …« Eine unbestimmte Handbewegung in Richtung Hafen.
Marine also, dachte sie. Das war doch verdammt grad so, als ob der Teufel sie im Auge hätte: Der erste, mit dem sie hier nach ihrer Rückkehr saß, das war natürlich wieder einer von den Streitkräften! Das Wort Zufall könnte man, wenn's nach ihr ginge, aus dem Wörterbuch streichen.
»… wenn es Sie nicht langweilt. Aber es tut richtig gut, so

unerwartet jemanden zu treffen, der gerade aus Holland kommt. Wie sieht's da aus?« Gespannt sah er sie an.
»Was willst du hören? Die Damschläfer, die Jugendlichen, die einfach im Freien beim nationalen Monument auf dem Dam schlafen, waren diesen Sommer die touristische Attraktion. Alle Amsterdamer Polizisten mußten auf höheren Befehl ihre Fingernägel wachsen lassen, denn über die Waffen gibt's im Parlament keine Debatte. Die Nägelkauer wurden auf die Parksünder losgelassen; da ist nichts, was beim Strafzettelschreiben abbrechen könnte. Tja, und sonst ... o ja, das langhaarige Gesindel, das auf dem Hauptbahnhof rumlungerte und angeblich eure Verlobten belästigte, wenn die euch zur Bahn gebracht hatten, ja, denen haben deine Kameraden schlagkräftig beigebracht, daß die Niederländische Jungfrau keinen Kontakt mit ihnen wünscht.«
Unauffällig hatte sie sein Gesicht beobachtet. Das mußte er sich unter die Nase reiben lassen, da kam er nicht drum herum.
Sein vergnügt grinsendes Gesicht war zur Grimasse geworden. »Ich weiß nicht mehr, was ich machen soll«, begann er unsicher. »Erst auf dem Weg hierher hörten wir, wohin wir unterwegs waren. In Holland war doch jede Menge los, weil wieder mal Marineinfanterie geschickt wurde. Man wußte also ungefähr, was einem bevorstand. Aber beinahe alle hier, und das ist das Verrückte, behaupten, daß sie glücklich sind, daß Hilfe gekommen ist.«
Er rutschte ganz nach vorn in seinem Stuhl. »Und das glaub ich nie und nimmer!«

Jos nahm den Strohhalm aus ihrem Pflanzerpunsch, und wie durch ein Fernrohr guckte sie ihn an. »Wer ist alle?«
»Das ist es ja. Kontakt mit der Bevölkerung bekommt man doch so gut wie gar nicht. Wir sind sogar gewarnt worden ... wir sollen uns nicht mit der Bevölkerung einlassen. Manchmal ist an Bord was los, aber immer nur mit einer bestimmten Gruppe. Neulich ... ich hab hier eine Familie kennengelernt, die hatte ich eingeladen, doch mal an Bord zu kommen. Im letzten Augenblick wurde mir das dann aber untersagt. Ich sah die Leute hinten an der Anlegestelle sitzen und auf das Boot warten. Sie wurden nicht abgeholt, aber sie sahen andere kommen und gehen. Ich hab mir irgendein Märchen ausgedacht und das dann einem Freund mitgegeben für die Leute. Aber wie steh ich denn da? Als Hanswurst! Was soll ich sagen, wenn ich da wieder hingehe? Und keinen Grund, keinen einzigen Grund hat man mir genannt!«
Jos spielte weiter mit ihrem Strohhalm.
»Was macht man da? Wissen Sie das? Sie haben schließlich mal hier gewohnt.«
»Das ist lange her! Sag mal, hat die Familie eine Tochter?«
»Was ...? Ja, auch eine Tochter. Warum?«
»Ich kann doch nicht gleich fragen, ob sie einen Sohn haben, mit dem du ein herrliches Verhältnis aufzubauen gedenkst.«
Er lachte lauthals. »Das Thema ist hier tabu. Wir sind hier nicht in Holland. Glaubst du denn, daß es wegen des Mädchens war?«
Er sagt du, er ist wieder zu Hause, dachte Jos. Sie wartete einen Augenblick, weil die Brückensirene aufheulte. Ihre Oh-

ren saugten den Ton auf. »Wenn es noch so ist wie früher, werden die Mädchen hier strenger gehalten als bei uns. Ein Mädchen allein mit einem Jungen ausgehen zu lassen, das erlauben die meisten Eltern nicht.«

Er nickte langsam.

»Wahrscheinlich will dein Kommandant keinen Ärger.«

»Uns ist erzählt worden«, er schob seinen Stuhl dichter heran, »daß einer unserer Männer mit einem dunklen, einheimischen Mädchen befreundet war. Schon eine ganze Weile. Ihre Familie wußte das. Da haben ihre Brüder und deren Freunde sie unter Druck gesetzt, ihren Freund eines Abends mit aufs Zimmer zu bringen. Als er dann da war, kamen die Kerle rein. Sie haben ihn kastriert. Der ganze Vorfall soll vertuscht worden sein. Aber ich glaube kein Wort davon.« Seine Stimme überschlug sich beinahe. »Du etwa?«

»Nein, und sei's nur, weil sich der ›Telegraaf‹, dieses Amsterdamer Boulevardblättchen, so einen fetten Happen nie und nimmer entgehen läßt.«

Er grinste, aber sie dachte an all die Geschichten, die man ihr als Kind erzählt hatte, um ihr angst zu machen. In der Beziehung hatte sich nicht viel verändert.

»Ich werd zahlen, ich hab noch eine Verabredung.« Jos nahm ihre Tasche. »Eine Verabredung mit mir selbst«, fügte sie in Gedanken hinzu.

»Nein, ich zahle!«

Die drei Worte des Jungen ließen Jos denken: Ach, was benimmst du dich doch wieder typisch holländisch. Jeder zahlt für sich selbst!

»Wir werden Ihrer in unseren Gebeten gedenken«, sagte sie, als sie aufstand.
»Komm lieber mit mir mit, nächste Woche haben wir einen gemütlichen Abend an Bord.«
»Geliebter Bruder, nicht nur, daß ich bis dahin garantiert mehr als tausendundsieben Verabredungen haben werde – alle beruflich, kapiert! –, ich kann dir das auch nicht antun. Ich habe Söhne in deinem Alter!«
Er war aufgestanden. »Und mit denen gehst du nie aus?«
»Doch, aber wenn sie deswegen gehänselt werden, sagen sie knallhart, daß sie dabei sind, einen Mutterkomplex zu züchten. Sie hoffen, damit wehrdienstuntauglich geschrieben zu werden. Du aber bist schon Soldat.«
Für einen Augenblick war er perplex, dann fragte er: »Seh ich dich noch mal? Wie heißt du eigentlich?«
»Ist das so wichtig?«
»Ich sitze hier oft auf dem Platz. Samstagnachmittags kommen alle möglichen politisch interessierten Leute hierher, jüngere Leute, da mußt du auch mal kommen.«
»Muß!« Mehr sagte Jos nicht. Aber er begriff.
Grüßend hob sie eine Hand. Nach ein paar Schritten schaute sie sich um. Neben ihm stand ein junger Mann. Ihr war, als explodiere eine Granate in ihrem Kopf, als wollte der ganze Kopf zerplatzen. Schnell lief sie weiter, bis sie außer Sichtweite war.
Das war doch nicht möglich! Für einen Augenblick hatte sie gedacht, Frank Lang sei da auf dem Platz aufgetaucht! Die Wahnidee … das kam sicher wegen all der Geschichtchen. Sie

hatte immerzu an Uniformen denken müssen. Und an Ray, Paulinas Bruder, der ihrem Vater damals den Brief über Lang und Aura gegeben hatte.

Jos warf einen Blick auf die Stelle, wo damals das Polizeirevier gewesen war. Das war jetzt auch woanders.
Da oben auf der Fortmauer hatte sie oft gesessen und Schularbeiten gemacht, und überall waren dann Insekten gewesen, in den Heften, zwischen den Büchern, aber daran gewöhnte man sich. Die Geräusche, die aus der Stadt herübergeweht kamen, Musik aus der Punda, die Gerüche – darum war es ihr gegangen.
Tief atmete sie ein, drehte sich um und blickte die Breedestraat entlang. Die Stadt war seltsam still, wenig Menschen waren zu sehen, wenig Autos. Im Hotel hatte man ihr gesagt: »Die Leute kommen abends in der Stadt lieber nicht mehr auf die Straße.«
Was wäre wohl geschehen an jenem 30. Mai, wenn die Polizei und die Marineinfanteristen nicht vor Einbruch der Dunkelheit schon Herr der Lage gewesen wären? Messer sind geräuschlos.
Sie erinnerte sich an die zahllosen Hausdurchsuchungen und Razzien von früher.
Der 30. Mai war vorbei. Danach waren alle wie vor Schreck gelähmt; auch die, die alles angezettelt hatten. Etwas Vergleichbares würde garantiert nie wieder geschehen können. Schrieben die Zeitungen.
Aber warum hatte das Schiff, mit dem sie gekommen war, eine

Extraladung Waffen an Bord? Und geflochtene Schutzschilde? Darüber hatte sie reden hören.
Regieren ist Voraussehen! Aber dafür brauchte man hier Fühlhörner außerordentlicher Qualität und Robustheit.
Jos drehte sich um, stieß mit jemandem zusammen und taumelte. Eine dunkle Hand ergriff ihren Arm, hielt fest, bis sie ihr Gleichgewicht wieder erlangt hatte, und ließ dann los.
Beinahe automatisch sagte sie: »Masja danki!«
Der Mann war für einen Augenblick überrascht, begann dann aber wie ein Maschinengewehr in Papiamentu auf sie einzureden. Aber das ging ihr zu schnell.
»Das hab ich leider ein wenig verlernt. Ajo!«
Während sie das letzte Stückchen Weg zum Fort zurücklegte, dachte sie: Wer war das doch, irgendwann mal in Holland, der gerade zurückgekommen war von Curaçao? Ach ja, der! Und er hatte gesagt: »Paß auf der Straße nur auf! Wenn du zufällig im Gedränge mit jemandem zusammenstößt, der dunkler ist als du, ist der Teufel los. Sie sagen, daß die Straße nicht mehr nur für die Makambas ist, daß nun die Zeit gekommen ist, daß du Platz machen mußt!«
Doch mal drauf achten in den nächsten Tagen! Und wenn sie's drauf anlegen müßte, sie wollte es wissen. Jedenfalls war die Prophezeiung beim ersten Mal nicht richtig gewesen.

18

Drei Stunden nachdem sie ihren Fuß auf die Insel gesetzt hatte, stand sie vor dem Forttor.

Es war offen.

Sie stand da und starrte so verblüfft auf das offene Tor, durch das man das ganze Fort sehen konnte, daß der Wachtposten auf sie aufmerksam wurde.

Unsicher ging sie durch das Tor. Würde er sie zurückrufen? Durfte man hier abends ganz einfach drin spazierengehen?

Niemand rief sie zurück.

Als sie mitten auf dem Platz war, blieb sie stehen. Sie wußte nicht, wohin sie zuerst blicken sollte. Erst später kam ihr ins Bewußtsein, daß sie zu ihrem alten Haus zuallerletzt geguckt hatte.

Ja, es sah noch genauso aus. Sie ging drauf zu. Nur eine andere Hausnummer hatte es bekommen. Nicht mehr 4, sondern 11. Moment: Fort Amsterdamm 11 – da sollte sie sich doch morgen melden für ihre erste Besprechung. Ihre Augen glitten über den Giebel nach oben.

Dies war nichts, was sie sich nur einbildete, was sie sich nur vorgemacht hatte.

Mit ganz langsamer Bewegung – wie in einem Traum, aber es war kein Traum – streckte sie die Hand nach der Tür aus. Vor Schreck, weil die sich öffnen ließ, sah sie sich um. Der Posten hatte nichts gemerkt. Vor dreißig Jahren hatte sie hier bei der Blumenrabatte gestanden und gewußt, daß sie eines Tages hier

stehen würde – und die Tür öffnen würde. Aber hinter der Tür würde es nicht mehr dasselbe Haus sein.
Mit einem Ruck öffnete sie die Tür. Sie sah in einen modernen Flur, in dem Licht brannte. Es gab keine Treppe mehr zur Vorveranda.
Daß sie hineingegangen war, hatte sie nicht einmal gemerkt. Ungefähr hier hatte sie damals mit Bob gesessen, der schrecklichen Geschichte des Mädchens von Aruba gelauscht.
»Suchen Sie jemanden?«
Den Mann neben ihr überraschte ihre Anwesenheit überhaupt nicht.
»Ich hab hier morgen eine Verabredung. Und da ich schon mal in der Gegend war …« Erzähl dem Mann doch keine Ammenmärchen! Sag doch einfach, daß du hier gewohnt hast! Daß du das Haus wiedersehen wolltest. Morgen werden die ganzen Büros voller Menschen sein. Frag ihn …
»Darf ich wohl ein wenig rumlaufen, mich umsehen? Ich hab hier früher gewohnt.«
»Aber dann sind Sie …«
Mit einer Handbewegung schnitt sie ihm das Wort ab. Schon gut, Bruder, und laß mich bitte allein.
Aber er ging mit ihr, erzählte, daß das ganze Fort restauriert worden sei. Die Fassaden waren abgerissen worden und dann Stein für Stein wieder aufgebaut. Und hinter den Fassaden waren heute gerade, kalte Gänge, Zimmer mit gläsernen Wänden. Keine Hitze mehr, keine Kakerlaken, denen man auflauerte, keine Todesschreck-Spinnen mehr im Speiseschrank und auf der Toilette. Keine Ratte mehr in der Falle. Kein …

Mit dem Kopf im Nacken stand sie da und guckte nach oben. Der Mann neben ihr schaute auch nach oben, konnte aber an der glatten Decke nichts entdecken.
Ratten und Katzen.
»Schreien, Kreischen, Schurren, ein Anlauf … und dann Rutschen, als würde jemand aus der Kurve getragen, direkt über mir«, murmelte sie.
»Ich hör nichts.« Der Mann lauschte.
»Nein, das war früher. Eines Abends ist die Polizei auf den Dachboden gegangen, um dort nach dem Rechten zu sehen, so schlimm war's da oben. Leichenblaß sind die Männer zurückgekommen. Und dann …« Sie runzelte die Stirn, kniff die Augen zu, um sich das Geschehen wieder vor Augen zu holen.
»… werden Sie vieles verändert finden«, unterbrach der Mann ihre gedankliche Reise in die Vergangenheit.
»Tja, zu Olims Zeiten …« Hatte sie das gesagt? Ausgerechnet das?
Sie drehte sich so schnell um, daß der Mann ihr kaum folgen konnte, um sie hinauszulassen. An der Tür zwang sie sich, ihm mit großem Wortschwall zu danken.
Von hier aus konnte sie den Posten nicht sehen, er sie wohl auch nicht.
Draußen ging sie mit Schritten, so wie früher, wenn sie ihre Turnschuhe bei jedem Schritt aus dem aufgeweichten Asphalt ziehen mußte, bis zum Aufstieg auf den Wallgang. Gleich hinter der Ecke blieb sie stehen. Sie wollte es nicht, aber ihre Augen wurden hochgezogen zur kleinen Brücke über ihr. In

ihrem Kopf rumorte der Schmerz. Der Pfahl dort neben der Brücke, das schräge Vordach da oben, und – nein, das konnte sie von hier aus nicht sehen, aber sie wußte es einfach – da drüber das Dach.

Der Wind, wenn man da oben saß. Da drunter auf dem Dachboden Schreien, Kreischen, Schurren, ein Anlauf ... und dann Rutschen, als würde jemand aus der Kurve getragen.

Die Schritte hinter ihr hatte sie nicht gehört. Der Marineinfanterist war neben ihr stehengeblieben.

Was suchte die Frau hier zu dieser späten Stunde?

Sie fühlte den stechenden Schmerz vom Kopf runterziehen in den Nacken, in den Rücken; ein Gefühl, als würde sie zweigeteilt. Mühsam beugte sie den Kopf nach vorn, zwischen die verkrampften Schultern.

Die Steine. Mit einem Fuß zeichnete sie einen Kreis darauf. Steine, ja, immer noch Steine. Und da hatte sie hindurch gewollt, verschwinden. Im Erdboden verschwinden.

Sie merkte, daß der Posten immer noch dastand, konnte aber niemanden bei sich gebrauchen.

»Ich hab hier mal gewohnt. Ich seh mir alles noch mal an.«

Daß er unsicher stehenbleiben würde, hatte sie erwartet. Jetzt auch stehenbleiben, glashart stehenbleiben. Das machte Leute nervös. Er würde von selbst abhauen.

Er ging weiter, sie hörte seine Schritte im stillen Fort. Mit ein paar Sätzen war sie den Aufgang rauf, lief auf Zehenspitzen weiter nach oben. An den Zaun des Gouverneurgartens gedrückt, starrte sie zur Brücke, zum hohen Dach daneben. Ihre Augen maßen den Abstand von oben nach unten.

»Geh nie zurück nach Curaçao. Das ist das einzige, was ich dir empfehlen kann.« Warum hatte der Doktor das gesagt? Welche Entdeckung sollte sie nicht machen?
Angst? Hatte sie Angst? Angst, Todesangst, richtige Todesangst hatte sie vor langer Zeit das letzte Mal gehabt. Das war noch in Holland gewesen, bevor sie nach Curaçao gegangen waren. Ungefähr sechs Jahre alt war sie gewesen. Vater hatte sie wieder mal in den Gartenschuppen eingeschlossen. Das war ein dunkler Schuppen, und voller Spinnen. Sie hatte geschrien, so wahnsinnig geschrien, daß ihre Stimme in ihr für immer kaputtgegangen war. Als sie nicht mehr schreien konnte, hatte sie ganz still, mit angelegten Armen, dagestanden. Sie hatte ein enges, veilchenblaues, gehäkeltes Kleid angehabt, eines von den Kleidern, die ihre Tante für sie häkelte, eines von den verfluchten Dingern, die mitwuchsen, aus denen man nie herauswuchs, die nicht kaputtzukriegen waren. Und die Arme bewegungslos an den Seiten. Vorsichtig hatte sie um sich geguckt und von dem Moment an gewußt: Was sie auch mit mir tun, wenn's ganz schlimm kommt, sterbe ich ... dann ist alles vorbei. Ruhig hatte sie sich hingesetzt, den Kopf zwischen die Knie gebeugt, die Arme darüber geschlagen. Das war das letzte Mal gewesen, daß sie wahnsinnige Angst gehabt hatte.
Angst? Hatte sie jetzt Angst? Sie sah das kleine Mädchen im Schuppen und begann zu zweifeln.
Langsam ging sie den Wallgang entlang, dann auf die Treppe zur kleinen Brücke. Der hintere Giebel ihres alten Hauses war seltsam dicht und geschlossen. Keine offenstehenden Fensterläden mehr von Badezimmer und Schlafzimmer, kein ...

… eine weiße Uniform auf ihrem Innenhof. Vater, der hinter dem Haus auftauchte. Er sah sie an mit der Geistesabwesenheit eines Mannes ohne Hoffnung, wenn er sagte: »Zu Olims Zeiten.« Im Dunkel ihrer Erinnerung löste er sich auf.
In diesem Moment begrub sie ihn für immer.
Was sie dafür bekam, war ein Zipfel angsteinjagender Wirklichkeit:
Es war kein Unfall gewesen.
Sie hatte es gewollt.
Denn was sie auch tat, wie sie es auch tat, in seiner Welt wäre es nie gut gewesen, weil sie ein Mädchen war.

19

In der Espresso-Bar neben dem Hotel sah sie ihre Notizen durch. Ab und zu ruhten ihre Augen auf den Leuten, die zu dieser frühen Stunde hier hereinkamen. Unauffällig folgte sie ihren Gesprächen, aber das brachte sie nicht näher an sie heran. Schon eine Woche war sie auf der Insel, aber alles war immer noch so weit weg. Nur der Augenblick oben auf der kleinen Brücke, am ersten Abend, was ihr da durch den Kopf gegangen war, war nicht so weit weg, war näher.

Sie hatte sich nicht bemüht, irgend jemanden von früher wiederzufinden. Hin und wieder gab es auf der Straße Begegnungen mit alten Bekannten. »Weißt du noch, Jos?« Oft stellte sich heraus, daß es Klassenkameraden von Jeannet waren, die sie verwechselten. Sie beließ es dabei. Anknüpfungsversuche an alte Freundschaften und Liebschaften werden meistens Reinfälle.

Sie blätterte in ihrem Notizbuch: Heute war Samstag. Was war doch noch am Samstag? Gomez-Platz. Davon sprachen fast alle, da müßte sie doch mal hingehen.

Während sie trank, sah sie über ihre Kaffeetasse jemanden hereinkommen, der sich suchend umsah, dann entschlossen auf sie zukam. Langsam setzte sie ihre Tasse ab.

»Frau Walther?«

Ihr Gedächtnis für Stimmen erkannte ihn sofort.

Sie sprang auf, und im gleichen Moment ergriffen sie sich bei den Händen.

»Dofi! Wie ist das möglich?«
»Sie kennen mich noch?« Ungläubig schüttelte er den Kopf.
Schweigend sahen die anderen Anwesenden zu ihnen herüber.
Sie rutschte einen Stuhl weiter, so daß Dofi auf ihrem Platz sitzen konnte.
»Wußtest du, daß ich hier sitze?«
Dofi betrachtete sie immer noch. »Daß Sie am Leben geblieben sind!«
Sie senkten die Augen und sahen beide dasselbe: wie er sie nach dem Unfall wegtrug. Wie er auf dem Innenhof neben ihrem Kopf gesessen und geheult hatte.
Das Schweigen zwischen ihnen wurde so drückend, daß sie ihr Löffelchen auf die Untertasse fallen lassen mußte.
Dofi holte etwas aus der Brusttasche, eine Brieftasche. »Wissen Sie noch …«, begann er.
»Hör bloß auf mit dem Sie. Du bist wohl …«
»Weißt du noch, daß du gerufen hast: ›Ich will nicht in den Himmel‹?«
Er legte die geschlossene Brieftasche auf den Tisch.
Was sollte sie denn nun davon halten? Der Dofi von heute war nicht der Dofi von früher.
»Na, weißt du, nach dem, was der letzte tote Papst da mitgemacht hatte, wollte ich nicht mehr in den Himmel.«
»Der Papst?« Dofis Augen funkelten, sie lächelte zurück. »Früher« rückte immer näher. »Früher« im Polizeirevier, als sie sich Geschichten erzählt hatten.
»Du weißt doch, der Papst, der so ein Maria-Fan war. Nach seinem Tod fragte er Petrus, ob er Maria sprechen dürfte,

wenigstens ein einziges Mal. Er durfte! Durch endlose Gänge lief er, immer hinter Petrus her, bis sie schließlich bei einem kleinen Gang mit einer kleinen Tür stehenblieben. Dahinter saß in einem kleinen Kämmerlein ein winziges jüdisches Frauchen. Der Papst fiel auf die Knie: ›Maria‹, sagte er, ›du weißt, wie sehr ich dich mein Leben lang verehrt habe. Darf ich dir darum eine Frage stellen?‹ Das Frauchen nickte. ›Maria, was dachtest du in der Zeit, da du schwanger warst?‹ Mit einem Seufzer antwortete Maria: ›Ich dachte: Hoffentlich wird es ein Mädchen!‹«

Sie hörte Dofi nachdenken, bevor er in Lachen ausbrach. »Hör auf, ai, Jossie! Wenn Jesus ein Mädchen gewesen wäre ... Ich hab genug mit meiner Mutter.«

»Dofi«, sagte sie streng, »das ist nicht zum Lachen. Was denkst du von uns Frauen? Einen Vater haben wir ... und dann auch noch Gott-Vater!« Hatte sie darum so unvermittelt den dummen Witz von früher erzählt? Aber es gab ein gewisses Gefühl der Erleichterung.

»Nur gut, daß dein Vater dich nicht hört.« Dofi wischte sich mit dem Taschentuch über das Gesicht, auf dem eine leichte Unruhe zu bemerken war.

»Der ist tot.« Das hörte sich lapidar an, so wie man sagt: »Der Zucker ist alle.«

»Er war ein strenger, aber gerechter Mann.« Dofi nickte bekräftigend.

»Das ist möglich.« Und das eine Mal, als er ihr etwas absolut nicht glauben wollte, das von Frank Lang? Moment ... »Sag mal, Dofi, weißt du noch, daß da in unserer Zeit so 'n Playboy

bei der Marineinfanterie war, Lang hieß der, der immer auf uns Kinder aufpassen mußte?«
Dofis Gesicht wurde ernst. »Warum fragst du gerade nach dem?«
Sie war also auf der richtigen Spur. »Da ist so viel, was ich vergessen habe. Ich kann mich nicht erinnern, daß ich ihn an dem Abend nach dem Unfall noch gesehen habe.«
»Ein Unglück hat doch wohl gereicht?« Sie sah, daß ihm der Scherz nicht leichtfiel. »Der ist kurz darauf versetzt worden.«
Offensichtlich wollte er nicht näher darauf eingehen. Langsam öffnete er seine Brieftasche, nahm etwas heraus und legte es vor ihr auf den Tisch.
Ein altes Foto. Unglaublich! »Das bin ich. Ein Foto von mir?«
Unverwandt starrte sie auf das Bild.
»Deine Mutter hat es mir gegeben.«
Mutter – ja, von wegen!
Als sie aufblickte, sah sie seine Augen, sie sah sie so wie an jenem Abend, als er ihr den Vogel im Käfig brachte. Mit zögernden Fingern strich sie über das zerknitterte Foto. Ein mageres, großes Kind, mehr Augen als Gesicht.
»Das hab ich jeden Tag bei mir getragen«, sagte seine leise Stimme neben ihr.
Warum? Dofi, warum?
»Und an deinen Augen hätte ich dich überall und jederzeit erkannt, Jossie.«
In Gedanken sah sie die Falten drum herum, die Furchen in ihrem Gesicht. Sie fühlte, wie müde sie war, so entsetzlich müde von all den Jahren zwischen dem Bildchen und heute.

Eine Hand legte sie auf Dofis Hand, mit der anderen setzte sie die Sonnenbrille auf.
»Steck das Foto weg, Dofi.«
Fest kniff sie ihre stechenden Augen zu. Sie fühlte wieder den wütenden Schmerz von damals, als sie den Vogel von ihm nicht annehmen durfte; aber gleichzeitig gab ihr dieses kleine Bildchen auch ein herrliches Gefühl von Sicherheit und Glück.
»Niemand weiß was, Jossie, von dem Foto.«
Sie kniff in seine Hand, sein Daumen schob höher über ihr Handgelenk.
Am anderen Ende des Tisches wurde ein Stuhl verschoben. Sie schrak auf.
»So, Dofi, und du beschützt also immer noch Makambas?« sagte ein junger Kerl mit stolzem, aus dunklem, hartem Holz geschnittenem Gesicht auf Papiamentu.
Dofi zog seine Hand zurück. Und jetzt keine Reaktion zeigen. Dann denkt Dofi, daß du's nicht verstanden hast, dachte sie. Aber sie mußte sich beherrschen, um dem Kerl nicht in sein dünkelhaftes Gesicht zu schleudern: »Egal, was hier auf der Insel vor sich geht, probier du nicht, etwas kaputtzumachen, wovon du nicht die Bohne kapierst. Das einzige, was man dir im Leben beibrachte, war, dich selbst zu hassen. Du mußt schließlich ein anderer Mensch werden. Wenn du gelernt hattest, dein altes Ich zu hassen, lehrte man dich auch noch, wie du vom Selbsthaß wieder wegkommen konntest: Indem du den anderen haßt.«
Sie war – vor dreißig Jahren – auch beinahe dran kaputtgegan-

gen, am Selbsthaß. Weil sie ein Mädchen war. Und der Typ ihr gegenüber: weil er schwarz war.
Erst als sie auf der Straße waren, fragte sie: »Ist so was hier heutzutage allgemein üblich?«
»Das war nicht gegen dich, Jossie, sondern gegen mich gerichtet. Kann ich dich mit dem Wagen irgendwohin bringen?«
»Ja, gern, Dofi. Aber paß mal auf ...«
»... du wirst merken, daß hier viel verändert ist. Ich begreif den Jungen ganz gut. Aber ich darf auch nicht vergessen, daß ich bei der Polizei bin, ich provoziere also nicht. Und ... und wohin wolltest du?«
Es war deutlich, daß er nicht weiter auf das angeschnittene Thema eingehen wollte.
»Weißt du, wo Aura wohnt? Du weißt doch, Aura, die früher bei uns gearbeitet hat. Aura Rozal hieß sie damals.«
Dofi ließ sie einsteigen, stieg dann selbst ein. »Aura? Warum gerade Aura?«
»Sie verschwand einen Tag, bevor ich den Unfall hatte. Ich hab sie nie wieder gesehen. Mein Vater erzählte mir, daß sie auf eine andere Insel gegangen wäre. Aura und ich ...« Sie schwieg, denn das konnte sie Dofi ja doch nicht alles erzählen.
Dofi hatte die Wagenschlüssel noch in der Hand, spielte damit. »Wenn du doch zu Aura gehst ... dann kann ich dich auch direkt fragen. Das hat mir die ganzen Jahre im Kopf rumgespukt.« Er starrte vor sich hin. »Du fragtest nach dem Lang, Jossie. Weißt du wirklich nicht, was da passiert ist?« Er wandte sich ihr zu und sah sie an.
Sie schüttelte den Kopf, versuchte das Damals zurückzurufen.

Nein, nur an das, was da auf dem Wallgang passiert war, daran erinnerte sie sich. Aber das konnte Dofi nicht wissen. Es sei denn, Aura hätte …

Sie ergriff seinen Arm. »Was weißt du?«

»Kurz nachdem du den Unfall hattest, habe ich mit Aura gesprochen. Sie hatte draußen vor der Wache auf mich gewartet. Erst wollte ich ihr nicht glauben. Sie erzählte nur, daß Paulinas Bruder, Ray, eine Anzeige gegen Lang erstattet hatte. Aura hatte Angst, daß die Anzeige verschwinden würde und daß Ray und seine Freunde sich dann Lang vornehmen würden. Davor wollte sie mich warnen. Aber sie wollte auch, daß ich dafür sorgte, daß der Kommandant die Anzeige selbst bearbeitete. Denn der Lang, der Schuft, der hätte dich auch … mit dir auch …« Er stockte für einen Moment. »Aura sagte, daß sie das ganz sicher wüßte und daß der Kommandant das auch erfahren müßte. Du warst schließlich bewußtlos. Aura hatte Angst, daß du später, wenn du den Schuft wiedertreffen solltest, noch kränker werden könntest.«

Das mußte Jos erst mal alles verarbeiten. »Aber der Brief mit der Anzeige war verschwunden. Daran kann ich mich genau erinnern. Weißt du noch, einen Abend waren die Polizisten doch bei uns oben auf dem Dachboden, wegen der Katzen und Ratten. An dem Abend hörte ich, daß Drost zu Lang sagte, er hätte den Brief unterschlagen. Die beiden wußten nicht, daß ich ihnen zuhörte. Aber Lang kam dahinter, und ich war nicht sicher, Dofi, ob er mir was tun würde, nachdem ich das ja nun gehört hatte.«

»Warum bist du nicht zu deinem Vater gegangen?«

»Der glaubte mir nicht. Lang war doch ein Freund des Hauses, der ging doch bei uns ein und aus. Aber du, was hast du dann getan?«
»Alles deinem Vater erzählt. Es hat noch viel Mühe gekostet, Aura so weit zu bringen, selbst Anzeige zu erstatten.«
»Das soll einer verstehen.«
Dofi startete den Wagen. Sein Gesicht bekam einen harten Zug. »Früher ließen sich die Leute doch alles gefallen. So waren sie erzogen.«
Ihre Gedanken gingen zurück. Da fehlte doch etwas in der Geschichte! Sie versuchte, sich an Lang zu erinnern. Wie ein undeutlicher Schemen tauchte er auf in ihrer Vorveranda. Das Bild wurde deutlicher: Frank Lang neben Mutter, Vater kam gerade nach Hause. Ganz deutlich sah sie ihn plötzlich: damals, auf dem Wallgang, als sie mit ihm gekämpft und sich befreit hatte. Sie sah ihn, wie er auf sie zukam … Sie stand neben der offenen Tür zum Dachboden …
»Dofi!« Sie schrie seinen Namen. Vor Schreck trat er auf die Bremse.
»Was ist denn?« Er sah in ihr kreideweißes Gesicht.
»Dofi, ich hab damals … kurz vor dem Unfall war ich bei der Tür zum Dachboden. Die hatte ich heimlich aufgemacht. Lang kam plötzlich auf mich zu. Vor Schreck bin ich durch die Tür auf den Dachboden gegangen. Er kam mir nach … und dann …«
»Ja?«
»Ja, so war das.« Tief atmete sie durch. »Ich sprang raus und habe hinter mir die Tür verriegelt.«

»Ai Jossie!« Dofi brach in Lachen aus, zwinkerte ihr zu. »Das wäre zu schön gewesen! Vielleicht hattest du das tun wollen. Vielleicht hast du immer daran gedacht, als du so krank warst. Und später hast du dann geglaubt, das tatsächlich getan zu haben.«
Entschieden schüttelte Jos den Jopf. »Nein, Dofi, ich bin mir jetzt ganz sicher. In all den Jahren hab ich nicht eine Sekunde daran gedacht. Ich weiß nur, daß ich nach dem Unfall immer das Gefühl hatte: Ich hab was vergessen. Ich muß etwas erzählen.«
»Vergiß es! Er ist lebendig und gesund von der Insel runtergekommen, das weiß ich bestimmt.«
»Dann muß ihn jemand da rausgelassen haben.«
»Er hat nie da drin gesessen, Jossie!« sagte Dofi mit Nachdruck.
»Na, das ist dann aber schade.« Das sagte sie mit so viel Bedauern in der Stimme, daß Dofi sich das Lachen nicht verkneifen konnte.
Den Rest der Fahrt schwieg sie. Dofi erzählte: von der Insel, was alles anders geworden war, von den Menschen von früher. Sie saß da und grübelte: Aura, vielleicht weiß die was. Denn, verdammt und zugenäht, wenn ich ihn da eingeschlossen habe, dann ist das für ihn kein Honiglecken gewesen.

20

Vielleicht wäre es anders gewesen, wenn Dofi nicht danebengestanden hätte. Nun standen sie da, wußten nicht recht, wie sie sich benehmen sollten, blickten einander an, und jede versuchte, im Gesicht der anderen das Mädchen von damals zu finden.

Jos merkte, daß Aura Dofi fragend ansah, aber der schlug die Einladung ab und verschwand.

»Daß ich dich noch mal sehe«, sagte Jos spontan.

»Setzen Sie sich«, forderte Aura sie auf.

Sie – und das sagte sie mit der Betonung von vorvorgestern.

Jos stützte sich mit den Armen auf den Tisch, schloß wie eine schnurrende Katze für einen Moment beide Augen und sah dann Aura an. »Tsjee, Aura, daß ich hier wieder sitze! Genau wie früher.«

Sie schaute sich in der Wohnung um. »Wie geht's deinem Vater? Und deiner Mami?«

»Die sind tot.«

Jos deutete auf die Bilder auf einem kleinen Schrank. »Sind das deine Kinder?«

Aura nickte.

Bist du verheiratet? Beinahe hätte sie gefragt, aber sie wußte nicht, wie Aura die Frage aufnehmen würde. Sie stand auf und sah sich die Bilder an.

Aura wurde ein wenig gelöster und erklärte: Ihr ältester Sohn …

Jos schaute Aura fest in die Augen: »Ist er …?«
»Ja, das ist er. Aber er weiß nicht, wer sein Vater ist. Jossie, sag's ihm nicht, wenn du ihn siehst. Er soll's nicht wissen.«
»Natürlich nicht, was denkst du denn.«
Das Gesicht kannte sie. Woher?
»Aura, ich muß mich bei dir bedanken. Dofi erzählte mir, daß du zur Polizei gegangen bist und Anzeige erstattet hast, auch wegen mir.«
»Ich hatte Angst, Jossie. Nicht wegen mir, sondern wegen dir. Ich hatte Angst, daß er dir was antun würde, wenn's dir wieder besser ginge. Du hattest ihn doch eingeschlossen auf dem Dachboden …«
Jos hatte Auras Arm so plötzlich und fest ergriffen, daß Aura das Gesicht verzog. »Stimmt es also doch? Aura, das mußt du mir erzählen.« Sie drängte Aura auf einen Stuhl und zog für sich einen Stuhl heran, gleich daneben. »Aura, du mußt mir glauben. Ich hatte es vergessen. Ich wußte es nicht mehr. Gerade bei Dofi im Auto kam ich ganz plötzlich wieder darauf. Das hab ich also wirklich getan?«
»Ja, ich hab's gesehen.«
Langsam kam die Erinnerung zurück. »Wir waren für den Abend verabredet.«
»Ja, und du kamst nicht. Ich wartete hinten bei der Kirche.«
»Und da hast du gesehen, was ich tat?« Jos sah Aura fragend an. War denn das die Möglichkeit!
»Ja.«
»Und du hast ihn rausgelassen?« Plötzlich war alles deutlich. Aber Aura schüttelte den Kopf. »Ich traute mich nicht. Er

hätte mich sehen können. Und er wußte ja vielleicht schon was von dem Brief, den Ray ...«

»Aber wer hat denn ...?«

»... der Posten. Als ich zum Fort rausging, da sagte ich: ›Die Tür zum Dachboden steht offen, hab ich selbst gesehen.‹«

»Und das hat der Posten dann bei seiner Ablösung gemeldet.«

»An dem Abend war doch das Feuer«, erinnerte Aura.

Jos zeichnete mit einem Finger eine der Figuren in der Plastiktischdecke nach. »Wie im Film«, sagte sie, so fremd und unwirklich schien heute alles. Das einzige, was für sie noch gegenwärtig war, war die eiskalte Wut, die sie gefühlt hatte, als sie ihn an jenem Abend auf sich zukommen sah. Und das furchtbare Gefühl: Ich bin allein, niemand glaubt mir, niemand wird mir helfen.

Aura war aufgestanden und schenkte etwas zu trinken für sie ein. Da sitzen wir nun! dachte sie. Zwei Mütter in mittlerem Alter, und immer noch regt uns das auf, was in unserer Jugend passiert ist. Aura vielleicht nicht so. Schließlich hat sie ihn ja gleich vom Dachboden befreien lassen.

»Aura, du brauchst es mir nicht zu sagen, aber warum wolltest du deinetwegen keine Anzeige gegen Frank Lang machen, aber sehr wohl für mich?«

»Bei dir war's anders.« Das sagte Aura erst nach einigen Minuten beklommenen Schweigens.

»Wieso anders? Schwester! Du hast doch immerhin ein Kind von ihm erwartet.«

»Ich weiß nicht mehr. Das war eben anders.«

Jos fühlte, daß Aura wie ein Fisch an der Angel zappelte.
»Hast du ihn geliebt? Er war ein gutaussehender Kerl, im nachhinein betrachtet. Ich fand ihn nur so ’n Fiesling!«
Aura begann zu kichern, so wie sie früher kichern konnte, wenn sie mit Jos zusammenhockte. Das Kichern wirkte ansteckend auf Jos. Da saßen sie: zwei kichernde Mädchen, die lauter und lauter zu lachen begannen. Sie lachten um des Lachens willen. Wieder mal gemeinsam lachen. Aura legte einen Arm um Jossies Schulter. »Jossie, ai, bo ta pret! Mit dir muß man lachen. Früher auch.« Sie ordnete eine Falte an Jossies Kleid und setzte sich entspannt hin.
Die kleine Gebärde gerade eben, das war wie früher. Das war Aura, die so oft und so viel für sie auf sich genommen hatte, zu der man in die Küche fliehen konnte.
»Dir werd ich’s erzählen, dir ja. Du weißt, mein Vater, der ist streng.«
War, dachte Jos unwillkürlich, er ist doch tot. Aber mit den Zeiten, Artikeln und so weiter, mit dem ganzen Wirrwarr in der niederländischen Sprache habt ihr ja immer auf Kriegsfuß gestanden.
Und in der vorigen Woche hatte sie mitangesehen, daß den Kindern immer noch der gleiche Stoff eingetrichtert wurde.
Aura stand auf und schenkte die Gläser noch mal voll.
Vorige Woche war Jos in ihrer alten Schule gewesen – na ja, was davon noch stand. Sie war die Treppe hinaufgegangen, dieselbe, auf der sie damals ihren Kopf im Geländer festgeklemmt hatte. Oben im Korridor hatte sie erst mal wieder die Luft geschnuppert. Dann war am Ende des Korridors Sœur

Supérieure aufgetaucht. Und wieder hatte sie das Gefühl der Beklemmung gehabt.

Nach ein paar Schritten hatte sie gemerkt, daß es nicht Sœur Supérieure, ihre alte Schwester Oberin, war, sondern ihre alte Klassen-Sœur. Schon von weitem zwinkerte sie Jos zu. Und wäre sie Jos ganz unverhofft über die glatten Fliesen entgegengeschlittert, die Überraschung hätte für Jos kaum größer sein können.

»Willkommen, Jozina ... oh, verzeihen Sie! Willkommen, Frau Walther.«

Erst da hatte auch Jos lächeln können. Dies war eine Szene, von der man als Kind träumte.

»Ich werde den Kindern nicht erzählen, was du hier früher alles angestellt hast«, sagte die Sœur. »Na ja, wir haben ja so oft gesagt: ›Jozina Walther ist ein ganz besonderes Mädchen.‹ Und als wir deine Bücher lasen, da haben wir gesagt: ›Die war früher schon irgendwie anders.‹«

Die Chance hatte Jos sich unmöglich entgehen lassen können. »Ja, Sœur, das sagen Sie heute, im nachhinein. Aber wäre ich in der Gosse gelandet, dann hätte man hier gesagt: ›Die Jozina Walther ... haben wir das nicht schon immer gesagt! Die war doch schon immer so anders als die meisten!‹«

Sie hatten sich gegenübergestanden, einander mit den Augen gemessen; und es hatte Jos angenehm berührt, daß die Sœur zu lachen angefangen hatte. Das Lachen einer Sœur auf dem alten, trübsinnigen Korridor, auf dem sie sich früher verkrampfte Waden geholt hatte, wenn sie zur Strafe wieder mal aus der Klasse geschickt worden war und hier stundenlang stehen mußte, wischte im Handumdrehen all ihre Beklemmung weg. Jetzt würde sie alles sagen können, was ihr damals quergesessen hat. Aber warum? Jetzt hatte sie doch nichts mehr davon. Und damals, als sie etwas davon hätte haben können, damals durfte sie nichts sagen. Die Kinder in der Klasse hatten gesungen, extra für sie, und gelbe Uniformen hatten alle angehabt – genauso, wie sie sie »gesehen« hatte.

Sie schrak hoch, als Aura sie anstieß. »Erzähl doch mal, wie geht's deinem Vater und deiner Mutter. Du hast Kinder, hab ich gelesen.«

Jos machte einen großen Sprung in einen anderen Lebensabschnitt, und sie erzählte.

Aber hier, in Auras Häuschen, wo sie früher so oft gesessen hatte, hier schien alles, was in Holland war, so unwirklich zu sein. Sie kniff sich in die Finger, zog daran, bis sie knackten. Aura sah es, lachte leise und machte es ihr dann nach. Das hatten sie früher in der Küche immer getan, um den Hausknecht zu ärgern, den es nervös machte.

Plötzlich stieß Aura Jos noch mal an. »Erzählen!« befahl sie.

»Mehr ist nicht. Erzähl du nur. Ich hab dich gefragt, ob du Frank Lang geliebt hast.«

Verlegen friemelte Aura an einem Zipfel der Tischdecke. »Ich weiß es nicht. Damals … das war 'ne andere Zeit. Ich war noch jung. Ich war zur Schule gegangen. Pa und Ma wollten, daß ich gut heiraten sollte. Keinen Jungen von Fleur de Marie.«

»Zum Beispiel nicht Ray, Paulinas Bruder?«

»Ach, Ray! Wenn Pa Ray für gut genug befunden hätte, würde ich heute in einem schönen Haus wohnen.«

»Aber das mit Frank Lang, das ist dir dann doch passiert.« Das war halb Frage, halb Feststellung einer Tatsache.
Aura beugte sich vor, bis dicht vor Josjes Gesicht. »Pa fand keinen Jungen gut genug für mich. Ma wollte, daß ich einen helleren Jungen heirate. Aber jenen Jungen hatten ihre Eltern verboten, mich zu nehmen, denn ich wohnte auf Fleur de Marie, und ich hatte nicht so 'ne helle Haut wie sie. Das kennst du ja, Jossie!«
Jos nickte, und es kostete sie Mühe, der Geschichte zu folgen, denn nun, da ihre Gefühle so stark mitspielten, war Aura mehr und mehr in Papiamentu übergegangen. Jos fühlte, daß eigentlich viel mehr hinter dieser Geschichte steckte. Wie schwer es Aura fiel, die richtigen Worte zu finden. Sie wies auf ein Foto. »Willst du selbst auch, daß deine Tochter einen hellen Jungen heiratet?«
Aura schneuzte sich und drehte dem Foto demonstrativ den Rücken zu. »Hör mir auf mit der! Den ganzen Tag haben wir Krach. Daisy ist jetzt zwanzig. Einmal ist sie mit einem Jungen von der Marineinfanterie, von dem Schiff da draußen, tanzen gegangen. Das hat ihr Bruder gesehen. Der hat sie ausgeschimpft, als sie nach Hause kam. Seine Freunde waren dabei. Die sagten: ›Ein Mädchen, das mit einem Makamba ausgeht, das ist kein Mädchen für uns!‹ Und Daisy heulte. Denn keiner der Jungs geht jetzt noch mit ihr aus. Und dauernd ärgern sie sie. Sie sagen: ›Ein Makamba, der kann das doch gar nicht. Warum nimmst du dir einen Makamba? Guck dir doch mal die weißen Frauen an, mit ihren unzufriedenen Gesichtern.‹«

Jos brach in Lachen aus. Immer noch das alte Lied!
»Ja, du lachst«, sagte Aura. »Das arme Kind. Die sollte lieber nach Holland gehen, Krankenschwester werden. Da ist sie frei.«
Jos zog ein langes Gesicht. Ja, als Mädchen wäre Daisy vielleicht frei. Aber danach, wenn sie zurückkam? Dann geriete sie doch wieder in die alten Zwänge. Denn die meisten Mädchen kamen zurück, konnten sich nicht damit anfreunden, in Holland zu heiraten und zu bleiben.
»Will dein Sohn … wie heißt er eigentlich, Aura?«
»Crispin.«
»Ist Crispin dagegen, weil sie nach dem 30. Mai so beschäftigt mit der eigenen Identität sind? Und ›Black is beautiful‹?«
»Auch das. Daisy darf keine hellen Strümpfe mehr tragen. Deine eigenen Beine sind schön, sagen sie. Sie darf keine glatte Perücke mehr tragen. Dein eigenes Haar ist schön, heißt es. Das mußt du nicht glätten, sagen sie.«
An ihrer Entrüstung merkte Jos, daß Aura mehr auf Daisys Seite stand.
»Na ja, es macht selbstverständlich nichts aus, wenn sie helle Strümpfe trägt und eine glatte Perücke, nur so, um sich mal fein zu machen. Aber wenn sie's tut, um zu verbergen, wer sie ist, dann …«
»Gibst du dem Jungen recht?« fragte Aura überrascht.
»Ich hab in dieser Woche hier auf der Insel so viel gehört, mit so vielen Leuten gesprochen. Es geht um viel mehr. Die Menschen müssen lernen zuzugeben, zu zeigen, wer sie sind, sich ihrer selbst nicht zu schämen. Und die Perücke und die hellen

Strümpfe, das sind zwar nur Äußerlichkeiten. Aber das hat damit zu tun, ja.«
Aufgeregt schlug Aura mit der flachen Hand auf den Tisch. Halb in Papiamentu und halb in Niederländisch schleuderte sie die Worte hervor, aber Jos konnte ihr folgen: »Sie sagen, daß sie für Freiheit sind und für Gleichheit. Dann dürfen sie uns Frauen aber auch nicht vorschreiben, wie wir denken und leben müssen. Wenn Daisy tanzen gehen will mit einem Jungen vom Marineschiff, dann müssen sie sie gehen lassen. Daisy muß entscheiden. Dann dürfen sie hinterher nicht so tun, als gäb's das Mädchen gar nicht mehr. Und die Mädchen, die genauso denken wie Crispin und seine Freunde, die sollen tun, was sie für gut halten. Das sollen sie auf dem Gomez-Platz ausfechten, nicht in meinem Haus.«
Wie eine erzürnte Göttin hatte Aura sich aufgerichtet.
»Dies ist mein Haus. Ich arbeite. Daisy arbeitet. Ich verdiene Geld. Daisy bringt Geld nach Hause. Und die Jungs arbeiten nicht.«
»Hier sind so viele arbeitslos, Aura, das darfst du den Jungs nicht anlasten.«
Warum verteidigte sie Crispin und seine Ideen? Weil sie sich noch so gut an die Verzweiflung der Jugend erinnern konnte, an die Vorsätze, die ganze Welt zum Guten zu verändern? Da stürzte man sich in alle möglichen Aktionen, nur um etwas zu tun. Man würde schon sehen, was daraus würde. Und doch hörte sich auch das recht vernünftig an, was Aura gesagt hatte. Aber eine antillianische Mutter, das war keine holländische Mutter. In Holland polterten sie schon mal los, aber sie nah-

men alles nicht so schwer. Hier auf den Antillen war die Mutter immer Mittelpunkt der Familie gewesen, auch für die verheirateten Kinder. Und jetzt, durch all die neuen Ideen, fühlten sie sich stark in ihrer unantastbaren Macht bedroht.
War Aura ärgerlich, weil Jos nicht ganz ihrer Meinung war?
»Bei uns in Holland wird doch schon seit langem alles umgekrempelt. Man gewöhnt sich dran. Und es hat auch sein Gutes. Man schläft nicht ein. Mich reißt das oft irgendwie mit, wenn ich sehe, daß die Jüngeren sich wirklich krummlegen für Sachen, für die wir in unserer Jugend auch gekämpft haben, aber kein Bein auf den Boden kriegten. Und hier beginnt das alles ja erst, du mußt dich noch dran gewöhnen.«
»Ich will mich aber nicht dran gewöhnen!« sagte Aura entschieden.
»Willst du's denn so haben wie früher, als du und dein Vater zum Beispiel nicht wagten, eine Anzeige gegen Frank Lang zu machen? Daß sie mit dir machen können, was sie wollen?«
»Sprich nicht so über ihn. Er ist Crispins Vater.«
Alles hatte Jos erwartet, aber nicht so etwas. »Dann hast du ihn also doch geliebt?«
Aura schüttelte den Kopf. »Das begreifst du nicht, Jossie!« Ihre Stimme klang wie die einer Mutter, die die Hoffnung, ihrem Kind etwas erklären zu können, schon lange aufgegeben hat. »Ich … was ich erzählt habe … von den hellen Jungs durfte mich keiner heiraten, und ich wohnte auf Fleur de Marie. Mein Vater wollte nicht, daß ich einen Jungen von Fleur de Marie heiratete. Ich wußte, ich heirate nie. Man wird eine alte Frau, ohne Kinder, und man wird ständig bewacht.

Denn die Väter hier bei uns sind mit ihren Töchtern grad so streng wie die reichen Väter auf Mahaai. Ich wäre mein Leben lang für meine Familie nur eine Tante gewesen. Das wollte ich nicht. Oh, ich weiß, was mit den Mädchen los ist. Eines Tages gehen sie doch heimlich aus mit einem Mann. Sie vergessen alles. Ich sagte mir: ›Aura, das passiert dir auch!‹ Die Marineinfanteristen kamen wohl immer zu mir nach unten in die Umkleidekammer, aber die heirateten kein Mädchen von Fleur de Marie. Eines Tages sah ich bei euch im Haus Frank Lang, und mir fiel auf, wie der mich ansah.«

Aura schwieg.

Es war ein plötzlich in Jos aufkommender Gedanke: »Mochtest du meine Mutter nicht?«

Aura verzog die Lippen, nur ganz kurz, aber das reichte.

»Du dachtest, Aura, stell dir doch mal vor, daß du den Leutnant, der um die Frau Kommandant herumscharwenzelt, daß du den ... daß du ihn ihr wegschnappst.«

Abwehrend streckte Aura die Hände aus, aber Jos lachte verschwörerisch. Da atmete Aura tief und nachdrücklich durch und nickte.

»Darum wolltest du ihn wegen deiner Sache nicht anzeigen?«

Aura bog ihren Kopf Jos entgegen. »Jossie, wirst du's nie jemandem sagen ... aber ich war auch glücklich, damals in den Tagen ...« Aura ergriff Jossies Handgelenke und hielt sie fest umschlossen. »Jossie, die Kerle hier von uns, die lügen. Ich weiß es doch selbst. Die Kerle hier mit ihrem großen Mund, die sagen: ›Ein Makamba kann nix davon!‹ Aura weiß, daß die spinnen!« Sie nickte Jos bekräftigend und stolz zu und richte-

te sich wieder auf. »Ich bin froh, daß ich mit einer Frau darüber reden kann.«
»Oh, aber die wahnsinnige Vorstellung haben sie bei uns auch, nur umgekehrt. Wir Frauen werden gebraucht als Ursache eines Krieges unter Männern. Früher trugen sie das auf einem Schlachtfeld mit Waffen aus. Du weißt doch, genau wie in den Filmen: Da geht es immer um die Ehre der Frau, aber eigentlich hängt die Tante den ganzen Film über nur wie ein aufgeputzter Flitter rum.«
Aura nickte aufgeregt. Das hatte sie hören wollen.
»Und heutzutage tragen sie's im Bett aus, und aus ihren alten Kriegsberichten sind ihre heutigen Bettgeschichten geworden: Die anderen können nichts! Und wir haben das zu glauben. Deswegen verbieten sie uns ja auch, im anderen Lager Untersuchungen anzustellen.«
Sie sah Aura geradewegs ins Gesicht: »Und vielleicht, Aura dushi, stacheln wir sie sogar dazu an. Ich meine: Wir spielen das Spielchen ja immerhin mit!«
Ihre Augen lachten, sie nahmen ihre Gläser, stießen miteinander an und tranken, als gälte es, ein Bündnis feierlich zu besiegeln.
»Wenn du wüßtest, was bei uns in Europa erzählt wird, von wegen ›schwarze Männer im Bett, das ist das Größte‹! Als wären die grad gut genug zur Zucht, wie in der Sklavenzeit. Na, ich kann dir versichern – aber das weißt du ja schon –, daß die Hautfarbe überhaupt nichts damit zu tun hat. Der einzige Unterschied ist, daß schwarze Männer im Bett nicht so entsetzlich viel quasseln, wenn sie zugange sind.«

Für einen Augenblick war Aura schockiert, in ihren Augen stand die Frage: Woher weißt du denn das?
»Und das hab ich nicht in einem schriftlichen Kursus gelernt! Die Schwarzen behalten nur öfter die Socken an. Darüber hab ich eine Studie gemacht.«
Aura lachte brüllend. »Jossie, stop, Jossie! Ai no!«
»Haben sie Angst, auf ein Insekt zu treten? Oder wollen sie schnell wieder wegkommen können? Was meinst du?«
Aber Aura konnte kein Wort hervorbringen. Sie lachte aus vollem Hals, den Kopf zurückgeworfen.
»Ich hab mal von einem Seemann gehört, daß die Socken die einzige Möglichkeit sind, für den Fall des Falles unbemerkt Pariser bei sich zu tragen.«
Mit flacher Hand schlug Aura auf den Tisch. »Jossie, no, du bist genauso verrückt wie früher.«
Das gab ihr einen kurzen Stich, das Wort »verrückt«, aber dann grinste sie. »Ich meine das im Ernst.«
»Darum. Darum muß ich ja so lachen.« Aura wischte sich die Augen trocken und nahm sich eine Zigarette aus der Schachtel, die Jos auf den Tisch gelegt hatte. Jos nahm sich auch eine, gab dann sich und Aura Feuer.
»Frank Lang war ein netter Mann«, sagte Aura unerwartet ernst, »aber was er mit dir getan hat …« Sie schüttelte den Kopf.
»Woher wußtest du das so genau?«
»Das hat man doch im Gefühl. Ich fühl doch auch, daß Daisy genauso denkt wie diese hier …« Sie tippte sich auf die Brust.
»Daisy ist auch neugierig. Daisy ist ein hübsches Mädchen. Ihr Vater, das ist auch der Vater von Erwin, meinem jüngsten

Sohn, hat uns verlassen.« Aura zuckte nicht einmal mit den Schultern. So etwas passierte zu oft auf den Inseln. »Da ist was, mit Daisy und dem Jungen von der Marine.«
»Gib Daisy dann doch die Pille.«
Etwas in Aura erstarrte. »Die Leute werden sagen: ›Die Daisy von Aura ist eine Hure. Die nimmt die Pille und kann mit jedem mitgehen.‹ Hier wissen die Leute doch immer alles voneinander.«
»Aber die Pille wird empfohlen, wegen der Familienplanung, Aura. In ein paar Jahren ist das die normalste Sache der Welt. So ist das bei uns doch auch gegangen. Und die ganzen Märchen über Krankheiten, das ist doch Unfug.«
Fragend sah Aura Jos an. Sollte sie das glauben? Jos hatte studiert, war durch viele Länder gereist. Jos konnte einfach über alle möglichen Dinge mit einem reden.
»Weißt du, warum du dich an die Pille gewöhnen mußt?«
Aura schüttelte den Kopf.
»Ich hab im Laufe der Woche hier mit vielen jungen Mädchen gesprochen, und alle fingen sie an mit der Emanzipation. Aber die Pille, das ist Emanzipation. Denn mit der Pille hat die Frau selbst die Entscheidungsmöglichkeit, ob sie ein Kind haben will oder nicht. Und das ist noch nie so gewesen. Sie braucht dem Mann überhaupt nichts zu sagen, sie hat die ganze Verantwortung. An den Gedanken müssen viele Frauen und Mädchen sich erst noch gewöhnen.«
Jos hatte ganz langsam gesprochen; an Auras zustimmendem Nicken merkte sie, daß sie ihr folgen konnte.
»Alle Mädchen hier haben darüber geklagt, daß ihre Mütter

so altmodisch sind. Daß die Mütter nichts von neuen Dingen wissen wollen. Wenn die Mütter nicht mitmachen, Aura, dann bleiben die Kinder im Dreck sitzen.«
Hinter ihnen wurde geklatscht. Erschrocken fuhren sie hoch.
»Schade, daß Sie keine Antillianerin sind. Sie müßten auf dem Gomez-Platz sprechen«, sagte eine warme Männerstimme.
Jos drehte sich um. Da stand ein junger Mann mit stolzem, wie aus hartem, dunklem Holz geschnittenem Gesicht.
»Crispin!« rief Aura. Sie stand auf und deutete auf Jos.
»Wir sind uns bereits begegnet. Und ich habe auch gehört, wer Sie sind. Es wird eine große Ehre sein für Maai.«
Sie hörte den ironischen Unterton, aber Auras wegen beherrschte sie sich.
Crispin ging wieder aus dem Haus.
»Ich werde auch gehen, Aura.« Jos stand auf, sah die Enttäuschung in Auras Augen. »Ich komme wieder, bestimmt.«
Aura nickte. So war's wohl besser.
In der engen Türöffnung gaben sie sich einen Kuß. Als Jos schon draußen war, fiel ihr plötzlich etwas ein. »Wohnt Paulina noch hier?« Unauffällig zupfte sie an ihrem schweißnassen Kleid, das an der Hüfte klebte.
»Nein, die ist schon lange weg.« Aura stand da und schaute ihr nach.
Jedesmal, wenn sich sich umdrehte und winkte, mußte Jos aufpassen, daß sie auf dem unebenen Pfad nicht stolperte.
Aura und Auras Häuschen waren nicht mehr zu sehen.
Unten auf der Straße stand Crispin und sah ihr entgegen. Eigentlich hätte sie auf ihn zustürmen und ihm ins Gesicht

schleudern wollen, was sie von ihm hielt, von seiner billigen Art, ihr den Besuch bei Aura zu versauern. Ihr, aber eigentlich noch mehr seiner Mutter. Aber sie ließ es. Sie hatte einfach keine Lust dazu. Er war ja doch nur darauf aus, sie zu provozieren.
Sie sprang über eine große Kuhle. Crispin streckte ihr eine Hand entgegen und hielt sie fest. »Ich hab nicht gerade Artigkeiten gesagt. Ich wußte nicht so schnell, wer du bist.«
»Weißt du's denn jetzt?«
Er ließ sie los, lachte kurz und abwehrend. »Ich bin froh, daß du Maai nicht vergessen hast. Sie hatte gehofft, daß du kommen würdest. Aber jetzt, da du so bekannt bist ...« Wieder dieser Ton.
»Shit!« sagte sie.
Er begleitete sie bis zu der Stelle, wo sie die Straße überqueren mußte.
Als sie auf der Brücke über das Maaigat merkte, wie schnell sie ging, sagte sie leise: »Verdammt! Mit dem Jungen hättest du reden müssen. Oder ist dir der so zuwider, nur weil er der Sohn von Frank Lang ist?« Nein. Aber wenn sie sich mit ihm unterhalten hätte, hätte sie garantiert den kürzeren gezogen. Sie brauchte doch nur zu den Hütten auf dem Hügel zu sehen, um zu wissen, daß er recht hatte. Sie brauchte sich nur an Auras Haus zu erinnern, um zu wissen, daß er recht hatte. Sie brauchte nur an den verbissenen Stolz in seinem Gesicht zu denken, um zu fühlen, wie es in ihm fraß, daß er seine Hand bei seiner Mutter aufhalten mußte. Ein Mann von ... Moment mal eben, das war ... ja, er mußte über dreißig sein.

21

Im Hotel fand sie in ihrem Schlüsselfach einen Zettel mit einer Telefonnummer.
In ihrem Zimmer duschte sie erst mal, zog einen Slip an und setzte sich aufs Bett. Den Ventilator stellte sie nicht mehr ab. Schon nach einem Tag hätte sie es ohne das Ding nicht mehr aushalten können. Das hatte sie bei Aura gemerkt, die im ganzen Haus keinen hatte.
Wessen Telefonnummer konnte das sein?
Sie wurde verbunden. »Boy?« fragte sie, in ihrer Erinnerung kramend. »Natürlich, Boy, weiß ich noch, wer du bist. In Piscadera, da warst du doch auch immer.«
Sie sah ihn wieder auf dem großen Floß sitzen, einen stillen Jungen, der immer erst abwartend in die Gesichter der anderen sah, bevor er auch etwas sagte. »Ja, fein, Boy«, sagte sie hastig. Er sollte nicht hören, wie matt sie war. »Am späten Nachmittag will ich zum Gomez-Platz, davor hab ich Zeit.«
Sie hörte ihn nörgeln, daß sie da nichts zu suchen habe, auf dem Platz. Plötzlich reichte es ihr: »Ich bin hier, um zu arbeiten, Boy, und nicht, um die Party-Tour zu gewinnen und mich voll Alkohol pumpen zu lassen.«
Als sie ihn eine halbe Stunde später vor dem Hotel traf, fühlte sie, daß er die Bemerkung noch nicht verdaut hatte. Aber das ließ sie kalt. Sie gab ihm einen Kuß. Bei dem Enthusiasmus, mit dem er den Kuß erwiderte, hörte sie schon den Schlüssel

von Brakkeput klappern – dort hatten viele Männer ein Häuschen, um ihre Freundin zu verwöhnen.
Als sie im Wagen saßen, ließ sie ihn fahren und erzählen. Es war deutlich, daß er sich an sie zu gewöhnen versuchte. Aber dann schien er zu merken, daß nur er sprach. »Na, erzähl du doch auch mal, Jossie!«
Jossie – hier wurde sie wieder von allen Jossie genannt, das gab ihr ein heimisches Gefühl.
»Tja, Boy, was? Ich war verheiratet, habe ein paar Kinder, die schon groß sind. Ich arbeite, schreibe Bücher, weißt du.«
Aber das war's nicht, was er hören wollte.
»Du trägst keinen Ehering«, warf er ein.
»Ich habe ein paar freie Ehen hinter mir. Jetzt bin ich wieder eine unabhängige, ledige Frau, endgültig.«
Sie sah, daß er den Kopf schüttelte.
»Bist du glücklich? Jossie, das ist doch nichts für eine Frau, das Alleinsein. Du solltest wieder heiraten.«
»Hab dich nicht so. Darf ich nicht selbst bestimmen, was ich will? Ohne meine Arbeit würde ich kaputtgehen. Und das paßt einem Mann nicht, daß ich so denke.«
»Das sagst du. Und warum solltest du arbeiten? Dafür gibt's doch Männer. Du hast doch schon einige Bücher geschrieben, warum müssen es denn noch mehr werden?«
»Tu mir den Gefallen, Boy, und hör auf damit. Ich weiß, was ich tu!«
»Das wußtest du schon immer.«
Sie merkte, daß er sich nicht ernsthaft mit ihr unterhalten wollte. Na ja, mit ihm brauchte sie wohl nicht über die Zu-

stände hier zu reden. Darum blieb sie schweigsam, während der schwere Wagen über die Straße rollte, dem Holiday Inn entgegen. Verdirb dem Jungen nicht seinen Nachmittag, dachte sie, als sie mit seinem Arm um ihre Schulter das Hotel betrat, durch den Gesellschaftsraum zur Terrasse hinter dem Hotel ging. Sie schaute hinaus auf die See und warf dann einen Blick auf die Leute, die hier saßen. Sie sah noch mal hin. Ausgerechnet in diese Richtung mußte Boy gehen. Wäre sie doch seinen Arm losgewesen, seinen Arm mit dieser Gehört-mir-Gebärde auf ihrer Schulter.

»Kon ta bai, Crispin«, grüßte sie. Warum hatte sie ihn hier nicht erwartet?

Er hatte sie schon kommen sehen und stand auf. In dem Blick, mit dem er Boy flüchtig streifte, lag etwas Lauerndes. »Hallo, Jossie!«

Fieberhaft suchte sie nach Worten, die sie noch sagen konnte. Boys Hand drückte warnend gegen ihre Schulter: weitergehen.

Nein, nicht weitergehen!

»Jossie, Schreiben ist doch dein Beruf. Guck mal, ist das gut?« Crispin nahm ein beschriebenes Blatt in die Hand.

Sie beugte sich darüber – und konnte so beinahe unbemerkt Boys Arm loswerden.

KEIN WEISSER MORD AN SCHWARZEN MENSCHEN!
NEMT MARINER MIT!

las sie. Sie lächelte. Dieser Crispin, das war doch ein Halunke, wie er im Bilderbuch stand. Dies war natürlich für eine Demonstration. Wahrscheinlich kamen Parlamentsmitglieder

aus den Niederlanden hierher. Gab er ihr dies zu lesen, um sie zu provozieren, oder meinte er es ernst?
Besser hätte es heißen müssen: Nehmt eure Mariner mit zurück! Aber das konnte sie ihm jetzt unmöglich erklären. Und sie konnte ihn vor Boy auch nicht als dummen Jungen hinstellen, nur weil er »nehmt« ohne h geschrieben hatte. Sie gab Crispin das Blatt zurück, hielt den Nagel des linken Zeigefingers auf das Wort »nehmt«, genau dort, wo das h hätte stehen müssen, und tat so, als wäre sie belustigt: »Haha!« Und nach einer kurzen Pause: »Freut mich, daß du soviel Vertrauen in meine Schreibfähigkeiten hast. Ich find's in Ordnung.«
Sein kurzes Kopfnicken zeigte ihr, daß er verstanden hatte. »Wie sagt man doch in Holland in der Schule, wenn einer seine Aufgabe gut gemacht hat? Irgendwas mit dem Griffel?«
»Eine Eins mit dem Griffel und …« Sie verstummte.
»Und?« Abwartend, mit breitem Lächeln, sah er sie an.
»Komm, Jossie!« Boy ergriff ihren Arm.
»Bist du in Holland zur Schule gegangen, Crispin?«
»Ja.«
Im Land des eigenen Vaters, ohne es zu wissen!
»Und … wie geht das Sprichwort weiter?«
Ihr konnte es doch egal sein, sie spielte mit. »… und ein Küßchen von dem Fräulein Lehrerin.«
Boy zog sie so nachdrücklich fort, daß sie beinahe gestolpert wäre. Sie hatte keine Gelegenheit, sich noch mal umzudrehen. »Stell dich nicht so albern an«, sagte sie leise und befreite ihren Arm.
»Du bist mit mir hierhergekommen, und der Typ …«

»Ich bin ein freier Mensch, Liebling! Ich begrüße die Leute, die ich begrüßen will.«
»Der Kerl, das ist doch ein unverschämter Lümmel!« Murrend setzte sich Boy mit ihr an einen Tisch.
»Wenn er das wäre, würde man ihn dann wohl hier reinlassen? Einen dunklen Mann zwischen all die Touristen.«
»Der kommt doch ganz frech einfach hier rein, bestellt was zu trinken; der hetzt das Personal auf, daß sie streiken sollen. Und das jetzt, wo die Touristen gerade wieder kommen. Erst stecken sie die Stadt in Brand, und jetzt zetteln sie Streiks an. Die sind zu dumm zu begreifen, daß das geradeaus in die Armut führt. Daß die Armut größer wird.«
Tja, dann werden wir wohl den Affen losbinden müssen, dachte sie. Er hat ja selbst angefangen. Nur noch warten, bis der Ober verschwunden war.
»Geliebter Boy«, begann sie, während sie ein Päckchen Zigaretten nahm und ihr Feuerzeug. Aber er schob beides zur Seite, präsentierte ihr eine seiner Zigaretten und gab ihr Feuer.
»In Holland sagt man: Du quasselst gut, aber du frißt noch besser.« Sie sah, daß ihr Ton ihn ärgerte. »Wenn die Touristen wieder kommen, zu wem geht das Geld? Nicht zum einfachen Hotelpersonal. Das weiß ich. Und wenn die Geschäfte in Willemstad und auf Salina stehengeblieben wären, hätte das Bedienungspersonal dann höheren Lohn bekommen? Nein, Boy! Die Leute haben nichts zu gewinnen, nichts zu verlieren. Versuch einmal, dir vorzustellen, was das bedeutet! Ganz Europa, ganz Amerika steht auf dem Kopf, und guck dir die

Ostblockländer an. Überall, wo den Menschen das Recht zur Selbstverwirklichung streitig gemacht wird, und das wäre doch wohl wirklich das Recht eines jeden Menschen, überall ist man dabei, solchen Systemen das Wasser abzugraben. Und ihr werdet dabei nicht ausgelassen. Siehst du, das ist dein Denkfehler. Nein danke, ich möchte nichts mehr trinken. Und es ist Zeitverlust, sich dauernd gegenseitig die Schuld vorzuwerfen. Mach doch mal deine unvergleichlich schönen Augen auf und sieh dich um. Das wäre ein Anfang.« Sie beugte sich ihm entgegen, aber er hatte sich wie geistesabwesend zurückgelehnt. Das langweilte ihn alles.

»Das find ich aber gar nicht komisch«, sagte er.

Sie sah sich selbst am ersten Abend auf der kleinen Brücke im Fort stehen. Nein, komisch war es nicht. Aber man kam nicht drum herum.

»Sorg erst mal dafür, daß ihr im eigenen Land den Mist aufräumt!«

Selbstverständlich war er wütend, weil sie nicht widerspruchslos seine Männermeinung respektierte.

Sie sah sich nach Crispin um. Der schrieb immer noch. Eine Gruppe Antillianer am Nebentisch unterhielt sich über ihn. »Wißt ihr, was man sagt? Daß er und sein Gefolge hier alles gratis bekommen von der Direktion. Daß man sie hier einfach sitzen läßt. Die Direktion sagt: ›Solange die hier sitzen, wird unser Hotel nicht brennen!‹«

Jos schielte zu den Lachern. Irgend etwas stimmte nicht. Ach ja! Untereinander sprachen sie immer Papiamentu. Ausgerechnet das hatten sie auf holländisch erzählt. Damit sie alles mitkriegen sollte? Weil man sie mit Crispin hatte sprechen sehen?

»Was hast du sonst noch vor?« fragte Boy, nachdem sie eine Weile dagesessen und schweigend geraucht hatten.

Sie erzählte von ihren Plänen, aber sie sah sofort, daß er wieder die Augen verdrehte. Sie hatte es ganz einfach verlernt, solche Leute zu unterhalten.

In die entstandene Stille sagte er mit der Lebhaftigkeit des Routiniers: »Oh, wir können ja noch an ein paar Abenden ausgehen. Tanzen und …« Das Wort blieb unausgesprochen in der Luft hängen. War denn das die Möglichkeit: Peterchen hatte sich ein Spielchen in den Kopf gesetzt, und Peterchen wollte sein Spielchen haben, auch wenn er sie für ein Biest hielt.

»… und?« Absichtlich wiederholte sie sein letztes Wort.

Nicht ungeschickt wechselte er das Thema. »Josje, wenn du doch tun kannst, was du willst, dann könntest du doch auch hier wohnen. Vergiß nicht, du bezahlst hier viel weniger Steuern.«

»Darum ist's hier ja auch so 'n Saustall.« Das war ihr unwillkürlich rausgerutscht. »Komm, wir gehen, Boy. Ich reg dich nur auf. Und Früher ist vorbei. Wir sitzen nicht mehr auf dem Floß in Piscadera und schätzen und bewundern unsere äußere Schönheit.«

»Schade, daß Bob grad auf Urlaub in Europa ist«, sagte Boy so nebenbei beim Aufstehen.

Sollte das eine Anspielung sein? War ihm irgendwas in Erinnerung gekommen, als sie Piscadera gesagt hatte? Er war wohl

doch gerissen genug, auf dem Umweg noch eine Landung zu versuchen.
Sie hatte überhaupt nicht reagiert. Er führte sie nach draußen, weit vorbei an dem Tisch, an dem Crispin saß. Gott sei Dank, denn wieder lag sein Arm als unübersehbare Verzierung auf ihrer Schulter. Hätte sie mehr Zeit gehabt, wer weiß, vielleicht hätte sie Mitleid mit ihm bekommen.

22

Auf der Terrasse vor dem Lido am Gomez-Platz machte sie sich unauffällig ein paar Notizen über die farbenprächtige und phantastische Kleidung der Teenager, die an ihr vorüberschlenderten. Ganze Gruppen von Jungen und ganze Gruppen von Mädchen. Die Jungen und Mädchen, die beieinander standen, waren schnell gezählt. Was hier auch im Gange sein mochte, was auch passieren sollte, dies würde für sie das Wesentliche der Probleme bleiben: Jungen extra, Mädchen extra.

Sie steckte die Notizen weg – und wußte, daß sie sie später doch nie gebrauchen würde. So war's fast immer. Sie hatte es gelernt zu sehen, zu hören, aufzunehmen. Sie vergaß nichts. Das kam ihrer Arbeit zugute, aber nicht ihr selbst.

»Hallihallo!« Zwischen einer Gruppe Jüngerer mit Rollkragenpullovern, hohen Stiefeln, langen Ketten und auffallendem Afro-Haarschnitt sah sie ihre Bekanntschaft vom ersten Abend auftauchen. Ein anderer junger Mann war bei ihm.

»Das dachte ich mir schon, daß ich dich hier treffen würde.« Dann wurde er unsicher. Sie deutete auf die leeren Stühle neben sich. Der andere Junge, der über den Platz geschaut hatte, drehte sich unverhofft um und setzte sich ebenfalls. Das gab's doch gar nicht ... der war ja wie aus seinem Gesicht geschnitten ... sie mußte es erfahren!

»Darf ich mich vorstellen«, sagte sie betont ruhig. »Jos Walther.«

»Bart de Rooi.« Herzlich streckte er ihr einen auseinandergefalteten Fleischlappen mit Fingern entgegen. Zerstreut griff sie zu. Und jetzt der andere, um den ging es ihr!

»Emiel Lang.«

Also doch!

Hatte er ihr etwas angemerkt? Aber er konnte ja nichts wissen. Der Sohn von Frank Lang!

Hinter ihr entstand Gedränge, sie schob ihren Stuhl etwas zur Seite, taumelte. Mädchen kicherten. Bart versuchte, das Knäuel zurückzuhalten; ein Mädchen fiel halb auf ihn drauf. Er fing es auf, stellte es wieder auf die eigenen Füße. »Gern geschehen«, sagte er ehrlich.

»Und ich sitz wohl wieder in der falschen Ecke«, meinte Emiel im Tonfall des beleidigten Klassenprimus.

Danach braucht man nicht zu fragen, wessen Sohn er ist, dachte sie sarkastisch. Nein, das war nicht fair! Der Junge konnte nichts dafür, daß er die gleiche Abneigung wie sein Vater in ihr wachrief. Wer sagte übrigens, daß er ein Sohn von Frank Lang war?

»Emiel, ist dein Vater vielleicht früher mal auf Curaçao gewesen?«

»Ja! Woher wissen Sie das?«

»In der Zeit haben wir hier gewohnt.« Absichtlich lange schaute sie in das Gedränge auf dem Platz. Auf einem Podium wurden Musikinstrumente aufgebaut. Ein paar Polizisten schauten zu, gingen dann weiter. Sie hoben sich deutlich ab von dem bunten Treiben, und schon ihr Schweigen hatte etwas Drohendes gegen das Getümmel um sie herum.

»Man sagt, die Combo sei von der Regierungspartei angeheuert worden, als Gegengewicht zu den politischen Rednern«, erzählte Bart. Seiner Stimme war anzuhören, daß er vorfreudig auf etwas wartete. Aber ging es nicht allen hier genauso? Was hatte man ihr in den Schulen erzählt? »Du gehst zum Gomez-Platz, weil du denkst, da passiert vielleicht etwas.« – »Du gehst zum Gomez-Platz, weil du ein neues Kleid hast.« – »Du gehst zum Gomez-Platz, weil sonst nirgends was los ist.« Und diese Menge war ein gutes Publikum für die Redner!
Da war doch Dofi! Aber nicht in Uniform.
Sie stand auf und ging zu ihm. »Hallo, Dofi. Du hast doch hoffentlich keinen Straßendienst mehr? Oder bist du die Oberaufsicht?«
Er schien nicht einmal überrascht zu sein, sie hier zu sehen. »Ich suche meine beiden Töchter. Wenn ich die erwische!«
»Laß sie doch! Was haben die Kinder denn sonst?«
»Wollen die unbedingt eins auf den Schädel haben?« fragte er ärgerlich.
»Daran stirbt man nicht.« Erst als sie das gesagt hatte, merkte sie, wie doppelsinnig das war.
»Ja, du vielleicht nicht. Aber nicht jeder hat soviel Glück.«
Dofi stürzte sich wieder in die Menge, Jos ging in die andere Richtung bis zur Breedestraat, wo Autos mit kreischenden Reifen vorüberfuhren oder quietschend bremsten. Jedesmal brach die Menge in Jubel aus. Johlend kam eine ganze Gruppe auf den Platz marschiert. Auf einem Blumenkasten saßen ein Junge und ein Mädchen, innig umschlungen. Jos blieb stehen.

Dies war auch ein Zeichen dafür, daß tatsächlich eine Veränderung stattfand.
»Von ihnen kannst du doch nichts mehr lernen!« sagte eine Stimme hinter ihr. Das konnte nur Crispin sein.
Sie drehte dem Pärchen den Rücken zu und stand Crispin gegenüber. »Was findest du wichtiger: Politik oder daß so was möglich ist, daß die ganz offen so sitzen können?«
»Beides ist wichtig. Alles zu seiner Zeit.«
Langsam ging sie zurück zu ihrem Tisch, Crispin ging mit. Jedesmal, wenn er von jemandem angesprochen wurde, hielt er sie am Arm fest, so daß sie auf ihn warten mußte.
»Sie haben gut reden«, hatte ein Mädchen in der Klasse gesagt, in der sie gestern war, »aber Curaçao und Holland sind zweierlei. Wenn ich mich mit einem Jungen sehen lasse, mich mit ihm offen irgendwo hinsetze, sagt meine Mutter, ich sei ein schlechtes Mädchen.«
»Als wir voriges Jahr in Holland waren, hab ich gesehen, daß Jungen und Mädchen auf der Straße schmusen. Das ist schon irgendwie komisch«, hatte ein Junge gerufen.
»Würdest du es denn nicht herrlich finden, wenn es hier auch ohne weiteres möglich wäre, ohne daß die Menschen gleich was weiß ich denken?« hatte sie gefragt. Die Klasse hatte ihr mit einer Lachsalve geantwortet.
Neben sich hörte sie Crispin sagen: »Ich komme gleich.«
»Ich sitze da«, sagte Jos und deutete auf ihren Tisch.
»Ich hatte dich schon gesehen. Aber du warst nicht allein.«
»Ach, die Jungs gehören nicht zu mir.«
Crispin, der Sohn von Frank Lang, und Emiel, der Sohn von

Frank Lang. – Das paßte in jedes Schauerstück, in jedes Schmierentheater.
Ihre Neugierde, diese verfluchte Neugierde darauf, wie Menschen denn nun wirklich waren, bekam Oberhand. Wie würde diese Konfrontation ausgehen?
Sie ließ sich in ihren Stuhl sinken, Bart sah fragend auf Crispin, Emiel starrte durch ihn hindurch. Seinen unbeugsamen Rücken Emiel zugewendet, hatte Crispin sich auf ihre Stuhllehne gesetzt.
»Du sitzt auch lieber bei einer Makamba auf dem Stuhl!« schrie ein altes, zerknittertes, braunes Weiblein ihn ärgerlich auf Papiamentu an. »Und uns erzählst du: Black is beautiful!«
Crispin mußte gefühlt haben, daß Jos alles verstanden hatte. »Das hat damit gar nichts zu tun. Du bringst alles durcheinander!« schrie er zurück.
»Paß du nur auf ...«, das Weiblein kam dicht an Crispin heran, »daß bei dir nichts durcheinander gerät.« Giftig schlug sie ihm mit ihrer Einkaufstasche auf den Rücken. »Und daß die alte Dita da Ordnung reinbringen muß!«
Die Herumstehenden lachten johlend, als die wütende Dita vor Crispins Nase die Faust ballte und eine richtige Komödie aufführte.
Unter Crispins Arm hindurch warf Jos einen Blick auf Dita. An ihrem mageren Handgelenk sah sie eine funkelnde, glitzernde, goldene Armbanduhr, die unter ihren langen Ärmeln erst gar nicht zu sehen gewesen war.
Beute vom 30. Mai, dachte Jos. Aber es hatte auch einen Ju-

welier gegeben, der am Eingang seines Geschäfts gestanden, alles verteilt und dadurch sein Haus gerettet hatte.
»Du kannst doch reichere Männer kriegen, Dita«, rief Crispin ihr freundlich zu, »die dir eine goldene Armbanduhr schenken.«
Alle starrten auf Ditas auffallende Uhr.
»Ich hatte noch zu dem Dussel gesagt, daß er eine mit Datum krallen soll. Man kann doch heutzutage niemandem mehr vertrauen.«
»Hör auf! Hör auf!« schrie Jos lachend und drückte ihren Kopf in Crispins Rücken.
Die Menge jubelte Dita zu, klopfte ihr auf die mageren Schultern.
»Darum ist es ja gut, daß wir die tapferen holländischen Mariners hier haben, Dita!« rief Crispin ihr nach.
Dita hörte das schon nicht mehr, sie war weitergeschlurft.
Aber Emiel Lang war aufgesprungen.
»Wenn du uns meinst ...« Bart zog ihn runter, aber Emiel riß sich los. Das Lachen verstummte, Crispin stand auf. »Ja, ihr seid doch tapfere holländische Marineinfanteristen. Lies mal die niederländischen Zeitungen, steht da drin.«
Stimmt haargenau, dachte Jos, das kann niemand bestreiten. Aber es war der Ton, der so aggressiv war. Sie taxierte Emiel: Der stand da wie ein Rotzjunge, der würde keine Ruhe geben, bevor er es Crispin nicht heimgezahlt hatte. Barts beschwichtigende Hand schüttelte er ärgerlich ab.
»Ja«, rief er mit überschnappender Stimme, »ich bin ein tapferer holländischer Marineinfanterist. Und darauf bin ich

stolz. Und ich verkrieche mich nicht. Ich komme hierher, hört ihr das, ich komm hier ganz allein her!«

»Ja, um dir unsere Mädchen anzusehen und dich aufzugeilen«, rief eine spottende Stimme aus der Menge.

»An denen würd ich mir nicht die Finger schmutzig machen!«

Jos krümmte sich zusammen. Jetzt war nichts mehr aufzuhalten.

Crispin hatte ihn schon über den Tisch gezerrt, beim Hemdkragen hochgehoben. Dann schlug er ihn mit der Faust ins Gesicht. Emiel fiel hintenüber. Flaschen und Gläser splitterten, Jos fühlte die Cola auf ihren Schoß laufen.

Emiel kam wieder auf die Beine, suchte Crispins Gesicht, der ganz ruhig auf ihn wartete. Inmitten eines schweigenden Kreises kämpften sie. Emiel schlug wie ein Besessener um sich, aber in Crispins Augen sah Jos Berechnung, sie sah die Sicherheit seiner Hände und die Sicherheit, mit der er auf den Beinen blieb.

Sie hörte eine Polizeipfeife, aber gerade bevor der Kreis aufgebrochen wurde, sah Jos Emiel fallen; jemand fing ihn auf, bevor er mit dem Hinterkopf auf dem Boden aufschlagen konnte.

Crispin wischte die eine Hand an der anderen ab und sah dabei auf Emiel. Jos folgte dem Blick, sah prüfend in Emiels Gesicht. Es war das dümmste Gesicht, das sie jemals gesehen hatte. Das Gesicht eines Mannes, der immer gedacht hatte: Das kann mir nicht passieren. Jetzt war es passiert.

»Jossie!« In dem plötzlichen Tumult beim Auftauchen der beiden Polizisten hörte sie Crispins flüsternde Stimme:

»Nimm das und heb's für mich auf.« Sie fühlte, daß ihr etwas in die Hand geschoben wurde. Ein Briefumschlag. Hinter Crispins Rücken machte sie ihre Tasche auf und ließ ihn dort verschwinden. Sollte sie jetzt gleich weggehen? Nein, sie wollte sehen, wie es ausging. Was man mit Crispin machte.

»Ihr beide, mit zur Wache«, sagte einer der Polizisten. »Hier kann man ja aus der ganzen Sache nicht schlau werden.«

Was hatte sie erwartet? Daß Crispin sich weigern würde? Daß er sich zur Wache schleppen lassen würde? Wie es aussah, war er nicht darauf aus, eine Schau zu machen. Ruhig ging er mit und versuchte, einen Riß in seinem Hemd zu verdecken. Emiel marschierte mit zerschundenem, überheblichem Gesicht, offensichtlich seiner Sache sicher und von seinem Recht überzeugt, zum Polizeiwagen.

»Na, das wär das!« hörte sie neben sich. Bart! Den hatte sie ganz vergessen. »Früher oder später mußte es ja so kommen. Der Typ hat's ja drauf angelegt.«

»Kennst du ihn schon lange?« fragte sie, als sie mit Bart ins Café ging, um zu bezahlen.

»Schon mal getroffen. Der ist hier schon 'ne ganze Weile stationiert. Hat mir einige Kneipen gezeigt.«

Wie ein Verirrter lief Bart neben ihr her zum Hotel. Wie ein bettelnder Hund sah er sie an. Aber sie hatte keine Lust, sich den ganzen Abend um ihn zu kümmern, die liebe, unentbehrliche Ersatzmutter zu spielen, mit der man ganz gut einen trinken gehen kann.

»Wir werden uns wohl wieder irgendwo treffen«, sagte sie, nahm ihren Schlüssel und ging die Treppe hinauf.

Erst als sie geduscht und lang ausgestreckt auf ihrem Bett lag, überfiel sie ein bis dahin unterdrücktes Staunen: Warum hatte Crispin ihr den Umschlag gegeben? Sie schaute hinüber zu ihrer Tasche, die auf dem Tisch stand.
Der Platz war voller Menschen gewesen, Freunde von ihm.
Na, sie würde sich nicht den Kopf darüber zerbrechen.
Einmal im Leben beinahe den Kopf zerbrechen, das war mehr als genug.

23

Erschrocken richtete sie sich auf. Sie fröstelte am ganzen Körper. Im Luftstrom des Ventilators war sie eingeschlafen. Schnell kleidete sie sich an. Es war schon nach neun Uhr. Unten im Restaurant würde sie erst einmal etwas essen. Danach könnte sie sehen, ob sie noch jemanden anrufen sollte. Geistesabwesend aß sie, trank ihren Kaffee, rechnete ab und ging wieder nach oben. Sollte sie noch ausgehen?

Im spärlichen Licht ihres Zimmers ging sie auf und ab, ordnete hier und da etwas ein, setzte sich hin, um in ihren Notizen zu blättern. Plötzlich nahm sie resolut ihre Luftpostmappe zur Hand. Es wäre wohl doch besser, wenn sie heute abend nicht mehr wegginge. Briefe ... sie mußte endlich einmal ihre Post erledigen. Auch wenn sie bei Gott nicht wußte, was sie schreiben sollte, wie sie's anfangen sollte, denen da drüben klarzumachen, »wie es ihr ging«.

Sie kam nicht recht in Fahrt, und der Whisky wollte auch nicht helfen – ihr fiel es schwer, nicht an Crispin zu denken. Dann gab sie es auf und ließ die Gedanken auf sich zukommen. Sie, die keine Brüder hatte, hatte zum ersten Mal in ihrem Leben einen Bruderkampf gesehen. Das hörte sich geschwollen an, melodramatisch. Aber das war es ja auch gewesen, im wahrsten Sinne des Wortes. Nur ... Crispin würde das nie erfahren, und Emiel auch nicht. Sie würden bis ans Ende ihrer Tage steif und fest behaupten, für ihre heilige Überzeugung gekämpft zu haben.

Sie hatte es erwartet, und doch schrak sie auf, als an ihre Zimmertür geklopft wurde.
Das gab es eigentlich nicht, daß bei ihr geklopft wurde, denn Besucher mußten unten bei der Rezeption warten. War es das Zimmermädchen mit Handtüchern oder ähnlichem?
Sie öffnete die Tür.
In seinen Augen die Frage: »Darf ich reinkommen?«, stand Crispin auf der anderen Seite der Schwelle. Sie machte eine einladende Handbewegung, schloß die Tür hinter ihm und blieb stehen und wartete darauf, was er sagen würde, was er tun würde.
Er schaute sich im Zimmer um, warf einen Blick auf ihre herumliegenden Kleinigkeiten, zog einen Stuhl unter den Luftzug des Ventilators und setzte sich schweigend. Ebenfalls wortlos legte Jos Zigaretten vor ihn hin, Streichhölzer, nahm ein Glas, tat aus der Thermosflasche ein Stück Eis hinein … wartete … Whisky … wartete … und Eiswasser.
Als sie das Glas vor ihn hinstellte, nickte er, blieb aber mit dem Gesicht in den Händen sitzen. Langsam glitt sie auf den Stuhl am Schreibtisch. Sie fühlte sich auf diesem Stuhl über ihm thronen. Das Bett … da säße sie niedriger. Aber sie konnte sich nicht aufs Bett setzen. Bei jedem anderen hätte ihr das nichts ausgemacht. Aber bei ihm … nein!
Er steckte eine Zigarette an, gab sie ihr, steckte dann eine für sich an.
Ihr Blick fiel auf die beiden Briefe, von denen sie schon einen fertig hatte. Briefe an ihre Söhne. Die schienen in diesem Moment so weit, so fremd. Alles schien fremd zu sein.

»Sie mußten mich wohl oder übel gehen lassen«, sagte er schließlich.
»Ohne eine Anzeige gegen dich loszulassen?«
»Dazu habe ich ihnen keine Chance gegeben, den Schweinen.« Über sein Gesicht flog ein Lachen. »Sie begannen mit ihren Sprüchen über Mißachtung der gesetzausübenden Gewalt. Ich deutete auf diesen verdammten Mariner und sagte: ›Gesetzausübende Gewalt? Bevor der gesetzausübende Gewalt wurde, war der erst mal mein kleines Brüderchen. Ich hab ganz einfach meinem Brüderlein aufs Maul gehaun, weil es etwas sagte, was man hier nicht über ein Mädchen sagt. Und sie wissen, als älterer Bruder hat man hier die Verantwortung für den jüngeren.‹ Das sagte ich, und ...«
Sag das noch mal, wollte sie sagen, aber sie konnte ihn nur anstarren. Er wußte es also! Wie lange schon? Und Aura dachte, daß er keine Ahnung hätte.
»Na, sag schon!« Er machte eine auffordernde Handbewegung
»Aura sagte heute vormittag noch, daß ich's dir nie erzählen dürfe. Woher weißt du's?«
»Weißt du, Jossie, es macht weiter nichts aus, wenn der Vater nicht da ist, aber wohl, wenn man nicht weiß, wer er ist. Wenn man älter wird, läßt einen das nicht mehr los. Als ich noch klein war, hab ich hin und wieder mal Andeutungen in der Nachbarschaft gehört. Kurz bevor ich nach Holland ging, zur Schule, sagte jemand zu mir: ›Du gehst jetzt buchstäblich in dein Vaterland, mein Junge.‹ Vielleicht hätte ich nichts gemerkt, wenn die Leute, die dabeistanden, nicht

plötzlich so still geworden wären. Und dann fingen sie an, aufgeregt darüber hinweg zu palavern. Du kennst das ja, wenn man noch Kind ist. Maai wagte ich nicht zu fragen. Wenn ich's wissen durfte, hätte sie's mir ja schon erzählt. Jedesmal, wenn sie nicht zu Hause war, hab ich in all ihren Taschen nachgesehen. Und eines Tages fand ich dann das Foto. Du bist auch drauf. Du und Maai und zwischen euch ein Mann in Uniform ... der ...« Bedächtig trank er einen Schluck Whisky, nahm noch eine Zigarette. »Maai hatte hinten drauf geschrieben: Jossie Walther, Leutnant Lang, Aura Rozal. Jesus Christus, Jossie, wenn ich noch an das Foto denke! Maai, so ein hübsches junges Mädchen, man kann beinahe sehen, was sie mit ganzem Herzen hoffte. Zwischen den Papieren waren noch mehr Fotos, viele von euch. Ich hab die ganz einfach auf den Tisch gelegt, und als Maai nach Hause kam, hab ich gesagt: ›Ich will ein Bild von dir mit nach Holland nehmen!‹ Ich sah deutlich, daß sie erschrak, und sie schlug mich auch anders als sonst, weil ich doch so frech in ihren Sachen rumgewühlt hatte.«

Für einen Moment entspannte sich sein Gesicht, und er schüttelte den Kopf. »Aber ich zog einen Stuhl für sie an den Tisch und sagte: ›Komm, wir suchen gemeinsam ein Foto aus. Und von den anderen mußt du mir was erzählen. Hast du bei all den Leuten gearbeitet? Und wo sind die heute?‹ Ich kam mir richtig gemein vor damals, aber ich wollte es wissen.«

»Aura hat nichts gemerkt, denn zu mir sagte sie heute vormittag, daß du nichts von deinem Vater wüßtest.«

Als er aufstand, erschrak sie. Wollte er schon gehen? Aber er ging an ihr vorbei zum Badezimmer und zog die Tür hinter sich zu. Sie hörte ihn pinkeln, und das gab ihr ein Gefühl der Erleichterung.

Als er zu seinem Stuhl zurückkam, durchwühlte er mit einer flüchtigen Bewegung ihre Haare. »Was guckst du sauer auf dem Foto! Auf anderen Bildern warst du viel freundlicher – mit Grübchen in den Wangen. Hast du die noch?«

Sie zog die Mundwinkel nach unten, dann sah man die Grübchen besser.

»Den Frank Lang, den hatte ich gefressen! Aber wie ging's weiter mit den Bildern?«

»Maai begann, mir von allen Fotos was zu erzählen. Erst sah sie immer auf der Rückseite nach. Nur dies eine Foto drehte sie nicht um. ›Das bist du, Maai, und das ist Jossie. Wer ist der Mann?‹ fragte ich. ›Ach, jemand, der da oft hinkam. Da kamen ja so viele Leute zu Besuch. Da war immer was los. Viel Arbeit!‹ Während sie von der Arbeit bei euch erzählte, steckte sie das Foto in den Stapel der anderen. Weißt du, daß ich all deine Streiche kenne, Jossie? Ein Angsthase bist du nicht gerade gewesen!«

»Hast du darum heute nachmittag auf dem Gomez-Platz, bevor du mitgenommen wurdest, mir den Umschlag gegeben?«

»Ja. Ich weiß, daß du jemand bist, der die Klappe halten kann. Du handelst. Und der Brief ist privat, nicht für die Polizei.«

»Wie ging's dann weiter mit …«

»Ich war so ziemlich sicher, daß Frank Lang mein Vater war. Ich hab grad so lange die Leute ausgehorcht – ganz vorsichtig natürlich –, bis ich wußte, daß er bei der Marineinfanterie war.« Sein Gesicht verzog sich zu einem Clownsgrinsen. »Ach Gott, ich war damals ja sogar stolz drauf, daß mein Vater Offizier war. Ich war wütend auf Maai, daß sie mir das nie erzählt hatte. Damit hätte ich in der Schule doch angeben können. All die Jahre war ich der Junge mit dem Nachnamen der Mutter gewesen. Du hast keine Ahnung, wie man deswegen auf der Schule gehänselt wird. Daisy und Erwin haben ja den Namen ihres Vaters.« Er verstummte und blieb ruhig.

Sie stand auf, um sein Glas nachzufüllen – und dabei ließ sie sich Zeit. O verdammt, Crispin, wie lange und wie hart wirst du noch zurückschlagen müssen, bis du das alles verarbeitet hast?

Als sie ihm sein Glas gab, sah sie ihn nicht an. Er brauchte nicht zu sehen, was sie dachte.

»Man geht nach Holland und erwartet eine ganze Menge davon. Aber das war schnell vorbei, obwohl ich über meine Zeit da nicht klagen kann. Das kommt vielleicht ... man wird älter, denkt anders über die Dinge. Ich bin ein paarmal weggelaufen, wollte meinen Vater suchen. Ich wollte ... ich wollte ... aber jedesmal, wenn ich weggelaufen war, wußte ich nicht mehr, was ich wollte. Ich wußte nicht, wo er wohnte. Und wenn ich ihn doch finden sollte, würde ich Streit mit ihm anfangen, das wußte ich. Denn ich hatte entdeckt, daß der weiße Mann kein Gott ist, wie man es uns gelehrt hatte; und daß mein Vater kein Gott war, sondern ein Schuft. Ich würde mit ihm kämpfen. Dann würden sie mich von der Schule schmeißen, und Maai hoffte doch so, daß aus mir was würde. Siehst du, dies ist aus mir geworden.«

Er hielt ihr seine leeren Hände hin.

Um ihr etwas zu demonstrieren?

Weil er etwas erwartete?

Ihre Augen wanderten über sein zerrissenes Hemd, über sein Gesicht. Das Gesicht eines Menschen, der schon lange etwas erreicht hatte, es selbst nur noch nicht genau wußte.

»Die ganze Geschichte hast du doch hoffentlich nicht auf der Polizeiwache erzählt?«

»Nein, Baby! Aber genug, um dort alle durcheinanderzubringen. Emiel, der sprang mir beinahe an die Kehle. Ich wurde angeschnauzt, ich solle nicht solche schmutzigen Geschichten verbreiten. Ich sagte: ›Fragt doch eure älteren Beamten, die wissen Bescheid. Die werden davon gehört haben. Sein Vater hat meiner Mutter ein Kind gemacht. Und das Kind bin ich. Ich hab doch niemanden darum gebeten. Wenn ich gefragt worden wäre, hätte ich zu meiner Mutter gesagt: Such dir einen anderen aus. Aber sie bekam keine Chance zum Suchen. Begreift ihr? So ’n hübscher Marineinfanterist, der hierherkommt, die Bevölkerung zu beschützen. Wenn der nicht mit der einen Flinte schießt, dann schießt er eben mit der anderen. Na ja, das ist nun mal geschehen, und wir haben uns einander nicht als Brüder ausgesucht. Nur sollte der Junge genau wissen, daß bei uns der ältere Bruder das Recht hat, tüchtig hinzulangen, wenn der jüngere was Verkehrtes macht. Er machte eine diskriminierende Bemerkung über unsere Mädchen. Dafür gibt’s genug Zeugen. Ja, stimmt, ich hab zu-

erst geschlagen. Aber das ist mein Recht als ältester Bruder.‹ Tja, das hab ich denen gesagt.«
»Bo ta nansi!« Sie sah, daß das pfiffige Lachen aus seinen Augen verschwand, daß er sie scharf musterte. Dann gab er nach.
»Man lernt es, schnell zu denken, wenn man mit solchen Sachen beschäftigt ist wie ich. Selbstverständlich wußte ich schon lange, daß der Junge auf der Insel ist. Aber da war noch nie die Gelegenheit ...«
Er brauchte ihr weiter gar nichts zu erklären.
»Waren da auch holländische Polizisten auf der Wache? Und schluckten die das?« fragte sie neugierig.
»Ich sah, daß sie zu zweifeln begannen. Sie wissen ja nun, daß auf sie aufgepaßt wird, daß sie nicht mehr schalten und walten können, wie sie wollen, daß alles in die Zeitung kommen kann. Na, jedenfalls kam Dofi rein. Ich mußte die ganze Geschichte noch mal erzählen. Seltsam genug, aber Dofi glaubte mir sofort, oder aber er tat so. Dofi ist der Schlechteste nicht. Er ging mit mir nach draußen und sagte: ›Ich laß dich gehen, wenn du Aura nichts davon erzählst, daß du mit ... eh ... dich mit ihm geprügelt hast.‹ Aber ich sagte: ›Hör gut zu, Mann. Die Polizisten halten bestimmt nicht ihren Mund. Maai wird's zu hören kriegen. Es ist besser, wenn ich es ihr erzähle. Ich bin ein erwachsener Mann. Daran wird Maai sich gewöhnen müssen. Und ... es ist ihre Sache, daß sie nie mit mir darüber gesprochen hat.‹ Dann bin ich einfach weggegangen.«
Den Blick auf den Fußboden gerichtet, versuchte Jos, ihre

Gedanken zu verbergen. Crispin brauchte sie nicht zu erfahren. Aura und sie, damals in der Küche ... als sie sich mit Anspielungen darüber verständigt hatten, was Frank Lang mit ihnen angestellt hatte. Aber für Aura war es wohl doch anders gewesen.

»Jossie?« Crispin war aufgestanden, hob mit einem Finger ihr Gesicht an. »Weißt du etwas? Etwas, was Maai mir nicht erzählen kann?«

Sie schwieg, obwohl sein Finger wie ein Messer an ihrer Kehle lag. Aber sie wandte den Blick nicht ab, das würde genug sagen.

»Ich habe es vermutet. Ich hab gerechnet und gerechnet. Du warst damals alt genug, daß Maai dir was erzählt haben konnte. Wenn das stimmte, was sie immer gesagt hat: ›Jossie war ein Mädchen, das ich gern haben konnte.‹ Sag's mir, Jossie! Es ist wichtig für mich.«

Behutsam schob sie seinen Finger weg und wartete, bis er sich wieder hingesetzt hatte.

»Ihr kämpft doch für eure Freiheit? Für gleiche Rechte? Jeder Mensch hat das Recht auf sein eigenes Leben. Du mußt versuchen, damit fertig zu werden. Aura hat doch auch das Recht auf ihr ureigenstes Leben. Und wenn's für dich noch so wichtig ist, etwas zu erfahren, in diesem Falle ist Auras Recht wichtiger.« Scharf sah sie ihn an, bis sie fühlte, daß seine Unnachgiebigkeit nachließ.

»Aber ...«, trotzdem zögerte sie einen Moment, »wenn es dich beruhigt, dann kann ich dir wohl sagen, daß Aura auf ihre Art ...« Nein, sie bekam die Worte nicht über die Lippen.

Crispin saß so angespannt vornübergebeugt, daß sie sich selbst ein Miststück schalt, weil sie so weit gegangen war mit der alten Geschichte.

»Ich will's mal so sagen: Man macht, wenn man jung ist, schon mal was mit, das einen hart trifft, das einen verfolgt. Und später entdeckt man dann oft, daß die Sache auch ihre positive Seite hatte. So ... ungefähr ... ist das mit ... auch gewesen.«

In einem Zug leerte sie ihr Whiskyglas. Sie seufzte tief und stellte das Glas zurück auf den Tisch. Was für ein Theater!

Nur schnell ein anderes Thema finden!

»Der Emiel, der wird sich in Zukunft wohl vorsehen, mit seinem großen Bruder in der Nähe.«

»Wollen wir hoffen, daß die Sache für ihn auch eine positive Seite hat.« Crispins Stimme klang schneidend. Hatte sie etwas anderes erwartet? Nein! »Immerhin etwas, Jossie, daß du nicht sagst: ›Der Emiel wird hier in Zukunft wohl nicht mehr wie ein stolzer Affe rumlaufen, jetzt, da er weiß, daß er einen schwarzen Bruder hat.‹«

Nein, Jos kriegst du nicht auf die Palme! Es klang müde: »Hör auf! Ich hab keine Lust, Gomez-Platz zu spielen.«

»Wozu denn?«

Sie hatte ihr Kinn in die Hand gestützt und sah zu ihm auf. Er erwiderte den Blick, lang und konzentriert; in seinen Augen sah sie eine Veränderung, aber er blieb still sitzen, bewegte sich nicht.

In ihren Augenhöhlen fühlte sie ein Ziehen – so war es immer, wenn sie sich aus einer Situation zurückzog. Aber seine Au-

gen zwangen sie zurückzukommen. Unter seinem offenen Hemd sah sie ihn atmen.
Vor dreißig Jahren hatte er auch so geatmet, in Auras Leib, aber sie hatten einander nicht sehen können, obwohl sie sich bestimmt sehr oft gegenübergesessen hatten. Und nun saßen sie hier einander gegenüber, offen und frei.
Sie kämpfte gegen die Enttäuschung, die sie tief in sich fühlte. Jetzt würde er aufhören, Crispin zu sein, er würde werden wie alle anderen – die sich selbst unbedingt als Mann beweisen mußten, mit ihr, mit anderen Frauen. Sie schaute zu ihrer Tasche hinüber, stand auf, holte seinen Umschlag raus, legte ihn auf den kleinen Schreibtisch. Er ließ sich nicht ablenken, steckte den Umschlag ein, und seine Stimme war fest und sicher: »Ich werde die Macht der Frauen nie unterschätzen. Sie macht mir angst – ganz allgemein. Nicht so sehr das, was sie tatsächlich tun, sondern das, was sie tun könnten. Und zufällig liebe ich mich, Crispin Rozal.«
Was er tat, war kein Aufstehen; mit den Füßen fing er an, sich aufzubauen: seine Beine, sein Körper, das Bestimmen des Gleichgewichts mit den Armen, das Zurechtrücken des Kopfes zwischen zwei sichere Schultern. In all den Sekunden blieben seine Augen auf ein Ziel gerichtet: Sie.
Er nahm ihre Hand, beugte sich darüber, gab ihr einen Handkuß und ging an ihr vorbei zur Tür. Dort drehte er sich noch mal um. »Ich gehe nicht mit dir ins Bett, Jossie. Mit dir nicht. Jetzt.«
Mit weit geöffneten Augen starrte sie ihm nach, bis er das Zimmer verlassen hatte.

Leise schloß er die Tür hinter sich.
Er war der erste Mensch in ihrem Leben, den sie hätte zurückrufen wollen.

Gulliver zwei
Taschenbücher für Jugendliche
bei Beltz & Gelberg

Rafik Schami
701 EINE HAND VOLLER STERNE
Roman
200 Seiten (78701)
Zürcher Kinderbuchpreis »La vache qui lit« und andere Auszeichnungen

Mirjam Pressler
702 ZEIT AM STIEL
Roman
168 Seiten (78702)

Hannu Aho
703 DAS FERNE GRÜNE MEER
Roman
Aus dem Finnischen
192 Seiten (78703)

Robert Leeson
704 ES IST MEIN LEBEN!
Roman
Aus dem Englischen
136 Seiten (78704)

Oliver La Farge
705 INDIANISCHE LIEBES-GESCHICHTE
Roman
Aus dem Amerikanischen
244 Seiten (78705)
Pulitzer-Preis

Christine Nöstlinger
706 ANDREAS ODER DIE UNTEREN SIEBEN ACHTEL DES EISBERGS
Roman
208 Seiten (78706)

Wolfgang Gabel
707 FIX UND FERTIG
Roman
208 Seiten (78707)

Liva Willems
708 MANCHMAL BIN ICH EIN JAGUAR
Pedros Geschichte
Aus dem Niederländischen
120 Seiten (78708)
In Belgien ausgezeichnet als »Bestes flämisches Jugendbuch«

Christine Nöstlinger
709 STUNDENPLAN
Roman
136 Seiten (78709)

Mirjam Pressler
710 KRATZER IM LACK
Roman
136 Seiten (78710)

Dagmar Chidolue
711 LADY PUNK
Roman
176 Seiten (78711)
Deutscher Jugendliteraturpreis

Monika Pelz
712 DIEBE DER ZEIT
Phantastischer Roman
452 Seiten (78712)

Hadley Irwin
713 LIEBSTE ABBY
Erzählung
Aus dem Amerikanischen
152 Seiten (78713)

Reinhold Ziegler
714 NENN MICH EINFACH SUPER!
Erzählung
112 Seiten (78714)

Michail Krausnick (Hrsg.)
715 »DA WOLLTEN WIR FREI SEIN!«
Eine Sinti-Familie erzählt
Mit Fotos
180 Seiten (78715)

Silvia Bartholl (Hrsg.)
716 TEXTE DAGEGEN
Autorinnen und Autoren schreiben gegen Rassismus und Fremdenhaß
200 Seiten (78716)

Dagmar Chidolue
717 FIEBER ODER DER ABSCHIED DER GABRIELE KUPINSKI
Roman
168 Seiten (78717)
Hans-im-Glück-Preis

Reinhold Ziegler
718 »ES GIBT HIER NUR ZWEI RICHTUNGEN, MISTER«
Roman
276 Seiten (78718)
Preis der Leseratten, Hans-im-Glück-Preis

Warren Miller
719 KALTE WELT
Ein Bandenchef aus Harlem erzählt
Aus dem Amerikanischen
208 Seiten (78719)

Klaus Kordon
720 ICH MÖCHTE EINE MÖWE SEIN
Erzählung
104 Seiten (78720)

Wolfgang Gabel
721 EINFACH IN DEN ARM NEHMEN
Erzählungen
144 Seiten (78721)

Frederik Hetmann
722 GEORG B.
oder Büchner lief zweimal von Gießen nach Offenbach und wieder zurück
Erzählung mit Dokumenten
168 Seiten (78722)

Christine Nöstlinger
723 »PFUI SPINNE!«
Roman
152 Seiten (78723)

Karel Eykman
724 LIEBESKUMMER
Erzählung
Aus dem Niederländischen
64 Seiten (78724)
Holländischer Jugendbuchpreis »Goldener Griffel«

Henky Hentschel
725 DIE HUNDE IM SCHATTEN DES MANDELBAUMS
Erzählungen
88 Seiten (78725)

John Donovan
726 DIE SCHUTZSCHICHT IST BEHUTSAM ZU ENTFERNEN
Erzählung
Aus dem Amerikanischen
88 Seiten (78726)

Charlotte Kerner
727 KINDERKRIEGEN
Ein Nachdenkbuch
Überarbeitete und erweiterte Neuausgabe
Mit Abb.
ca. 200 Seiten (78727)

Sophie Brandes
728 TOTAL BLAUÄUGIG
Roman
216 Seiten (78728)

Virginia Hamilton
729 M.C. HIGGINS, DER GROSSE
Roman
Aus dem Amerikanischen
352 Seiten (78729)

Dagmar Chidolue
730 ABER ICH WERDE ALLES ANDERS MACHEN
Roman
200 Seiten (78730)

Nadia Wheatley
731 EINGEKREIST, COLS GESCHICHTE
Roman
Aus dem Englischen
216 Seiten (78731)

Frederik Hetmann
732 BETTINA UND ACHIM
Die Geschichte einer Liebe
200 Seiten (78732)

Norman Silver
733 KEINE TIGER IN AFRIKA
Roman
Aus dem Englischen
136 Seiten (78733)
Blaue Brillenschlange

Janni Howker
734 DAS LANGE LEBEN DES ISAAC CAMPION
Roman
Aus dem Englischen
128 Seiten (78734)
Somerset-Maugham-Preis

Dagmar Chidolue
735 EIN JAHR UND IMMER
Roman
136 Seiten (78735)

Ghazi Abdel-Qadir
736 ABDALLAH UND ICH
Roman
152 Seiten (78736)
Friedrich-Gerstäcker-Preis

Charlotte Kerner
737 GEBOREN 1999
Roman
160 Seiten (78737)
Vom Südwestfunk verfilmt

Rafik Schami
738 ERZÄHLER DER NACHT
Roman
280 Seiten (78738)
Rattenfänger-Literaturpreis und weitere Auszeichnungen

Ranka Keser
739 ICH BIN EINE DEUTSCHE TÜRKIN
80 Seiten (78739)

Liselotte Welskopf-Henrich
740 WAKIYA
Roman
296 Seiten (78740)

Leonie Ossowski
741 STERN OHNE HIMMEL
Roman
176 Seiten (78741)
Buxtehuder Bulle

Diana Wynne Jones
742 FEUER UND SCHIERLING
Roman
Aus dem Englischen
432 Seiten (78742)

Jan de Zanger
743 DANN EBEN MIT GEWALT
Roman
Aus dem Niederländischen
160 Seiten (78743)
Gustav-Heinemann-Friedenspreis & Preis der Leseratten

Mary E. Lyons
744 HARRIET
Die Geschichte von Harriet Jacobs
Aus dem Amerikanischen
Mit Abb.
184 Seiten (78744)

Bernt Danielsson
745 VON HIER BIS KIM
Roman
Aus dem Schwedischen
176 Seiten (78745)

Reinhold Ziegler
746 ÜBERALL ZU HAUSE, NIRGENDWO DAHEIM
Roman
328 Seiten (78746)

Eva Erben
747 MICH HAT MAN VERGESSEN
Erinnerungen eines jüdischen Mädchens
Aus dem Hebräischen
Mit Abb.
92 Seiten (78747)

Marilyn Sachs
748 FAST FÜNFZEHN
Roman
Aus dem Amerikanischen
160 Seiten (78748)

Beltz & Gelberg
Beltz Verlag, Postfach 100154, 69441 Weinheim